BATTUES

Antonin Varenne

éditions Écorce

Territori

Collection dirigée par Cyril Herry

1

Vingt ans après l'accident, neuf jours après la découverte du premier cadavre, douze heures après la fusillade

« Quand j'y suis née, R. était encore une ville. Quatre cents personnes travaillaient à l'usine Phillips. Vivre ici avait autant de sens qu'ailleurs. Il y avait une vingtaine de bistrots, des boutiques de vêtements. Les restaurants avaient des clients, il y avait la queue au cinéma le samedi soir, on construisait des lotissements autour de la ville. Les banques prêtaient à des ouvriers qui comptaient sur leur boulot pour les amener jusqu'à la retraite. Les jeunes faisaient leurs études dans le département et revenaient travailler ici. Ceux qui allaient plus loin, à l'université, revenaient aussi parfois. Il y avait des architectes, des maçons, des charpentiers et des couvreurs. Les petits immeubles étaient habités, entretenus, ils valaient un peu d'argent. On se rencontrait au collège, au lycée, parfois même à l'école primaire. On se mariait à l'église et à la mairie. Les parents se connaissaient tous et ça ressemblait à des mariages arrangés, sauf que tout allait bien, alors on avait l'impression de faire ce qu'on voulait.

» Les patrons de Phillips, des tanneries et des filatures n'avaient pas encore entendu parler des années 80. Les syndicalistes n'étaient pas des révolutionnaires et les arrangements se faisaient à l'amiable. Personne ne se souvient d'une manifestation dans les rues de R. Les salaires augmentaient tranquillement. La ville était pleine, pas d'espoirs démesurés, mais paisible, elle donnait l'impression que tout irait bien. À vingt ans, on savait qu'on aurait des enfants. On était embauché de père en fils ou de mère en fille. On reconnaissait les familles : mêmes boulots, mêmes vêtements, les mêmes épaules et des visages qui se ressemblaient d'une génération à l'autre. Si on voulait sa place, R. la gardait en attendant que vous soyez prêt. Les élections ne soulevaient pas de grands débats : il y avait du travail. Les candidats, depuis des décennies, étaient choisis dans le club des entrepreneurs de la ville. Les écoles étaient remplies, tout comme les clubs de sport et les centres de loisirs. Le supermarché était une curiosité pour les paysans qui venaient une fois par semaine faire des courses à la sous-préfecture. Deux fois par semaine, le marché bloquait la grand-rue, de la place d'Espagne au pont Neuf. Les fermes faisaient dix ou cinquante hectares.

» Vous croyez que je suis nostalgique ? Pas du tout. J'ai toujours détesté R. Et je n'étais pas la seule.

Ce n'est pas parce qu'il y a du boulot qu'il n'y a plus d'adolescence. Et s'il n'y avait pas grand-chose d'autre comme injustice que l'ordre établi, ça suffisait bien à mettre quelques têtes brûlées en colère. Mais R. est indestructible. Les rebelles n'avaient pas besoin d'être matés, la ville se chargeait de les calmer. Des types qui tournaient mal, qui voulaient vraiment finir en taule, il fallait qu'ils aillent voir ailleurs. Pour ceux qui avaient juste besoin de ruer dans les brancards, il y a toujours eu les bals et les bistrots. À trente ans, c'était fini. On les saluait avec un sourire dans les commerces et à l'usine. Les adolescentes regardaient les bagarreurs avec admiration en les voyant au parc avec leur premier mouflet, en se disant qu'elles aimeraient bien en trouver un comme ça, aussi ; un dont on disait, à quarante ans et devenu contremaître : « Ouh ! Le Roger, fallait pas le chercher, dans le temps ! » On pouvait se faire une petite légende, ça faisait partie du folklore, ça occupait les apéros. Que R. soit un cimetière aujourd'hui, ce n'est pas très étonnant. La ville était déjà morte, à l'époque.

» Vous ne l'avez pas connu, il est mort avant que vous arriviez ici, mais R. est à l'image du père Barusseau. Il avait une épicerie dans la rue Vieille. Pendant dix ans, chaque mois, il a retrouvé sa vitrine peinte de croix gammées, de « salaud » et de « collabo ». À la mairie, c'était devenu une habitude de le voir débarquer, rouge à se faire éclater la carotide. Il balançait des coups de canne aux gamins qui s'approchaient de sa boutique. Il engueulait le maire et voulait qu'on retrouve les saligauds qui faisaient ça. La commune lui remettait un coup de peinture sur sa façade, mais, à force, les gars de la mairie en ont eu marre. Le maire a demandé à la gendarmerie de faire quelque chose. C'est finalement le cantonnier qui s'y est collé. Il a passé dix nuits à l'affût dans un jardin en terrasse, au-dessus de l'épicerie du père Barusseau. Un soir, il a vu le vieux sortir avec une chaise, un pinceau et un pot de peinture, et dessiner les croix gammées, écrire « salaud » en toutes lettres sur sa propre vitrine. Le maire est allé le voir et le vieux s'est mis à chialer comme une madeleine, à raconter qu'il avait fait du marché noir pendant la guerre, renseigné les Allemands et balancé des infos sur les résistants du coin. Le soir même, il s'est pendu.

» C'est comme ça qu'on raconte l'histoire, en tout cas. Et je me suis toujours demandé, quand je l'entendais, de quelle famille étaient les types qui rigolaient le plus fort.

Ici, la vie d'adulte ne laisse pas beaucoup de temps à l'enfance. Les femmes ont des gamins à vingt ans, et la raison la plus commune de divorcer est un mari qui tape trop fort, au point que ça se voit. Sinon, on s'accroche à ce qu'on a, parce que R. vous offre une chance, mais une seule. Si tu la rates, c'est terminé. Le cancer de cette ville, c'est la mémoire. Mais si vous voulez mon avis, la vraie plaie de R., c'est la gastronomie. Vous avez déjà goûté le pâté de pommes de terre ?

» Je suis partie à vingt-deux ans. La fille Messenet. Le scandale. Quand je suis revenue… Mais vous savez à quoi ressemble la ville à présent. Phillips a fermé. Il reste deux filatures moribondes et un musée de la Tapisserie. La moitié des immeubles sont vides et fuient, les commerces de la grand-rue changent tous les ans et la moitié des boutiques sont à vendre. La population doit être la plus vieille d'Europe et, les soirs de bitures, les jeunes ne se foutent plus sur la gueule, ils vont se pendre à un arbre. Les plus petites fermes font cent cinquante hectares et ma famille possède la plus grosse de toutes. Il y a trois supermarchés et les usines ont fermé. Tout ce qu'il reste de possessions est plus gros et plus moche.

Pourquoi vous souriez ? Ça ne répond pas à votre question ?

– Tout ceci explique votre départ, mais je voulais savoir pourquoi vous étiez revenue.

– Mon père était malade. Est-ce que je pourrais avoir un café ?

– Brigadier, vous pouvez nous apporter du café ?

– La maladie de votre père… cancer, je crois ?

– Les os. Mais ce n'est pas pour lui que je suis revenue. Il y avait quelqu'un d'autre que je voulais revoir.

– Monsieur Parrot. Vous ne vouliez pas le dire devant le brigadier ?

– Le brigadier, comme vous dites, Marsault, je le connais depuis l'école primaire. C'est un vieux copain de Thierry Courbier. Son père était un des types les plus hargneux du coin, avec ses mômes et surtout avec sa femme. Quand elle est partie à Saint-Vaury en maison de repos, dans le coin les gens ont dit qu'elle avait une maladie du sang. Son mari est allé la voir une fois. Elle a avalé toute une armoire à pharmacie après son départ. En fait, il y a deux possibilités : ou bien Marsault est devenu aussi con que son père, ou bien c'est lui qui a mis un oreiller sur la bouche de son vieux le jour où on l'a retrouvé dans son lit, tout violet. Cette fois-là, les gens ont dit que c'était l'alcool. La prochaine fois que la femme de Marsault ne vient pas à un pot de départ ou à un barbecue de la gendarmerie, allez voir chez elle si elle n'a pas forcé sur le maquillage.

– Mademoiselle Messenet, je suis désolé de vous poser toutes ces questions alors que vous traversez une période si difficile. Vous êtes épuisée et sur les nerfs. Peut-être devrions-nous remettre votre déposition à plus tard.

– Je ne sais pas ce qu'on vous a dit à propos de moi, mais je vous assure que même les pisse-vinaigre d'ici sont en dessous de la vérité. Je n'ai aucune envie d'attendre plus longtemps pour en terminer avec ce cirque. Si vous croyez que j'exagère, mettez ça sur le compte de la colère, ou même du deuil, si ça vous arrange. Si vous étiez d'ici, vous ne vous feriez pas des idées de flic en voyant une femme qui ne pleure pas, alors que partout ailleurs elle devrait.

– Je ne me fais aucune idée, je vous assure. Voulez-vous que je fasse remplacer Marsault ?

– Ça ne me dérange pas qu'il entende. Comme ça je suis sûr que tout le monde dans le pays sera au courant. Vous croyez que parce qu'il est gendarme il n'ira pas tout raconter ? Soit vous êtes naïf, soit ça vous arrange.

– Ces affaires exceptionnelles mobilisent tous nos effectifs en attendant le retour des enquêteurs de la police judiciaire. Tous mes hommes sont sur le terrain et le brigadier Marsault est le seul sous-officier de permanence ce matin.

– Bien sûr.

– Nous pouvons rester tous les deux, si vous le souhaitez. Nous enregistrons votre témoignage, comme je vous l'ai dit. Vous n'aurez pas à déposer à nouveau devant les OPJ. Vous êtes certaine de vouloir continuer ?

– Je vous ai dit ce que j'en pensais.

– Bien. Vous disiez que vous étiez revenue pour monsieur Parrot. C'est la seule raison ?

– Vous voulez dire qu'un type comme Rémi n'est pas une raison valable de vivre ici ? Je suis entièrement d'accord. Le seul problème, c'est que cet abruti n'a jamais voulu partir.

– Nous pourrons en reparler, mais si cela ne vous dérange pas, j'aimerais revenir en arrière. Ce que vous avez fait avant votre retour.

– Vous voulez parler de mon casier ?

– Sucre ?

– Oui, merci.

– Il y a deux ans, à Toulon, vous avez été arrêtée et condamnée pour trafic de stupéfiant. Cocaïne. Possession avec intention de revendre. Cent cinquante grammes. Dix-huit mois, dont douze avec sursis. Un mois de préventive, et vous avez finalement purgé une peine de trois mois au centre pénitencier de Farlède. Vous avez prétendu ne faire que la nourrice et ne jamais avoir vendu. Vous faisiez ça pour l'argent ou pour la drogue ?

– Ça revient au même, non ? Mais si vous voulez, oui, je faisais ça pour la drogue.

– C'est de cela dont vous rêviez, en quittant R. ?

– Exactement.

– Excusez-moi, mais vous êtes une belle femme. La prison n'a pas dû être facile.

– Je suis aussi une fille de paysan. Je m'en suis sortie. Et je n'ai pas fait que de la prison pendant les huit ans où je suis partie.

– Rémi Parrot a déclaré, je cite, que « vous avez toujours été trop belle pour cet endroit ». Qu'est-ce que cela veut dire, à votre avis ?

– Il a dit ça ? »

2

Vingt ans après l'accident, dix jours avant la découverte du premier cadavre

La meneuse s'éloigna de la harde, s'approcha de la rivière et tourna le dos à l'eau, face au vent. Elle releva la tête et huma l'air pendant une longue minute. Une bête de sept ou huit ans. Cent vingt kilos. Quatre laies de quatre à six ans, quatre bêtes de compagnie, trois portées de marcassins. Rémi en compta douze dans la lumière verte des jumelles, en train de fouiller l'herbe nerveusement. La harde était en bonne santé, signe que la meneuse était une bête intelligente. Les femelles tournaient autour de la carcasse de chevreuil, attendant le signal. La meneuse quitta son poste d'affût et trotta jusqu'à la dépouille. Sans hésiter, elle planta ses défenses dans l'arrière-train. D'un seul mouvement de tête, elle arracha vingt centimètres carrés de peau et de pelage, mettant les muscles à nu. Les membres de la harde la rejoignirent et le repas débuta. Les pattes du chevreuil étaient dressées en l'air, secouées par les coups de groin et de défenses qui fouillaient son abdomen.

Le froid commençait à traverser ses vêtements. Rémi posa lentement les jumelles infrarouges sur le tronc couché devant lui, réunit ses mains et souffla dessus pour les réchauffer. Il aurait pu repartir maintenant que le relevé était fait, mais il décida d'attendre la fin du repas et d'inspecter la carcasse. Il roula doucement sur le côté, s'allongea sur le dos et regarda le ciel entre les frondaisons, bercé par le bruit du vent dans les branches. Il enfouit ses mains dans les poches de sa veste, ferma les yeux et s'assoupit.

Le vent était tombé quand il rouvrit les yeux. Il entendait au loin le bruit étouffé de la retenue. Les arbres s'étaient tus. La rivière était presque immobile à cet endroit, ralentie par le petit barrage de la pisciculture. Il roula sur le ventre, retrouva les jumelles à tâtons et les braqua sur le chevreuil mort. Les marcassins avaient disparu, ainsi que trois des femelles. Les jeunes mâles, groins noirs de sang, étaient immobiles, reniflant l'air. La meneuse avait de l'eau jusqu'au ventre et regardait dans sa direction. Rémi retint son souffle. Dans le spectre des jumelles, il voyait ses yeux : deux billes de vert acidulé braquées sur lui. Une crampe monta le long des muscles de son dos. Il inspira un peu d'air pour libérer sa cage thoracique. Le souffle de la bête courait sur l'eau. Elle resta sans bouger encore quelques secondes, le reste de la harde dans l'attente de sa réaction.

Rémi attendit lui aussi.

La femelle tourna la tête à gauche et à droite, effleura la surface de l'eau de son groin, lapa deux gorgées d'eau et recula vers la berge sans quitter des yeux la direction de sa cache. Les mâles se regroupèrent en silence, abandonnèrent ce qu'il restait de viande de la dépouille, puis la harde disparut derrière les arbres.

Il longea la Thaurille jusqu'au barrage, traversa à gué et remonta la berge jusqu'au lieu du repas. Il s'arrêta de marcher quelques mètres avant, écouta le silence et alluma sa torche électrique.

Il restait à manger. Après les corbeaux et les renards, les sangliers dévoraient habituellement jusqu'aux os. Mais la meneuse n'avait pas laissé de place au doute. Des bêtes sans prédateur, que leur instinct poussait à éviter l'affrontement.

Le brocard n'était pas blessé, du moins dans les parties intactes du cadavre. Rémi souleva les babines et écarta les mâchoires. Il estima son âge à trois ou quatre ans. Il éclaira la colonne vertébrale, tira le Buck de son fourreau et, de la pointe, inspecta une marque, écartant les chairs. Il incisa le long des vertèbres sur trente centimètres, écarta la fourrure et la peau. Les nodules étaient répandus de façon uniforme sur toute la surface des muscles, les cicatrices de sortie étaient noires. Infection. La ponte des œufs et la migration des larves dataient de l'été. Varron. Le brocard était affaibli. Les premiers parasites du printemps l'avaient achevé.

Personne d'autre que les sangliers n'aurait pu profiter de cette viande. Il enfila des gants de cuir, saisit le chevreuil par les bois et tira la carcasse sur une dizaine de mètres, l'éloignant par précaution du cours de la rivière. D'ici un ou deux jours, il n'en resterait rien.

Le froid de l'eau montait jusqu'à lui. Il s'accroupit, ôta ses gants, lava le couteau, puis se rinça les mains. Il aspergea son visage et ses yeux chauds de fatigue. Avant de se relever, il resta là, dans la position de la meneuse, à regarder l'autre rive où il s'était tenu à l'affût.

Il marcha jusqu'au barrage, traversa la Thaurille, remonta le GR1 pendant cinq minutes, bifurqua à travers bois et longea une parcelle de ray-grass en pousse avant de retrouver le Hilux garé sur la piste forestière.

Il s'assit au volant, alluma la veilleuse, tira le carnet d'inventaire de la boîte à gants et regarda l'heure au tableau de bord.

« Inventaire destruction administrative. 25/03/2012. 02 h 45. Thaurille, berge nord. Harde n° 4. Meneuse 6-7 ans, + / - 120 kilos. Compagnie : quatre mâles, 12 à 24 mois, quatre laies (5-6 ans), douze marcassins. Passage : communes Saint-Feure/Pontgiraud. Parcelles AZ 35/36/41, nord-ouest/sud-est. Itinéraire : source Gartempe/berge Thaurille, deux cents mètres amont retenue pisciculture. Consommation : charogne brocard (+ / - 4 ans). Décès : varron saison 2011 + parasitose). »

Il rangea les documents, éteignit la veilleuse et démarra.

Le faisceau des phares rebondissait sur les racines et les trous du chemin. Il rétrograda en seconde, laissa le gros diesel l'emmener au ralenti, jusqu'à ce que les ampoules puissantes balayent la maison en une poursuite désordonnée. Il gara la voiture sous l'auvent du garage et coupa le contact.

Il entra sans allumer, retira ses chaussures et son pantalon trempé, jeta la veste et s'allongea sur le lit, en pull et en caleçon. Le sommeil qui l'avait surpris dans les bois se refusa à lui.

Il resta sur le dos jusqu'à l'aube, dans les odeurs de lasure et de vernis. Depuis l'hôpital, les endroits neufs le rendaient insomniaque. Il attendit l'aube, se persuadant qu'allongé il récupérait toujours mieux que debout.

Quand la première lumière du jour grisa la maison, il se leva et, pour sauver les apparences, se prépara un petit déjeuner, plongeant le nez dans son bol de café au lait pour ne plus sentir la maison. Il fit descendre les comprimés avec la dernière gorgée tiède, se leva pour poser le bol dans l'évier, et fut pris de vertige. Un instant, le décor prit les couleurs vertes des jumelles infrarouges. Le manque de sommeil devenait inquiétant. Les doses de codéine, avec la fatigue, étaient de plus en plus nécessaires.

Il prit sur l'étendoir un uniforme lavé. Comme sa maison neuve, les vêtements propres le gênaient. Pour secouer sa torpeur et assouplir les tissus rêches, Rémi attrapa le merlin et s'attaqua au tas de bûches benné devant la maison. L'effort dénoua son corps. Une heure durant, le bruit de la cognée éclatant le chêne occupa son esprit. Il empila le bois contre le pignon et le protégea à l'aide d'une vieille tôle ondulée. La transpiration coulait sur son visage. Il se rinça au robinet extérieur et se prépara un sandwich qu'il mâcha lentement à l'ombre du porche.

Le terrain était encore défiguré par les travaux d'abattage et de défrichage, les tranchées de l'assainissement, du réseau électrique et de l'eau. La prairie semée deux semaines plus tôt commençait à germer. Sur la terre sombre, un duvet de vert colorait ce coin de forêt remodelé. Il avait laissé le plus possible d'arbres et de noisetières, jusqu'aux genêts qui poussaient en haut de la butte, là où le granit affleurait. Dégager la surface nécessaire à l'implantation de la maison, au chemin d'accès et aux tranchées, éclaircir le bois pour laisser le soleil donner sur la construction, tout en laissant la maison invisible depuis la prairie au nord, et en se protégeant des vents dominants et des pluies du sud-ouest. L'orientation était bonne et la maison en bois massif réagissait bien aux écarts de température, violents dans la région. Au soleil de midi, le thermomètre à l'ombre du porche affichait 17 °C. Cette nuit, quand il était rentré, le givre se déposait sur le sol. La fuste encaissait sans problème et le poêle à bois suffisait largement à chauffer l'habitation ; elle conserverait aussi la fraîcheur en été. La maison craquait le matin en se réchauffant, le soir en se refroidissant. Il aimait l'entendre réagir aux éléments extérieurs.

La Terre Noire avait toujours été une belle parcelle que son père, avant les dernières années, avait bien entretenue. La maison, un carré de huit mètres de côté, était assemblée avec les fûts des Douglas abattus sur place. Les deux hectares de prairie situés au-dessus donnaient toujours du beau fourrage, récolté par le fils Fernin depuis qu'il louait le terrain.

Rémi observait la nouvelle petite clairière dans laquelle il s'était installé, se disant qu'il ne manquait qu'un peu de temps pour effacer les traces des travaux. Juste un emprunt, se disait-il. La beauté de l'endroit, bien mieux que son besoin de confort, justifiait – ou excusait – qu'il en fît usage. La Terre Noire était aussi, bien qu'il se défendît d'y accorder de l'importance, le dernier morceau de la ferme Parrot.

« Je veux vendre », avait dit sa sœur.

Rémi avait accepté sans discussion. Sauf pour la Terre Noire.

Martine vivait en ville depuis déjà longtemps quand ils se retrouvèrent sans parents. Ils avaient vendu la propriété comme une carcasse au boucher. Courbier et Messenet les avaient courtisés pendant des semaines, marchandant arpent par arpent le moindre terrain exploitable. La bataille foncière des deux familles, un instant, était passée par les petits-enfants Parrot. Une stratégie de guerre froide, dont il avait fallu se tirer sans devenir otage de l'un ou l'autre camp. La maison de Rémi était à présent une enclave le long de la frontière des deux plus grandes propriétés de la région.

Il étala sur la table ses papiers et ses notes.

L'inventaire, avec la harde de cette nuit, était presque terminé. Il rédigea le rapport à transmettre à la préfecture, puis il déplia la carte IGN et prépara, traçant des lignes au crayon, le planning de ses rondes sur la zone du Plateau. Les courbes de niveau et les noms de lieux-dits devinrent flous. Il avala un comprimé avant que la douleur l'empêche de penser. La codéine fit effet en quelques minutes, mais il abandonna la carte, enfila sa veste et se dirigea vers le Toyota. Il souleva la bâche jetée sur le plateau du pick-up, attrapa deux pièges à cage et des collets pour les ranger dans l'armoire à outils. Les collets étaient en fils de cuivre. De fabrication artisanale et une signature connue. Le cuivre était noirci par les flammes : des fils électriques dont les gaines plastiques avaient été brûlées dans un fût de deux cents litres. La récupération de la ferraille et du cuivre, avec ou sans le consentement des propriétaires, était une spécialité des manouches, par ailleurs et traditionnellement les meilleurs braconniers du coin.

Il manœuvra entre les arbres et lança le tout-terrain sur le chemin. Un autre 4x4 arrivait en sens inverse ; un vieux Lada piqué de rouille dont s'échappait, par les fenêtres ouvertes, un magma de guitares électriques et de chant rauque. Rémi braqua vers les arbres et les deux roues avant du Lada dérapèrent dans la terre sèche, soulevant un nuage de poussière brune. Les deux cabines côte à côte, Rémi baissa la vitre de sa portière. Un instant, la musique lui vrilla les tympans, enrayant les effets de la codéine. Il plissa les yeux. La poussière se dissipa dans le vent et la musique s'arrêta.

« Salut.

– Salut.

Les deux hommes s'observèrent d'une cabine à l'autre.

– T'as cinq minutes ?

– Faut voir.

– C'est tout vu, fais demi-tour. »

Le Lada redémarra jusqu'à la fuste et s'arrêta à côté du tas de bois en vrac. Rémi enclencha la marche arrière.

Jean était assis sur les marches du porche quand il le rejoignit.

« Bière ?

– Demande à un marin s'il veut revoir la mer. »

Rémi ressortit de la maison, une bière et une bouteille d'eau pétillante à la main.

« Si t'en veux d'autres, faudra que t'ailles en acheter. C'est tout ce que t'as laissé la dernière fois.

– Laisse tomber, faut que je te dise un truc.

– On dirait. »

Jean moucha la bière en trois gorgées.

« T'es pas venu à la fête patronale de Sainte-Feyre, hier ? »

Rémi esquissa un sourire.

« Ben t'aurais dû. Peut-être que t'aurais pu arrêter cette connerie. Ou si on avait été tous les deux.

– Qu'est-ce qui s'est passé ?

– Tout le bled était là. Quand les Courbier paient la tournée, la commune entière se pointe en remerciant. L'après-midi, autant te dire que j'y étais pas. C'étaient les manèges, les mômes en costumes, la chorale de l'école et tout le tremblement. Après, par contre, y'avait le bal de la TechBois.

– Sûr que c'est pas très joli à voir, un bal, mais c'est pas non plus un drame.

– Quasiment tous les gars de l'usine étaient là, au début avec les femmes et la marmaille en âge de roter. Passé minuit, y'avait plus que des braves, ça volait plus très haut. Thierry Courbier était là, bien sûr, avec quinze mecs autour de lui qui rigolaient dès qu'il ouvrait la bouche pour bâiller. J'étais avec Tonio, qui sent les ennuis arriver une heure à l'avance, à force d'avoir foutu la merde partout où il passait, ce con. Il m'a dit comme ça : « Je me tire, ça pue. » Y'avait déjà quelques types du camp Valentine qui étaient à l'entrée et qui essayaient de passer. Le service d'ordre de la TechBois était sur les nerfs et voulait pas laisser entrer les manouches. Tonio avait raison, ça sentait pas bon. Mais j'avais la gueule au vin, et j'crois que ça m'avait rendu curieux aussi. J'aurais dû chronométrer. À 1 heure du mat', Philippe s'est pointé. Jamais vu dans cet état. Bourré, ouais, d'accord, mais surtout remonté comme un coucou à réaction. Il a foncé direct sur Courbier, en gueulant qu'il voulait voir son père. Il a continué en gueulant encore plus fort qu'il fallait fermer la TechBois, cette usine à merde, etc. Tu connais le refrain quand Philippe se lance là-dedans. Mais bon, quand on est chez toi, c'est une chose, là c'était le bal des Courbier, avec le prince héritier en personne qui se faisait cracher à la gueule devant tous ses fans. Courbier a même pas levé la main. Il a fait un signe de tête, comme un putain de mafieux de cinoche, et trois mecs ont attrapé Philippe. Des bûcherons. J'en connaissais un. On l'appelle le Gros. Mais c'est surtout qu'il fait un mètre quatre-vingt-dix. La graisse, elle est qu'au niveau du cerveau. Ils l'ont traîné derrière la salle des fêtes.

– Qu'est-ce que t'as fait ?

– L'alcool, ça amortit les coups, mais le lendemain ça fait quand même mal. Et puis c'était pas un truc de pochtrons, c'était de la rage. Ici, tout le monde se connaît, mais tout le monde est pas ami. Après, y'a ceux qui s'aiment pas. Y'avait de la haine, Rémi. Si j'avais mis le doigt dedans, j'aurais eu trois autres mecs de la Tech' rien que pour moi. J'ai fait le tour par les sanitaires. Quand je suis arrivé, Philippe était déjà par terre. Alors j'ai attendu. C'est pas joli, mais y'avait qu'une chance, c'était d'attendre le bon moment, quand les mecs auraient assez cogné pour être contents d'eux, et juste avant qu'un connard balance un coup de pied dans la tête d'un type inconscient. Philippe encaissait encore un peu. Quand les trois ont commencé à reprendre leur souffle, j'ai été voir de plus près. Le Gros m'a dit : « Qu'est-ce que tu veux, Jeannot ? Barre-toi. » Je lui ai dit que je voulais rien, à part qu'ils fassent pas une connerie. Je leur ai dit que l'écolo avait son compte et que personne devait finir en taule pour une connerie comme ça un soir de bal. Les mecs m'ont regardé un moment, mais j'avais pas besoin d'autres arguments, vu comment ils avaient déjà chiffonné Philippe. Le

Gros m'a parlé en tapant avec son doigt sur ma poitrine, et ça fait quasiment l'effet d'un marteau. Il a dit que j'avais pas intérêt à me mêler de ça, qu'il valait mieux que je ramasse le hippie et que je revienne pas au bar. C'est exactement ce que j'ai fait.

– Comment il va ?

– C'est pas beau, mais y'a rien de grave. Il est costaud, l'écolo. Faudrait juste qu'y fasse pas une déprime ou une connerie quand il tiendra debout.

– Il est chez lui ?

– C'est là que je l'ai laissé ce matin. »

Rémi s'appuya à un poteau du porche et but quelques gorgées au goulot de la bouteille d'eau. Le muscle buccinateur de sa joue gauche, encore mobile, se contracta, soulevant un coin de sa bouche.

« Je passerai le voir. »

Jean leva son cul des marches et arpenta le porche, jetant un œil aux menuiseries en mélèze qui commençaient à jaunir sous l'effet des UV.

« Faudra que tu lasures si tu veux pas qu'on refasse tout dans dix ans. »

Il se tourna vers Rémi, perdu dans ses pensées.

« T'en fais pas. Tu sais bien que ça finit toujours comme ça par ici. Avec les Courbier et les Messenet, avec les gars du bois, avec les chasseurs, avec tout le monde. Avec ton uniforme et ta cahute au milieu des bois, c'est juste que t'as perdu l'habitude. Faut pas s'en faire.

– Ouais. On enterre et on laisse pourrir jusqu'à la prochaine cuite et la prochaine bagarre.

– T'es du coin, tu sais ce que c'est de glisser la merde sous le tapis. »

Rémi avait enfilé sa casquette et descendait les marches. Il s'arrêta, une main sur la balustrade.

« Je peux savoir de quoi tu parles ?

– À ton avis ? »

Rémi baissa la tête, le visage plongé dans l'ombre de sa visière.

« Elle sait où j'habite. Faut que j'y aille. Tu peux rester si tu veux, mais vu l'état de mon frigo, je suppose que tu vas aller voir ailleurs.

– Tout juste.

– Faudra qu'on voie pour la cabane à outils, le garage est vraiment trop juste. Tu me diras quand tu as du temps.

– Bientôt, parce qu'après je crois que je vais me tirer d'ici. Je prends un avion et je vais dans un coin où y'a moins de monde et plus de bêtes. Ou juste un endroit où la différence est plus claire.

– Autre chose. J'ai encore trouvé deux cages et des collets du côté de la pisciculture. Tu diras à Tonio de faire passer le message au camp. Les gars de l'ACCA commencent à être remontés. Les manouches sont pas toujours responsables du braconnage, mais quand les chasseurs leur mettent tout sur le dos, faut avouer qu'ils ont quand même raison une fois sur trois. La prochaine fois, faudra que je fasse un rapport, et y'aura une copie pour la gendarmerie.

– Je passerai le message, au cas où. »

Rémi relança le Hilux sur le chemin, le Lada de Jean collé à son pare-chocs. La sonnerie de son portable résonna dans la poche de sa veste. Il décrocha et regarda dans le rétroviseur. Jean à l'autre bout du fil.

« Quoi ?

– Comme t'avais pas l'air de te décider, j'ai organisé la crémaillère. J'ai invité tout le monde samedi prochain.

– Qui ça, tout le monde ? J'ai pas envie de voir du monde.

– Panique pas. Philippe, ta sœur, son jules et leurs mômes, Bertrand et Marie, Polo, Bertin et sa femme qui viendront aussi avec leur gamine. J'en ai pas parlé à Tonio, mais…

– Laisse tomber.

– On a fait du bon boulot, ça se fête. Je suis passé à la boutique de Michèle, hier, pour lui donner la dernière facture. C'est sympa son magasin. Tu devrais aller t'acheter des bas résille.

– Pourquoi tu me racontes ça ?

– Parce que je l'ai aussi invitée. »

Rémi freina au milieu du chemin.

« Quoi ? »

Le 4x4 de Jean fit une embardée dans le fossé et le dépassa sans ralentir.

« Je lui ai dit que le message venait de toi. Elle a dit qu'elle passerait peut-être. »

3

Vingt ans après l'accident, neuf jours avant la découverte du premier cadavre

Rémi entra en ville sans s'en apercevoir, avant de réaliser au rond-point du pont Neuf qu'il déboulait à quatre-vingts. Il ralentit et prit la mesure de sa nervosité.

Depuis combien de temps n'était-il pas venu en ville ? Une semaine ? Deux ? Moins il venait ici, mieux il se portait. Il ralentit, quitta le centre-ville et s'engagea sur la route du Mont qui conduisait à la clinique de la Croix-Bleue, au centre des impôts, à la gendarmerie. Dans le dernier virage, avant de traverser le lotissement et d'arriver à la caserne, la vue s'ouvrait sur R. et ses trois vallées pentues, traversée par la rivière. Les immeubles en granit couverts d'ardoises, serrés les uns contre les autres à flanc de collines, les jardins en terrasse. La tour de l'horloge récemment restaurée, la grand-rue. Les ruines du château qui surplombait la sous-préfecture. En face de la mairie, la nouvelle boutique de Michèle.

Dans ces collines, les ados venaient se bécoter, des ivrognes finir la nuit, des jeunes se shooter au milieu des genêts. On avait retrouvé quelques suicidés sur la colline de la tour. Dans les buissons, vivaient des lièvres et des lapins, des grives, des perdrix, des blaireaux, des martres et des fouines. Il y avait deux ou trois passages de cochons. En restant à l'affût quelques heures, on avait toutes les chances de voir passer des chevreuils. La nuit, les hérissons pullulaient et les gens du camp posaient des collets. Rémi avait passé des heures à observer les oiseaux dans ces bois et ces buissons. Il y avait les mêmes à cent mètres de la ferme, mais il aimait espionner les animaux et entendre en même temps les bruits de la ville.

Ils étaient venus un soir à la lune, avec Michèle ; ils devaient avoir quinze ou seize ans. Rémi avait fait la route depuis la ferme en mobylette et il ne se souvenait plus comment elle était arrivée jusque-là, depuis la maison Messenet, de l'autre côté de la vallée de la Gartempe. Peut-être qu'elle avait fait les trois kilomètres à pied à travers bois. C'était le début de l'été, elle en était capable. Quinze ans. Elle devait entrer au lycée à la rentrée suivante. Pour lui, c'était différent. Le proviseur l'avait convoqué avant les grandes vacances. Rémi n'aimait pas aller dans son bureau ; cette impression d'amener une odeur d'étable au milieu des papiers. Ce jour-là, le proviseur ne lui avait pas parlé des bagarres ou de ses absences à cause du travail à la ferme, mais de son avenir et de ses « possibilités ». « Vous devez aller au lycée, Parrot. » C'était ce qu'il avait dit. Comme si c'était aussi simple que ça : « Vous êtes un bon élève, avez-vous réfléchi à ce que vous voulez faire plus tard ? » La question l'avait abasourdi. Mais la décision ne dépendait pas de lui. Les foins avaient commencé. À la rentrée, c'était le lycée agricole.

Il avait essayé d'en parler à sa mère, ce soir-là. Elle avait rougi et lui avait dit d'attendre, peut-être, que la fenaison soit finie pour en parler à table. Il n'avait pas eu le temps de le faire.

Avec Michèle, ils avaient passé des heures à regarder la ville d'en haut, en attendant la nuit. Ses yeux noirs fixés sur les premières lumières des rues de R., elle disait déjà qu'elle voulait partir. Quand elle parlait de quitter cette ville pourrie, le cœur de Rémi s'accélérait. Pas de départ pour lui. Les foins et le lycée agricole. La ferme. Il avait voulu prendre sa main dans la sienne, puis avait renoncé. Il ne pouvait pas la retenir. Elle partirait et lui resterait.

Cet adolescent qui découvrait à tâtons les murs qui l'entouraient, il le sentait encore au fond de lui, accroupi dans un buisson, la main serrant du vide. Des poupées russes. Le temps recouvrait étape par étape des morceaux de lui-même qu'il ne serait plus. Plus on remonte dans le temps, moins on est de personnes à la fois, mélangées les unes aux autres. Ce soir-là, c'était l'adolescence, l'âge du discernement entre enfants et adultes, amis et connaissances, imbécillité et intelligence. Dans les cours du collège, on ne jouait plus avec tout le monde, les groupes se formaient par affinités et ressemblances. À R., cela prenait une tournure définitive.

Rémi était le seul garçon d'une famille installée ici depuis seulement trois générations. Un grand-père breton, après guerre, venu profiter des terres que le Gouvernement bradait pour repeupler ce coin vidé par l'exode rural. Mais la légende disait aussi que le grand-père Parrot avait quitté la Bretagne parce qu'il y avait eu trop d'ennuis. Rémi ne l'avait pas connu, mais quelques vieux se souvenaient encore de lui. Parrot, dur à la tâche, alcoolique, violent, pas d'ici. Dans les poupées russes, avant l'adolescent et avant l'enfant, il devait y avoir un grand-père en train de brailler, de picoler et de taper sur sa femme, pour l'enrober ; un père à la gentillesse rougie par le vin, avec sur les épaules une ferme en piteux état. Rémi trimballait en lui cette lignée d'hommes jamais assimilés. Sa vie de reclus et son travail solitaire semblaient à tous une fin logique pour cette dynastie déracinée et sans succès.

Assis au-dessus de la ville cette nuit d'été, il ne voyait aucune autre issue ou possibilité que la ferme, celle qui avait tué son grand-père et s'attaquait maintenant à son père. Il n'y avait que deux enfants Parrot. Lui et sa sœur Martine, en apprentissage dans un salon de coiffure de la ville. C'était son héritage d'homme. À quinze ans, il était assez costaud pour travailler.

Quelques jours plus tard, les médecins allaient déclarer que la solidité de ses os était la seule raison de sa survie. Michèle et Rémi ne savaient encore rien de leurs faiblesses ou de leurs forces.

Le virage déboucha sur la ligne droite du lotissement. Les pavillons crépis commençaient à vieillir. Les tuiles mécaniques avaient foncé et se couvraient de mousse sur les rampants nord, les portails et les barrières en bois peint s'écaillaient. Quand il était au collège, les enfants qui vivaient ici, dans ces maisons neuves dominant la ville, étaient des rois. Comme le bureau du proviseur, un endroit où Rémi n'osait pas venir dans ses vêtements de paysan. Au bout de la rue, il avisa le portail bleu marine de la caserne.

De cette vision instantanée de la ville, balancée par le virage, il ne lui resta que cette impression qu'il avait toujours eue – peut-être héritée de Michèle – que les trois vallées écrasaient tout ce qui vivait entre elles. Et cette phrase qui tourna dans sa tête jusqu'à ce qu'il gare le Toyota dans la cour de la gendarmerie : « Il n'y avait que deux enfants. »

Marsault était à l'accueil. Lorsqu'il leva les yeux vers Rémi Parrot, il eut cette réaction que le garde-chasse avait pris l'habitude d'ignorer : ce flottement du regard qui ne savait pas où se poser sur son visage.

« Salut Arnaud.

– Salut Rémi. »

Marsault. Clan Courbier. Adolescent grande gueule et bagarreur, ami d'enfance de Thierry Courbier. Comme presque tous les mômes de R., il en pinçait à l'époque pour Michèle. Marié avec la fille aînée du bistrot Marcy. Un ou deux enfants. Flic. Rémi se demanda s'il était au bal, samedi dernier, quand les bûcherons de la TechBois avaient tabassé Philippe.

Rémi n'avait jamais éclairci son rapport avec les flics. Il était assermenté, avait pouvoir de police judiciaire, possédait une paire de menottes, une arme de service, bien qu'il ne la portât que rarement. Dans son domaine, il pouvait enquêter, verbaliser, demander une arrestation. Ces points communs ne lui suffisaient pas à se sentir proche du flic qu'il avait en face de lui. Il travaillait avec eux, parfois, rien de plus. L'expression « police de la nature » lui écorchait les oreilles.

« J'amène le plan de battue. L'inventaire est terminé. Tout est dedans. Les parcelles, les postes, les horaires. La liste des tireurs est pas encore bouclée, c'est Valleigeas qui fera la louveterie. »

Marsault prit les papiers et consulta la première page, profitant des documents pour ne plus regarder Parrot en face.

« Ouais, il a jamais su se décider, Valleigeas. »

Rémi traduisit facilement. Pour les grandes battues, tout le monde voulait en être. Ça voulait dire d'un côté les Courbier, de l'autre les Messenet. Chacun une ligne de tir et chacun des amis à placer dedans. Valleigeas, garde champêtre de Sainte-Feyre, n'était l'ami d'aucun clan. Depuis deux mois, il devait recevoir des coups de fil et se faire inviter à des apéros où on lui glissait des noms, des conseils ou des menaces déguisées en blagues jaunes. Indécis, Valleigeas, qui essayait comme beaucoup de ne pas se faire plus d'ennemis que nécessaire, sans prendre parti.

« Quatre-vingt-cinq bracelets ! Lenoir va plus avoir un seul congélateur à vendre. Dix-huit rabatteurs, vingt-huit tireurs. Il aura plus une seule balle non plus. »

Marsault ne releva pas la tête.

« Tu y seras ?

– Ouais, en sortie. Pas envie de me retrouver entre les lignes quand ça va défourailler. »

Marsault sourit sans y mettre beaucoup de conviction. Il savait aussi à quoi s'en tenir : Parrot n'était ni d'un côté, ni de l'autre.

« Et toi ?

– Non, plus de place. Et je suis de service.

– Tu vois, Valleigeas arrive à se décider de temps en temps. »

Marsault fit un effort pour ne pas réagir.

« Le commandant a dit qu'il voulait te voir. Il est dans son bureau. »

Rémi passa derrière le comptoir.

Il frappa à la porte et entra. Le commandant avait dû se préparer à son arrivée, car il chercha les yeux de Parrot à toute vitesse pour les fixer sans dévier d'un centimètre pendant toute la conversation.

Il l'invita à prendre un siège, mais le garde-chasse resta debout dans son uniforme kaki.

« Tout est prêt pour la battue ?

– Manque seulement la liste complète des tireurs.

– Ah, oui. Les tireurs, toujours les tireurs. Vous pensez qu'ils sont choisis selon quels critères en priorité, monsieur Parrot ? Leur amour pour la nature, leur amitié pour leurs voisins ou leur habileté au tir ? »

La moitié droite du visage de Rémi sourit.

« Un des trois n'est pas spécialement requis. »

Le commandant Vanberten, dont le nom nordiste n'évoquait en rien son physique de négociant bordelais, éclata de rire comme on tousse dans un mouchoir.

« Je ne veux pas savoir lequel. »

S'il vivait ici cent ans, devenait alcoolique et gagnait dix fois le concours du plus gros mangeur de pâté de pommes de terre, jamais Vanberten ne pourrait se faire passer pour un local.

« Dites-moi, monsieur Parrot, je voulais parler avec vous d'un incident dont j'ai eu vent, au sujet du bal de la société TechBois, samedi dernier. Savez-vous de quoi je veux parler ?

– Vous allez me le dire.

– Philippe Mazenas, garde forestier et agent assermenté de l'Office national des forêts, aurait été sérieusement agressé lors de ces festivités. Nous parlons de la même chose ? Bien. Malgré les efforts qui sont faits dans cette brigade pour que je ne sois pas au courant de tout ce qui se passe le samedi soir, je suis au fait de cet incident. Je suis aussi en mesure de faire la différence entre une soûlerie et un règlement de comptes entre un technicien de l'ONF et des employés de la plus grosse entreprise de sylviculture de la région. Je connais votre position vis-à-vis des partis en cause, et c'est pour cela que j'aimerais avoir votre avis. Pensez-vous que ce problème pourrait se reproduire ? Ou même s'aggraver ? Vous pouvez parler librement, je m'informe seulement et je ne pense pas encore que le brigadier Marsault colle son oreille à la porte de mon bureau. »

Le sourire poli de Vanberten ne cherchait pas à cacher son intelligence, ce n'était qu'un encouragement pour ceux qui étaient plus lents.

« Je ne sais pas, commandant. Je n'ai pas encore vu Philippe. Entre lui et les exploitants, ça a toujours été tendu. Il avait bu, j'imagine. Tout le monde devait avoir bu. C'est pas une circonstance atténuante, mais c'est toujours une explication. Je peux rien vous dire de plus, mais je dois passer le voir aujourd'hui. »

Vanberten réfléchit un instant, hésitant à mettre toute sa confiance dans sa réponse.

« D'accord, vous n'en savez pas beaucoup plus que moi. Mais si jamais – et ne prenez pas cela comme une sorte de dénonciation ou de trahison – vous appreniez que cela est plus grave qu'une rixe de fin de bal, auriez-vous la gentillesse de m'en faire part, monsieur Parrot ?

– Je le ferai, commandant. Si vos hommes ont besoin d'autres renseignements, pour la battue de la semaine prochaine, n'hésitez pas à m'appeler. »

Rémi salua et poussa la porte du bureau. Le commandant le rappela, souriant toujours :

« Et vous, monsieur Parrot, êtes-vous bon tireur ? »

Rémi se retourna à demi dans le couloir, n'offrant à Vanberten que son profil paralysé, son sourire caché de l'autre côté.

« Ça ne se dit pas, commandant. Mais ça doit se savoir. »

•

Rémi redescendit du mont en seconde, laissant le frein moteur ralentir sa course jusqu'au centre-ville. Il posa le téléphone portable sur son socle, mit en route le kit mains-libres et fouilla son répertoire. Philippe répondit à la troisième tonalité. Rémi s'excusa de ne pas être passé le voir plus tôt et demanda où il était. Philippe était en plein martelage dans la forêt domaniale de Fénières, à vingt kilomètres de là. Donc, il marchait. Rémi connaissait l'endroit et demanda s'ils pouvaient s'y retrouver dans une heure. Le garde forestier raccrocha et le garde-chasse poursuivit sa route jusqu'à la grand-rue, tourna sur le parking de l'hôtel de ville et s'arrêta sous le passage qui conduisait à l'ancien cinéma.

Jean avait bien bossé. La boutique, ancien salon de soins canins, avait été judicieusement reconvertie en magasin de vêtements et sous-vêtements. Michèle savait toujours ce qu'elle voulait et Jean ce qu'il faisait. La façade et la vitrine étaient réussies, colorées dans les limites de ce que supportait la ville. Le pas-de-porte était idéalement placé à l'endroit le plus passant de la ville, unique chance de faire suffisamment de commerce.

Rémi sourit, caché derrière le reflet du pare-brise, lisant le nom peint en délié rétro : « Les dessous de la ville. »

À gauche et à droite de la porte d'entrée, deux vitrines ; l'une de vêtements annonçant l'arrivée de l'été, l'autre de lingeries.

Un cutter à la main, elle coupait les Scotchs d'un carton de livraison. Rémi la regarda déballer des T-shirts roses et blancs. Elle passait entre les mannequins sans tête et les penderies. Elle pliait, empilait, étiquetait les prix et les nouveautés.

Pourquoi avait-il mis si longtemps à venir ? Cinq mois. Peut-être pour être sûr qu'elle n'était pas que de passage. Possible, mais pas suffisant pour cacher entièrement sa trouille. De la voir dans le magasin, installée, revenue, Rémi ressentit un soulagement plus grand que ce qu'il avait imaginé. Il ôta sa casquette, secoua ses cheveux, inspira une longue bouffée d'air et mit la main sur la poignée de la portière. Il s'arrêta net en voyant marcher vers la boutique un grand type en veste Barbour, mains dans les poches, patronal de la pointe des Paraboot au sourire de façade. Didier Messenet, héritier du grand maquignon et frère de Michèle, ajoutait à chaque année qui passait une arrogance un peu plus appuyée. Sur ses épaules, malgré ses fringues de chasseur anglais et ses grands airs, la courbure du paysan.

Rémi se rassit sur son siège, attendit qu'il entre dans la boutique et redémarra. Lorsqu'il passa devant le magasin, Didier Messenet s'était retourné et regardait la rue.

Il roula vite sur la nouvelle nationale qui filait au sud vers la chaîne des Puys ; une large chaussée tirée au cordeau, coupant le dessin de l'ancienne route aux virages reconvertis en aires de repos. De chaque côté, sur les collines de plus en plus raides, les hectares de Douglas d'une plantation Courbier qui avait valu à ce nouveau tronçon d'asphalte lisse son surnom de « route Courbier ».

Les travaux d'abattage avaient commencé l'année précédente et, le long de la chaussée, s'empilaient des montagnes de billes. Des tas de dix mètres de haut, longs de cinquante, que les camions de la TechBois venaient charger avant de se lancer sur la nationale qui desservait magnifiquement, quelques kilomètres plus loin, l'usine de sciage, de pâte à papier et de panneaux agglomérés. Libre à chacun de penser que la construction de cette autoroute forestière n'avait rien à voir avec Marquais, président du conseil régional, grand ami de la famille Courbier et actionnaire de la compagnie de TP qui avait réalisé les travaux. Les renvois d'ascenseur entre Courbier et Marquais étaient tels qu'on ne savait plus très bien qui rendait service à qui.

L'usine s'agrandissait chaque année. Une nouvelle cheminée, un hangar, un nouveau banc de sciage numérique. Devant les quais de chargement, des semi-remorques aux plaques minéralogiques de toute l'Europe. L'usine employait un tiers des derniers salariés de R. Sans la TechBois, la ville aurait peut-être disparu. Elle avait maintenant un maire et un roi.

Il quitta la nationale après avoir dépassé l'usine et prit la route du Plateau qui montait en serpentant vers la commune de Fénières. Le maire du village faisait figure de résistant, dans le coin, puisqu'il refusait depuis plusieurs années de vendre les sections communales à la TechBois, continuant à mandater l'ONF pour leur entretien et leur exploitation. Cinq pour cent des bois de la région appartenaient encore aux communes. Des quatre-vingt-quinze autres, quatre-vingts appartenaient aux Courbier. La résistance de la mairie de Fénières se comprenait mieux quand on savait que le vieux Messenet avait la moitié du conseil municipal dans sa poche. Philippe s'en fichait et s'acharnait à faire de ce coin préservé un paradis forestier, la plus belle épine dans le pied de la TechBois.

Rémi gara le 4x4 de l'ONCFS sur le parking visiteur d'où partait le circuit de promenade, une boucle de deux kilomètres qui passait au sommet de la colline par le site des Pierres Jaumâtres. Il verrouilla le véhicule et se lança sur le parcours à bonnes foulées. Élagage, sélection, sens du paysage et martelage précis, Rémi apprécia tout le long de la montée le travail de Philippe. Il escalada en opposition la faille qui coupait en deux le plus gros des rochers et se percha dessus pour profiter du plus beau panorama de la région. Au sud et à l'est, les Puys encore enneigés. Devant lui, le Plateau, secteur du parc naturel régional qui s'arrêtait sur ce dernier point haut, les Jaumâtres, avant de se transformer en plaines longuement vallonnées au nord et à l'ouest. Les plaines agricoles, le Plateau forestier. Deux territoires.

On appelait le plus haut des rochers Le Dragon, à cause de son arête ronde comme un dos et creusée de petites marmites régulières, qui dessinaient une colonne vertébrale épineuse à ce bloc de granit de onze mètres de haut. Depuis le dos du Dragon, on lisait comme une histoire le cours de la rivière qui avait déplacé, usé et arrondi ces tonnes de pierres que la baisse du niveau des eaux et l'érosion avaient laissées suspendues en l'air, au sommet d'une colline de sept cents mètres d'altitude. Pas mal de prêcheurs, de druides, de vierges et de chèvres sacrifiées étaient passés par là depuis.

Rémi observa la ligne de front avant de redescendre. Les prairies Messenet qui montaient à l'assaut du Plateau ; les futaies et les coupes rases des Courbier qui prenaient la suite jusqu'au parc régional. Fénières sur la ligne. Plus loin, à l'est, la commune de Banize et le parc éolien des Messenet, que Rémi pouvait voir depuis chez lui également, tout en haut de la Terre Noire.

Les Pierres avaient quelque chose de rassurant. À les voir intactes après que des siècles d'intérêts eurent répandu tripes et boyaux à leur pied, les empires provinciaux des Courbier et Messenet donnaient presque envie de rire. Mais Philippe ne rigolait pas de ça. Il se battait pour la nature. Rémi voulait bien le croire, même s'il évitait de gratter trop loin la psychologie du militant. La nature, c'était une idée différente pour un fils de paysan comme lui. Les paysans savent à quelle vitesse leur trace s'efface. La terre est un outil de travail qui donne tant qu'on a la force de le faire. Il reconnaissait que les dégâts mécaniques risquaient de pourrir la vie, mais la nature, avait toujours pensé Rémi, n'avait pas besoin qu'on la défende. Elle nous boufferait tout cru si on lui tournait le dos quelque temps. C'était comme ce documentaire qu'il avait vu, une sorte de perspective scientifique, un scénario dans lequel les hommes disparaissaient du jour au lendemain. En vingt ans, trente, toutes les prairies du coin seraient envahies par la forêt. Les loups qui revenaient par le Massif central pulluleraient en aussi peu de temps. La moitié des animaux échappés des zoos s'adapteraient au climat d'ici et, dans un siècle, des girafes boufferaient les arbres dans les anciennes plaines céréalières des Messenet. Des ours, des loups et des tigres se battraient pour avoir le privilège de s'installer sur les Pierres Jaumâtres, dans des forêts oubliées des Courbier. Les prédateurs seraient au paradis parmi des troupeaux de cerfs et de chevreuils. Les normandes, les charolaises et les limousines s'éteindraient d'elles-mêmes, trop gourmandes, trop sédentaires, à moins qu'elles ne trouvent en hiver des chemins de migration vers le sud. Peut-être que des races plus robustes, venues des Tatras polonaises, traverseraient la Beauce à la fin de l'automne, après que quelques générations d'entre elles seraient mortes à la recherche du passage, au sud et à travers les Pyrénées, menant aux pâturages toujours verts de l'Espagne. Évitant les Alpes, elles passeraient à l'est des Puys, où les attendraient les ours, les loups et des hordes de chiens. Car d'après ces scientifiques, les véritables futurs rois des animaux seraient les rejetons de nos chiens de compagnie. Ni les gros, ni les petits, ni les chiens de race, mais les moyens, les bâtards de vingt ou vingt-cinq kilos. Les chiens régneraient sur l'Europe. Des chiens jaunes en bandes. Dans ce scénario, ils prenaient aussi Tchernobyl en exemple. Des terres interdites aux hommes pour dix mille ans, mais où la nature, après quelques générations tarées, avait repris racine avec vigueur. Faune et flore. Tout ça se voyait bien d'ici, en haut des Pierres, pour un fils de paysan.

Rémi redescendit du Dragon et continua sa marche. Il laissa le chemin balisé pour s'enfoncer dans la forêt et fit un petit détour pour inspecter un coin à girolles qui ne donnait pas encore. Malgré le soleil des derniers jours, il faudrait attendre les saints de glace et la fin des nuits encore froides pour débuter la cueillette.

Il retrouva la piste forestière de Fénières, dépassa la petite Peugeot verte de l'ONF de Philippe, suivit une ligne de chênes de soixante frappés au marteau de l'Office et siffla quand il pensa être à portée de voix. Il attendit silencieusement une réponse. Il se déplaça d'une centaine de pas à droite, signala une nouvelle fois sa présence, avança d'autant et recommença. Puis il lui sembla entendre une voix, lointaine, mais forte. Il se dirigea au son et vit, au bout d'une travée, le téléphone à l'oreille, Philippe en uniforme de travail en train de gueuler dans l'appareil. Quand il entendit Rémi approcher, il se retourna en sursautant et raccrocha, les yeux écarquillés et furieux. Il portait en bandoulière une Remington 750 Woodmaster.

Le visage de Philippe était couvert de marques et d'écorchures. Son œil droit, sous une arcade enflée, était cerclé de noir jusqu'à la pommette. Une coupure traversait ses deux lèvres gonflées. Un bandage protégeait sa main gauche et il boitait. Jean n'avait pas exagéré, Philippe avait reçu des coups sévères. Dans ses cheveux blonds presque rasés, les croûtes d'une plaie pas encore cicatrisée. La barbe de trois jours poussait sur les blessures. Pas de rasoir avant quelque temps sur ce menton abîmé.

Rien qui ne disparaîtrait, mais Rémi fut impressionné par l'état du garde forestier et ce visage boursouflé de haine.

« Salut.

– Qu'est-ce que tu veux ?

– Rien. Voir comment ça allait.

– Ben tu vois, en pleine forme. »

Rémi regarda la carabine.

« Tu fais quoi avec ça ? »

Il sourit et s'approcha en tendant la main. Malgré le bandage, la poigne était ferme.

« Tu attends de la visite ?

– J'aime bien être au calme quand je travaille, c'est pour éloigner les touristes.

– Jean m'a dit ce qui s'était passé.

– Ouais, j'aurais préféré qu'il arrive un peu plus tôt, mais c'était déjà bien qu'il soit là.

– Qu'est-ce que t'as foutu ? »

Philippe lui tourna le dos et marcha en claudiquant jusqu'à un chêne. De deux coups de hachette, il écorça l'arbre, une fois à un mètre cinquante, une autre près du sol, puis frappa au marteau de forestier. Les deux lettres AF faisaient comme une cicatrice sur la pulpe régurgitant de l'eau.

« J'avais picolé.

– Personne n'en doute. »

Philippe leva la tête, regarda les branchages des arbres alentour, évalua la distance qui les séparait, et choisit le prochain chêne à abattre. Deux coups précis du tranchant du marteau administratif. Deux autres pour marquer.

« Vanberten m'a posé des questions.

– Tu fréquentes trop les flics.

– C'est pas ça qui me rend bavard.

– Y'a quelque chose à comprendre ?

– À toi de voir. C'est pas moi qui me balade avec une arme. Y'a quoi dans le magasin ? »

Philippe avançait d'arbre en arbre, faisant sauter l'écorce et résonner son marteau.

« Ça va pas te plaire. Norma 7/64.

– Tu chasses le gros ?

– Du genre chemise à carreaux. T'es venu me faire la morale ?

– Tu préfères un PV et une amende ? »

Philippe fit glisser la Remington de son épaule, s'assit sur un arbre mort et appuya l'arme près de lui. Plier les genoux et le dos lui arracha une grimace.

« Je préférerais que tu me foutes la paix.

– Encore une fois, c'est pas moi qui suis en guerre. Et je crois que tu vois plus les choses comme elles sont. T'as agressé Courbier sur son territoire et t'as pris une raclée. C'est pas une première. Te balader avec du 7/64, ça ressemble à de l'escalade.

– Comment ça va avec la fille Messenet ? Son frangin t'a donné l'autorisation de lui dire bonjour ? »

Rémi s'assit à côté du forestier, enfonça sa casquette pour protéger les cicatrices d'un rayon de soleil.

« Tu m'expliques le rapport ? »

Rémi décrocha sa gourde de sa ceinture et proposa à boire à Philippe.

« Tôt ou tard, tu te retrouveras dans la même situation que moi. Les Messenet et les Courbier ont déjà foutu ta vie en l'air.

– Je suis pas sûr d'apprécier le tournant que prend cette discussion. »

Philippe regarda Rémi Parrot, la moitié droite de son visage noyée dans une coulée de cicatrices et de greffes. Il but une gorgée d'eau et rendit la gourde au garde-chasse.

– Au temps pour moi. »

Rémi se leva en tendant la main vers l'agent de l'ONF. Philippe éjecta le magasin de la semi-automatique, en sortit les trois balles et les déposa dans la paume du garde-chasse.

« La prochaine fois, prends ton arme de service.

– On en a qu'une au bureau. Christian est parti avec la brigade de Gentioux, sur le coup des débardeurs.

– Ouais, j'en ai entendu parler. Deux machines ?

– Même chose. Acide de batterie dans les réservoirs.

– Tes potes du Plateau vont bien finir par se faire serrer. Tu passes toujours autant de temps avec eux ?

– Ça te pose un problème ? »

Rémi empocha les balles.

« Faudra qu'on surveille les voitures des bûcherons. Dans pas longtemps, tout le monde va être armé par ici. »

Philippe se leva, la carabine à la main.

« Ouais, possible que ça pète vraiment, un de ces quatre.

– Ouais. »

Rémi tourna le dos à Philippe et s'éloigna. Il s'arrêta après une dizaine de pas.

« Jean organise une petite fête pour la maison, samedi prochain.

– C'est lui qui organise ta crémaillère ?

– Ouais.

– Il m'a déjà appelé. Je passerai. Hé, Rémi ?

– Quoi ?

– Merci quand même d'être venu. »

Rémi Parrot porta deux doigts à la visière de sa casquette et s'enfonça dans le bois.

4

Vingt ans après l'accident, dix jours après le premier cadavre, sept jours après l'incendie, quatorze heures après la fusillade

« À quelle heure êtes-vous arrivée, hier soir ?

– À la Terre Noire ? Je suis partie après le vin d'honneur. Il devait être 18 heures. La nuit commençait à tomber. J'ai attendu que les derniers invités soient partis et j'ai pris la voiture.

– Vous aviez rendez-vous avec lui ?

– Pas vraiment. Mais on était plus ou moins d'accord.

– C'est-à-dire ?

– Il est venu à l'enterrement. On s'est rien dit, mais on s'est compris.

– Vous vous sentiez libres de le faire ?

– C'est une façon intéressante de voir les choses.

– Une idée de policier, excusez-moi.

– Ouais, c'est pas joli, joli.

– Il faisait presque nuit quand vous êtes arrivée, et ensuite ?

– Quand on revient d'un enterrement, on n'a pas tellement envie de parler. Pas la peine de te boucher les oreilles, Marsault, on n'a pas eu le temps de faire grand-chose. Je venais d'arriver quand il y a eu le premier coup de feu. Je crois que c'est la vitre de la porte qui a éclaté.

– Quelle a été votre réaction ?

– Réaction ? On s'est jetés par terre.

– Ma question serait plutôt : avez-vous tout de suite compris ce qui se passait ?

– Je savais qu'il était en fuite, mais d'abord, non, je n'ai pas pensé que c'était ça. Quand il a tiré la deuxième fois, je me suis cachée dans un coin et là, oui, j'ai commencé à me demander ce qui se passait. J'ai pensé que ça pouvait être ça. Qui d'autre ?

– Il y avait deux tireurs, avez-vous pu les identifier avec certitude ?

– Pas du tout, il faisait nuit. Je me suis planquée et c'est tout. Ça pouvait être que lui. Pour l'autre tireur, vous avez peut-être une idée, commandant ?

– À ce stade de l'enquête, nous n'en savons rien. Vous êtes une héritière Messenet, et monsieur Parrot s'était fait pas mal d'ennemis ces derniers temps. Vous faisiez tous les deux, comment dire… de bons paratonnerres.

– Vous avez aussi de jolies idées. Ça me plaît, cette histoire de foudre.

– Je suis heureux de vous faire plaisir. Mais cette image m'en rappelle une autre, moins romantique. L'incendie de la TechBois par exemple. Cette fois, vous avez eu le temps d'y réfléchir à tête reposée. Qu'en pensez-vous ?

– Comme tout le monde. Les types qui sabotent les débardeurs depuis un an ont dû en avoir marre de les voir tout le temps revenir.

– C'est une piste que nous suivons.

– Il y en a d'autres ?

– J'aimerais revenir à la nuit dernière, si vous le voulez bien. Voyez-vous, je ne suis toujours pas sûr de comprendre qui était la cible de cette attaque : vous ou monsieur Parrot. L'histoire de votre famille est assez connue, comme celle des Courbier. Celle de Rémi Parrot l'est moins.

– Sors tes doigts de tes oreilles, Marsault, tu vas t'instruire. Il n'y a qu'une seule chose que les Courbier et les Messenet ont toujours bien faite ensemble, c'est d'écraser les gens qui se retrouvent sur leur route. La ferme Parrot n'était pas en bel état quand Rémi était gamin, mais le grand-père, même s'il était à moitié fou, n'était pas complètement abruti. Il avait acheté des bonnes terres ; trop sans doute pour qu'il parvienne à s'en occuper comme il fallait, mais le résultat était le même : la propriété intéressait ma famille et celle des Courbier. Le grand-père était aussi trop dingue pour qu'on puisse négocier quoi que ce soit avec lui, pour lui faire peur ou le pousser au suicide. Finalement, il s'est foutu en l'air à coups de bouteilles, mais c'est pas la question. Courbier avait la banque dans la poche. Mon grand-père avait tout le reste : fournisseurs, maquignons, administrations. Les deux vieux se sont acharnés sur les Parrot, de toutes les façons possibles, même si personne savait au bout du compte qui tirerait les marrons du feu.

» D'abord, il fallait que le vieux Parrot soit à l'agonie. Mais, comme je vous ai dit, il était dingue. Sa ferme est devenue une épave, mais il l'a pas lâchée. Il est mort, paix à son âme, et c'est le fils qui a pris la suite. Le père de Rémi était pas aussi timbré, mais il tombait volontiers dans le Ricard. Et ce qui se passait du temps des grands-pères a continué avec nos pères. Pas d'emprunts, pas d'acheteurs pour la viande, toujours au bord de la faillite. Le fils Parrot a tenu tant qu'il pouvait. La seule chose sur laquelle il pouvait compter, ou avoir un peu d'espoir, c'était son rejeton : Rémi. Deux bras de plus pour tenir le coup. Rémi bossait comme un bœuf à dix ans. Il allait à l'école et travaillait à la ferme le soir, les week-ends et toutes les vacances. Son père picolait de plus en plus. À quinze ans, c'est lui qui faisait tenir debout ce qui restait de la ferme.

» Un jour, après la fin du collège, c'était les foins, son père a envoyé le tracteur et la faneuse dans un arbre. Trop saoul. Rémi l'a installé à l'ombre pour cuver son vin avant d'aller sortir le tracteur et la machine. Tout le matériel de la ferme était vieux et pourri, pas d'argent pour l'entretenir. La prise de force de la faneuse avait pris un coup. Rémi l'a bricolée pour repartir, mais elle arrêtait pas de sauter. Il a insisté une fois de trop, pour terminer la parcelle de la Terre Noire. On attendait de l'orage, il fallait finir. L'embrayage du vieux Massey Fergusson a dû lâcher, la prise de force s'est remise en route alors qu'il était penché dessus. Un cardan a cassé et la ferraille lui a fracassé la tête. Il est resté coincé dessous jusqu'à ce que tout éclate. C'est son père qui l'a trouvé. Il l'a porté pendant deux kilomètres en courant. Il a sauvé Rémi, mais il s'en est jamais remis.

» Rémi a passé deux ans à l'hôpital. Comme il était encore en train de grandir, pendant encore trois ou quatre ans, il a pas arrêté de repasser sur le billard. Ça a duré jusqu'à ce qu'il ait vingt-deux ou vingt-trois ans, avec les résultats qu'on connaît. Défiguré, des douleurs chroniques.

Ensuite, son vieux a cassé sa pipe. Son foie devait faire dix kilos. Tout le reste a pourri. Sa mère est morte il y a quatre ou cinq ans. Cancer. Finalement, c'est Rémi et sa sœur qui ont vendu la ferme, après que les Courbier et les Messenet se sont acharnés pendant deux générations sur leur famille. Rémi a seulement gardé la Terre Noire. Il a construit sa maison dessus. Ça vous dit quoi, rapport aux paratonnerres ?

– Que nous devrons aussi parler de la nuit du 8 au 9 avril.

– Je ne vous le fais pas dire.

– Marsault, pourriez-vous nous apporter encore un peu de café ?

– Tout de suite, commandant.

– Il ne vous aime pas beaucoup. Je le connais, ça se voit tout de suite.

– Les états d'âme du brigadier Marsault ne m'intéressent pas. C'est un bon élément et cela suffit.

– Vous voulez dire qu'il est utile ? Il y a quelque chose que vous vouliez me dire sans qu'il entende ?

– Qu'est-ce qui vous fait penser ça, mademoiselle Messenet ?

– Que vous savez très bien pourquoi Courbier nous a attaqués cette nuit. Et que vous n'en parlez pas encore. Tout le monde le sait. Mais vous vous posez encore des questions ?

– C'est exact.

– Courbier a tiré sur Rémi parce qu'il est trop laid, même pour ce coin.

– Je vous demande pardon ?

– Vous n'avez pas idée des crasses et des saloperies qui se passent ici. Parce que personne ne parle et que les apparences sont toujours sauvées. Rémi Parrot a eu beau se cacher au fond des bois, sa gueule est encore trop visible.

– Vous voulez dire que monsieur Parrot serait… la mauvaise conscience des habitants de la région ?

– Mauvaise conscience ? J'ai bien voulu du coup de foudre, on doit pouvoir avaler ça aussi, seulement, je suis pas certaine qu'il y ait beaucoup de mauvaise conscience dans les environs.

– Je vous laisse seule juge. Pouvez-vous me parler un peu de cette soirée au Styx ? Le samedi… 31 mars. Il y a eu un « accrochage » entre Thierry Courbier et Rémi Parrot, c'est bien ça ?

– Si c'est le mot que vous voulez employer.

– Je connais mal les euphémismes locaux. Était-ce une bagarre ?

– Je n'irais pas jusque-là.

– Est-ce qu'une femme trop belle pour le Styx était la cause de cette… mise au point ?

– J'étais juste sortie boire un verre. »

5

Vingt ans après la Terre Noire,
huit jours avant l'incendie,
quatre jours avant la battue,
matin du premier accrochage

Le chariot avait une roue bloquée et tirait à droite, percutant les butées des rayonnages. Plus il était chargé, plus il devenait délicat à manœuvrer. Rémi poussait en crabe pour maintenir le cap. Deux packs de Heineken, une bouteille de Picon, un cubitainer de bordeaux, des sacs de chips à l'huile de tournesol, trois kilos de patates et du papier aluminium pour les jeter dans les braises. Il hésita un moment devant les bouteilles de champagne, incapable de choisir, puis il se décida pour un prix intermédiaire. Il ne s'arrêta pas à la boucherie, son congélateur était plein de gibier. Il ferait une cuisse de sanglier sur le feu, si la météo le permettait. Il se ravisa et acheta douze côtes de porc, à faire au barbecue sous le porche, s'il pleuvait.

À mesure qu'il remplissait le Caddie, il songeait à tout ce qui manquait chez lui pour accueillir du monde. Pas d'assiettes ni de couverts pour dix personnes. Couverts en plastique, assiettes en carton. Il aurait dû faire une liste pour éviter de traverser trois fois le supermarché d'un bout à l'autre. Il se dirigea vers les caisses en inspectant ses courses. Les enfants… Il repartit au rayon des boissons et prit deux litres de jus de fruits, une bouteille de Coca et du sirop de grenadine. Au passage, il chargea deux marbrés au chocolat et un paquet de bonbons.

La sueur commençait à tremper le bord de sa casquette Toyota, tachée de cambouis, qu'il avait vissée sur sa tête. Sa barbe de trois jours, sur son menton et sa joue gauche, le démangeait depuis qu'il était entré dans le magasin. En passant devant un présentoir à disques, il se dit qu'il était inutile de faire aussi le compte, chez lui, de ce qui manquait pour faire la fête. Pas d'appareil à musique, pas même une radio. La caissière eut un sursaut en relevant la tête pour le saluer.

« Salut, Rémi.

– Sandrine.

– Tout va bien, là-haut, à Banize ?

– Tout va bien. »

Elle bipait les articles rapidement et ne levait pas la tête pour lui parler, encore rouge d'avoir trahi sa surprise.

« C'est la grande battue, la semaine prochaine.

– Ouais. J'ai vu Julien sur la liste des rabatteurs.

– Tous les postes de tir sont pris, mais il voulait pas rater ça.

– Tu lui passeras le bonjour. Les enfants ?

– Ils nous en font voir.

– J'imagine. »

Sandrine releva la tête et sourit. Rémi avait détourné le regard.

« Bonne journée.

– À toi aussi. »

Un doigt sur la visière de la casquette, il baissa la tête et poussa le chariot en travers des portes automatiques, passa le sas où étaient exposés des parasols et des tables de jardin, franchit une nouvelle ligne de portes et retrouva l'air libre du parking.

Un homme était adossé à la calandre du 4x4 de l'ONCFS, les bras croisés et la tête tournée vers lui, un demi-sourire aux lèvres. Rémi le dépassa, reniflant l'odeur de graisse de la veste Beaufort. Il contourna le pick-up et commença à vider ses courses dans le coffre en inox du plateau.

« Incroyable, je te vois pas pendant des semaines, et là, deux fois en quelques jours. Que tu achètes à manger, je comprends, ça arrive à tout le monde. Par contre, je croyais que l'Office te payait tes uniformes. C'est bien toi, non, que j'ai vu faire les boutiques, l'autre jour, dans la grand-rue ? »

Rémi termina son déchargement et se retourna.

« Salut, Didier. »

Didier Messenet plongea son regard dans les cicatrices du visage, les inspectant lentement, tout en parlant.

« Grosses courses pour un célibataire. Tu organises une fête ou quoi ? Ah, oui, qui m'a dit ça… La crémaillère de ta cabane. C'est ce soir ? »

Rémi posa les mains sur le Caddie et le poussa vers Messenet.

« Excuse-moi. »

Le petit-fils Messenet ne bougea pas et bloqua le chariot.

« Il paraît même que tu as invité ma sœur, c'est vrai ?

– J'interdis à personne de venir.

– Je serais toi, je compterais pas sur elle. Tu boiras le champagne avec ton pote l'écolo et ce crétin de Jean, qui choisit pas toujours bien les endroits où il va picoler. Ça y est, je crois que j'ai compté tous tes amis.

– Laisse-moi passer. »

Messenet se pencha en avant, ses yeux trouvant finalement ceux du garde-chasse.

« Tu t'approches pas de Michèle, compris ? Les Parrot ont toujours picolé en famille et c'est une bonne habitude, tu devrais t'y faire, toi aussi.

– Ta sœur fait ce qu'elle veut. Si elle veut venir à Banize, c'est pas moi qui l'en empêcherai, et toi non plus. Laisse-moi passer. »

Didier lâcha prise, écarta les bras pour le laisser passer.

« Elle est pas revenue pour toi, faut que tu te mettes ça dans le crâne, beau gosse. »

Rémi s'arrêta. Il regarda le fond du parking. Les voitures et les clients du supermarché étaient flous. La douleur montait de sa mâchoire jusqu'à la plaque d'acier sous son cuir chevelu. Il cligna des yeux, baissa la tête et fit le point sur ses mains, blanchies par la crispation sur la poignée du Caddie.

« Compris ? »

Rémi fit un premier pas, lentement, se concentra sur le second, encore sur le suivant, releva la tête et continua sans se retourner.

Le vent était au sud et le ciel s'était dégagé en fin de matinée, ouvrant des portions bleues de plus en plus larges. La terre se réchauffait et la maison se dilatait en une succession de claquements secs. En quelques jours, la prairie avait bien donné et le tapis vert qui entourait la maison devenait dense, recouvrant la terre sombre.

Rémi creusa à quelques pas du porche un trou large d'un mètre et profond de quarante centimètres, il choisit des pierres dans le tas sorti du sol au cours du défrichage, confectionna un petit muret autour de l'âtre, planta les deux supports de la broche avec une massette, fendit trois bûches pour le petit bois et alluma le feu. Il installa dans l'herbe la table pliante de camping, disposa autour sa chaise de pêche et celles en bois et paille de la maison. Sur la table, il posa les assiettes et les couverts, les verres, les paquets de chips et les bonbons.

Sur la prise extérieure du porche il brancha le petit poste de radio qu'il avait finalement acheté après les courses, au magasin d'électroménager de Lenoir. Il chercha un moment une station, regardant défiler les noms et les fréquences sur le petit écran digital, choisit de rester sur la Radio des Lacs, une fréquence locale qui diffusait des tubes un peu anciens, des informations et des petites annonces. Quand il y eut assez de braise il piqua la cuisse, installa la broche sur les deux crochets des supports, après avoir entaillé la chair au couteau et enfoncé dedans des gousses d'ail. Puis il badigeonna le gibier. Du beurre fondu, une bouteille de bière, du Tabasco, vinaigre balsamique, sel, poivre, thym, romarin et laurier. La sauce de venaison la plus appréciée par les chasseurs de la région.

Il installa la chaise de pêche à l'ombre du porche, cracha sur la pierre à affûter et la posa sur sa cuisse. Pendant un quart d'heure, écoutant des musiques gentiment ringardes, il passa le fil du Buck Buffalo sur la pierre 800 grains, jusqu'à ce que l'acier coupe comme un rasoir les poils de son avant-bras. Il tourna la broche, but deux bières, avala ses cachets de codéine, tourna en rond en pensant à Michèle, chassant les images de son frère sur le parking du supermarché.

Martine et Jérôme arrivèrent les premiers, avec leurs deux enfants. Juliette et François, cinq et sept ans, étaient des gamins de la campagne qui ne connaissaient pas la campagne. Martine était à son compte depuis trois ans. Avec sa voiture et sa valise de ciseaux et de shampoings, elle faisait des tournées dans les fermes, coiffure à domicile. Dans ce pays vieillissant, boulangers, marchands de produits surgelés, infirmiers, épiciers, vendeurs de vêtements et coiffeurs sillonnaient les routes. Sa petite affaire marchait doucement. Arnaud était salarié à la TechBois, il travaillait sur une scie numérique et conduisait les engins de chargement. Leurs enfants allaient à l'école à R., portaient des tennis américains et ne voulaient pas faire la bise à l'oncle

Rémi. « Dites bonjour à Rémi. » La phrase qui les terrorisait et que Rémi attendait chaque fois avec appréhension. Il s'en tirait en ébouriffant les cheveux de sa nièce et de son neveu, qui déguerpissaient en courant.

Martine avait toujours été plus grande que les autres filles à l'école. Les traits lourds, elle était souriante et timide, le rouge aux joues dès qu'elle prenait la parole, toujours mal à l'aise dans cette transition difficile : le passage de la vie de ferme à celle de la ville. Leur pavillon était tenu comme une caserne, astiqué comme un bien qu'il faudrait un jour rendre à ses véritables propriétaires. Un canapé et des fauteuils qu'il ne fallait pas risquer d'user en s'asseyant dessus, un drap sur la télévision, des meubles industriels imitation rustique et du carrelage brillant. Rémi suffoquait dès qu'il y mettait les pieds.

Martine resta debout près de la table sans toucher aux boissons, ni aux chips, bras croisés sur sa large poitrine. Elle avait hérité des cheveux blonds de leur mère, et de ses joues roses. Jérôme prit une bière. Il venait du Nord, d'une banlieue de Lille et d'une famille d'ouvriers. Il était venu la première fois par ici pour son service militaire, au camp du Plateau. Il était revenu quelques années plus tard, pensant que la campagne ne serait pas pire que la banlieue pour trouver du boulot. C'était un type sérieux qui buvait seulement le week-end. Sa famille était nombreuse, il voulait plus d'enfants, mais Martine calculait d'abord les charges et les impôts avant de mettre en route le troisième. Ils s'étaient mariés ici, à la mairie de R., et Rémi avait vécu un enfer au milieu de toute la famille venue du Nord pour fêter l'événement. Jérôme et lui s'appréciaient, sans jamais beaucoup se parler. Ils ne se voyaient pas souvent. Jérôme demanda à faire le tour du propriétaire, trouvant la maison réussie et « sympa » tandis que Martine, silencieuse, ne comprenait pas comment on pouvait vivre dans une maison pareille, une fuste canadienne aux allures de cabane de trappeur dans une forêt de la région. Par-dessus tout, elle regardait autour d'elle, la Terre Noire, avec une gêne visible. Des Parrot, il ne restait que ces deux hectares – deux tombes et eux.

Sa confusion, doublée d'une peur maladive de l'excès, naturelle chez une fille d'alcoolique, retomba sur ses enfants qui se jetaient sur le paquet de bonbons et les boissons.

Au bout d'une demi-heure, les mômes commencèrent à s'ennuyer et demander quand est-ce qu'ils allaient rentrer. Il n'y avait pas la télé chez l'oncle Rémi. Ils furent sauvés par l'arrivée de Bertin et sa femme, accompagnés par une fillette d'une dizaine d'années. Rémi ne se souvenait plus du prénom de la gamine, mais il la connaissait de vue. Quand son père livrait du bois le samedi, il l'emmenait avec lui dans la cabine du camion. Elle aidait à défaire les sangles et à les ranger dans les caisses. À son arrivée, François devint doux comme un agneau et suivit partout, les joues chauffées, les deux filles qui se mirent à jouer ensemble.

Rémi refit le tour de la maison avec le scieur et sa femme. Pour Bertin aussi, la maison était une curiosité, mais il appréciait le travail et l'utilisation du bois. Sa femme commença à échanger avec Martine des nouvelles du pays. Avec son travail itinérant, elle était très courtisée par les autres femmes du coin : elle savait tout ce qui se passait à trente kilomètres à la ronde. Le sujet sur toutes les lèvres depuis quelques mois, et surtout depuis l'ouverture des « Dessous de la ville », c'était le retour de la fille Messenet. Suivaient ensuite, par ordre d'importance, le cancer du père Messenet, la menace de suppressions de postes à la TechBois, la coiffure de la pharmacienne de la grand-rue, la prochaine battue, l'argent qu'Untel dépensait et dont on se demandait bien d'où il le sortait.

Bertrand et Marie, suivis par Polo, arrivèrent tandis que le soleil descendait derrière les arbres. Bertrand travaillait à l'ONCFS depuis un an. Il était originaire de la région des Puys et partageait le même bureau que Rémi à l'antenne départementale. Sa femme, Marie, avait du mal à se faire au déménagement, bien que le coin soit très peu différent de celui qu'elle avait quitté. Elle avait ce visage raide, aux sourires douloureux et trop grands, de ceux qu'une chimie intérieure mal équilibrée rendait chroniquement dépressifs. Bertrand sortait avec elle comme on promène une malade dans un parc. Le moindre éclat de voix la faisait sursauter.

Polo était un pote de Jean qui bossait au noir. Il avait fait la plomberie et l'électricité de la maison. Arrivé le dernier, il était toujours le plus en avance sur l'apéro. Un type qui avait voyagé, parfois avec Jean, de l'Afrique à l'Asie du Sud-Est, de vieilles bagnoles en motos rafistolées. Marqué par les tropiques, leurs fièvres et leurs filles, il avait le profil d'un pilier de bar sous une paillote de plage. Comme Jean, il était passionné de pêche, mais ne s'était pas levé à l'aube depuis longtemps en vue de taquiner les brochets. Polo riait fort en se roulant un joint d'herbe locale. Il dit à Rémi que Jean n'allait pas tarder, qu'il était au Styx, sur le point de partir quand il l'avait quitté.

Rémi discuta avec Bertrand des derniers préparatifs de la battue et fit le point sur le relevé, son regard revenant régulièrement au chemin de terre, guettant l'arrivée des prochains phares.

Le sanglier était cuit. Il découpa à même la broche des tranches de viande grillée qu'il disposa dans un plat au milieu de la table. Martine garnit les assiettes et Polo annonça que l'odeur de la viande avait attiré les retardataires. Rémi se retourna, tendu, vers le chemin. Le Lada de Jean vint se garer au milieu des autres voitures. Barbaque, un bâtard de fox et de tas d'autres choses, sauta par la fenêtre ouverte.

Il manquait encore Philippe.

Et si une autre voiture arrivait, ça ne pourrait être qu'elle.

Jean, si quelqu'un pouvait prétendre au titre, était l'ami de la famille. Ado, il avait même fricoté avec Martine. Il avait pas mal traîné avec Michèle, aussi, quand ils avaient été en âge de se défoncer. Il avait dans les bras une bouteille de champagne, une miche de pain et une boîte de sel de mer.

Les enfants jouaient à l'intérieur. Polo rechargea le feu autour duquel on s'installa pour boire et manger. La radio déversait ses tubes et l'alcool déliait les langues. Ce rassemblement d'êtres disparates dégageait un petit air de fête.

Martine s'approcha, doucement enivrée, de son frère silencieux.

« La Terre Noire… C'est bien que tu sois là. C'est un beau terrain. »

Rémi lui sourit, plus à l'aise dans la pénombre pour recevoir ce que, chez les Parrot, il fallait bien prendre pour une débauche de sentiments.

Jean, que l'alcool plus encore que les autres rendait expansif, prit Rémi par les épaules et l'entraîna vers la maison. Rémi se laissa faire, supportant plus qu'il n'accompagnait le charpentier à l'équilibre fragilisé par le Picon bière.

« Je suis content de ta maison, mon pote. Quand ça sentira un peu plus les chaussettes et le grand fauve, là-dedans, tu verras qu'on a fait un terrier juste comme il te faut. »

Rémi but une gorgée de bière et sentit les canettes commencer à faire effet, cette tension qui disparaissait sur son visage à moitié paralysé. Jean était hilare et regardait Rémi en basculant d'avant en arrière sur ses talons.

« Et l'autre grand con ?

– Hein ?

– L'éco-terroriste, il est pas là ?

– Pas encore.

– Ouais, tu t'en fous.

– Quoi ?

– T'as une gueule de bouée dans la houle, mon pote. Remarque que c'est p't'être bien moi qui fais la houle. Bon, les mouches ont pied, on fait sauter la roteuse ? »

Ils prirent les deux bouteilles dans le petit frigo, celle du supermarché et celle que Jean avait amenée, un Bollinger millésimé.

« C'est les cousins à Tonio qui régalent. Un geste de politique agricole commune. Rapport aux pièges. Me demande pas où ils ont acheté une boutanche à cent boules. Quand je suis sorti du Styx, ils étaient en train de palabrer sur le parking de la mairie, Nino et deux autres Valentine. J'allais démarrer et Nino a tapé à mon carreau. Il m'a filé la bouteille, le sel, le pain, et il m'a dit comme ça : « C'est pour le garde. » Le sel, qu'il a dit, c'est pour que la vie ait toujours du goût, et le pain pour que tu manques jamais de rien. Il a ajouté que si par malheur ça marchait pas complètement et que t'avais besoin de quelque chose, t'avais qu'à passer au camp.

– Tu leur diras merci.

– Ouais, si je les revois. Je crois bien qu'ils se préparent au départ. Tonio m'a pas dit pourquoi. Il m'a raconté des conneries, du genre : « On est comme les chiens avant les tremblements de terre, les premiers à partir avant que personne ait rien senti encore. » Si tu veux mon avis, c'est des conneries. Ils ont dû faire un coup et ils vont voir ailleurs si les condés y sont pas. »

Ils ressortirent avec les bouteilles. Jean lui balança un coup de coude.

« Je serais toi, je l'attendrais pas.

– J'attends personne.

– C'est ça, mon con, et ma cuite c'est de l'art brut. File-moi ton Buck. »

Jean s'approcha du feu, arracha l'aluminium et libéra le muselet. Avec la lame du poignard, il frappa le col du goulot et sabra la bouteille de Bollinger.

Quand Bertrand porta un toast à la nouvelle maison, Rémi leva son verre avec les autres. Jean vint cogner son verre au sien, renversant la moitié du champagne dans l'herbe.

« Quand je suis parti du Styx, elle venait d'arriver. Vu comment elle s'est installée au bar, elle doit encore y être. Casse-toi, je ferai un strip-tease pour les occuper. »

Rémi regarda le fond de son verre.

« Vaut mieux pas que j'y aille.

– Je sais que c'est pas ta tasse de thé, ce troquet, mais c'est Michèle. Tu crois qu'elle va venir te voir comme ça, sans que tu bouges ton cul ? Barre-toi avant que je me foute à poil. »

Le garde-chasse décrocha la casquette du portemanteau du salon, monta le volume de la radio en passant sous le porche et s'éclipsa vers sa voiture.

Personne ne fit attention à lui, sinon Martine qui essaya de le rattraper. Jean se jeta sur elle pour l'inviter à danser, plein comme une huître. Martine le repoussa d'un sourire gêné, elle regarda sur le chemin les feux arrière du Toyota qui venaient de s'allumer.

« Où est-ce qu'il va ?

– Il en a pas pour longtemps. Il va revenir. »

Martine croisa son chandail sur sa poitrine.

« Il va se rendre malade.

– Lâche ton pull et viens danser, je suis beaucoup plus chaud.

– Tu ne devrais pas l'encourager. Michèle a toujours été une fille à problèmes. Elle est pas pour lui.

– C'est l'appel de la forêt, tu peux rien y faire. Faudra que ça passe ou que ça casse.

– Tu dis n'importe quoi. Il devrait pas aller en ville.
– T'as déjà vu mes tatouages ?
– À peu près mille fois. »

*

En 65, sur le trottoir de la terrasse du Bar de la Mairie, un arabe avait été roué de coups, battu à mort par quatre hommes de la ville. Le procès avait été une fanfaronnade. Les quatre accusés, se prétendant ou réellement membres du Service d'action civique du général de Gaulle, furent condamnés à des peines de sursis et des amendes symboliques. À cette époque, aucun arabe, ni même aucun étranger ne vivait à R.

L'homme battu à mort était un syndicaliste de la CGT, en visite auprès de la cellule locale. Dans l'ambiance tendue qui suivait l'indépendance algérienne, l'arrogance de cet arabe, parisien de surcroît, qui avait osé boire un verre dans le café le plus fréquenté de la ville, lui avait coûté la vie : mort de ses blessures à la Croix-Bleue. Il était marocain.

Le Bar de la Mairie avait depuis changé trois fois de propriétaire et de nom. Le trottoir avait été refait, repavé, et les chaises et les tables de la terrasse n'étaient plus les mêmes. Mais ceux qui connaissaient l'histoire, quand ils venaient au Styx, continuaient à boire au comptoir.

Rémi ne s'y arrêtait jamais.

Le bar était plein.

Michèle était assise sur un tabouret, les deux mains sur son verre.

Thierry Courbier, jean et veste de costume, parlait avec elle, un coude sur le zinc et dos à la rue.

Rémi s'était garé sous l'arche du cinéma. Il observait l'intérieur du bar à travers sa façade décorée de publicités des PMU et de la Française des jeux. De son poste, il pouvait voir la boutique de Michèle à trois pas de porte du bistrot. Il resta là une quinzaine de minutes sans bouger. Les voix, la musique et des éclats de rire lui parvenaient, et plus le temps passait, plus son courage l'abandonnait. Courbier se penchait sur Michèle avec l'attitude de quelqu'un qui essaie de convaincre.

Rémi baissa la tête, démarra et quitta sa planque. Il braqua dans la grand-rue, passa la seconde en serrant les dents, jusqu'à ce que les vis en titane de sa mâchoire émettent une vibration douloureuse.

Il s'apprêtait à dépasser la terrasse quand il vit Michèle descendre de son tabouret de bar, le verre de bière jeté au visage de Courbier, la main de Courbier attrapant Michèle au col. Les pneus du Toyota crissèrent sur le goudron. Rémi lâcha le volant, descendit du 4x4 lumières allumées et portière ouverte au milieu de la voie unique. Il bouscula les tables de la terrasse et leurs occupants pour tirer la porte de verre en la faisant rebondir sur ses gonds. Courbier s'essuyait le visage d'une main. De l'autre, il tenait Michèle qui lui gueulait de lâcher prise. Le garde-chasse saisit Thierry Courbier par les épaules, le projeta contre la porte vitrée et l'envoya voler sur les tables du trottoir.

Le directeur de la TechBois se releva au milieu des buveurs muets. Deux ou trois étaient des employés de l'usine. Rémi se tenait dans l'embrasure de la porte, bras écartés du corps, une moitié de visage tordue par la rage, l'autre immobile et figée par les cicatrices.

Courbier avança vers lui.

Entre les voitures arrêtées sur la chaussée par le 4x4 de l'ONCFS, une silhouette se glissa en courant. Didier Messenet se planta entre eux.

« Qu'est-ce qui se passe ici ? »

Personne ne répondit.

Didier se pencha vers l'intérieur du bar.

« Michèle ! Sors de là ! »

Les têtes plongeaient dans les verres. Le patron du Styx, deux mains sur le comptoir, demanda à Michèle de sortir.

Courbier et Parrot ne se lâchaient pas des yeux. Deux ouvriers agricoles de l'exploitation Messenet avaient rejoint leur patron sur la terrasse. Les gars de la TechBois, d'abord indécis, commençaient à se ranger du côté de leur patron.

Michèle tira sur sa veste froissée, passa une main dans ses cheveux et marcha vers Rémi toujours planté comme un ours devant l'entrée du Styx.

Elle posa une main sur son épaule.

« Laisse tomber, Rémi. Rentre chez toi. »

Courbier tremblait de la tête aux pieds.

« Fais ce qu'elle dit, casse-toi d'ici. »

Le frère de Michèle surveillait aussi Rémi.

« Laisse-la passer, Parrot, sinon ça va mal finir. »

Rémi fit un pas jusqu'à Courbier et s'arrêta à quelques centimètres de lui, ouvrant le passage à Michèle. Quand elle passa à côté de lui, son frère la prit par le bras et s'adressa à Courbier.

« Tout le monde rentre chez soi. C'est terminé. »

D'un roulement d'épaule, Michèle se dégagea de la main de son frère et redemanda à Rémi de partir. Il la regarda, serra les poings et marcha jusqu'à sa voiture sans se retourner.

Dans le rétroviseur, il vit Michèle s'éloigner avec son frère et Courbier rentrer dans le bar. La douleur dédoublait sa vision. Agrippé au volant, il conduisit jusqu'à la sortie de la ville, tourna à la première intersection et se jeta sur le vide-poches pour fouiller dans les papiers à la recherche d'un tube de codéine. Il versa trois cachets dans sa paume et les fit basculer dans sa bouche sèche. Il suça les médicaments jusqu'à ce que leur amertume soit diluée dans suffisamment de salive pour les avaler.

Il roula quelques kilomètres en ignorant sur quelle route il était. La descente d'adrénaline combinée aux cachets lui fermait les yeux. Il s'arrêta à nouveau, deux roues sur le bas-côté, éteignit le moteur, bascula le dossier du siège et tenta de faire le vide.

La pendule du tableau de bord indiquait 3 heures 25 du matin quand il se réveilla.

Quand il arriva chez lui, toutes les voitures des invités étaient parties, sauf le Lada. Il trouva Jean endormi sous le porche, installé sur trois chaises alignées, une main tenant une canette posée sur le bois de la terrasse. Sous les chaises, un œil ouvert et le ventre plein des restes de sanglier, Barbaque veillait mollement. Des braises se consumaient encore dans le feu. La fête avait été nettoyée, la vaisselle faite, le désordre des enfants évacué. Il s'allongea sur son lit et regarda le plafond jusqu'à l'aube.

À 7 heures, il prépara une cafetière bien serrée, remplit une chope de bière d'un demi-litre et la déposa sur un tabouret, à quelques centimètres du nez ronflant de Jean. Le charpentier passa sans transition des ronflements à une succession d'injures, insistant sur l'inconfort des chaises. Il termina la bière qu'il avait à la main avant d'avaler le café.

« Il est quelle heure ?

– 7 heures et quart.

– Merde, pas eu le temps de mettre en cale sèche. Suis encore bourré. »

Il se leva, contempla le début du jour avec dégoût.

« Alors, salopard, on a découché ?

– Pas tout à fait. J'ai sorti Courbier du Styx. »

Jean se tourna vers lui, un œil fermé, l'autre à la paupière tremblante.

« Si t'as pas l'intention de t'en servir plus longtemps, je crois que je vais finir ma nuit dans ton plumard, parce que je suis pas sûr d'être vraiment debout. Ni de pas entendre des voix. »

Rémi travailla sur la préparation du chantier toute la matinée. Il choisit l'emplacement du nouvel appentis, planta un piquet à l'angle ouest. Il tira un trait carré, ficha en terre les piquets des trois autres angles et commença à creuser à l'emplacement des plots de soutènement, à quatre-vingts centimètres de profondeur. Il débita à la scie circulaire les planches des quatre coffrages qu'il assembla ensuite. Il les positionna dans les trous et les cala de niveau avec des pierres tapées à la masse. Un demi-mètre cube de béton suffirait. Cinq ou six bétonnières.

Le téléphone sonna dans la maison alors qu'il sortait la bétonnière du garage. Il se précipita à l'intérieur.

« Monsieur Parrot ?

– Oui.

– Commandant Vanberten à l'appareil. »

Rémi regarda par la fenêtre de la cuisine l'herbe qui poussait sur son terrain. Il fit une rapide estimation de la quantité d'emmerdes qui pouvaient lui tomber dessus, après hier soir. Les flics ne s'en mêleraient pas, jamais cette histoire ne se terminerait chez eux, mais il s'était battu en ville, garé devant le Styx avec le véhicule de l'Office. Roland, le chef de district, allait lui tomber dessus ; l'administration régionale et ses collègues. Un blâme, s'il s'en tirait bien. Mais avec les postes qui sautaient les uns après les autres depuis dix ans, les effectifs compressés au maximum, et toujours besoin de virer quelqu'un, ça pouvait tourner tout autrement.

« Commandant, c'est une histoire de bistrot, rien d'autre, y'aura pas de suite et tout est rentré dans l'ordre.

– C'est ce que vous croyez ?

– S'il le faut, j'irai voir Courbier. On tirera ça au clair et ça n'ira pas plus loin.

– Vous êtes bien aimable de vouloir régler les problèmes de vos amis, monsieur Parrot, mais je crains qu'il ne soit un peu tard.

– Mes amis ? Ça ne regarde personne d'autre que moi et Courbier, aucune raison de mêler Mich...

– Je crois que nous ne parlons pas de la même chose, monsieur Parrot. À moins qu'il y ait un rapport entre votre altercation d'hier soir et monsieur Mazenas ?

– Philippe ?

– Il est peut-être encore tôt pour se précipiter, mais nous aurions besoin de votre avis et de votre expertise de terrain. La voiture de service de monsieur Mazenas a été retrouvée il y a quelques heures. Abandonnée, disons, à la hâte. Mais avant toute chose, avez-vous vu monsieur Mazenas récemment ? Depuis votre visite à la caserne ?

– Oui, je l'ai vu, après vous, le même jour... Il devait venir chez moi, hier. Attendez une minute, ne raccrochez pas. »

Rémi posa le combiné sur la table et traversa le salon jusqu'à la chambre. Il poussa la porte et secoua Jean enfoncé dans les oreillers. À la troisième tentative, il comprit la question.

« Ah. Hein ? Non. Il est pas venu, pas après ton départ. »

Rémi reprit la communication.

« Il avait dit qu'il viendrait hier soir, à un dîner chez moi. Mais il n'est pas venu. La dernière fois que je l'ai vu, c'était mardi.

– Pourriez-vous retrouver l'équipe de Gentioux sur la route du Plateau ? La piste forestière qui démarre juste avant l'entrée du parc.

– J'y serai dans une demi-heure. »

6

Vingt ans après la première greffe, dix jours après le premier corps, quatorze heures après la fusillade

« De quoi avez-vous parlé avec Thierry Courbier, pour vous mettre en colère de cette façon ? Vous lui avez jeté un verre au visage, c'est bien ça ?

– Le contenu seulement, je ne voulais pas le défigurer.

– C'est une image choisie au hasard ?

– Complètement.

– De quoi avez-vous parlé ?

– De tout et de rien.

– C'est un peu vague.

– Nos familles se font la guerre depuis trois générations. Ça crée des liens. Sans compter que nous avons tous grandi ensemble. Il parlait du passé. Sa version du passé.

– J'avais cru comprendre que vous étiez au-delà de tout ça, que le passé et les histoires de votre famille ne vous concernaient plus.

– C'est ce que je croyais en revenant… Que je pourrais y échapper.

– …

– Je n'ai jamais pensé que ça en arriverait là.

– Vous voulez faire une pause ?

– S'il vous plaît.

– Marsault, accompagnez mademoiselle Messenet prendre l'air.

– Pas la peine, je connais le chemin.

– Vous vous sentez mieux ? Si vous voulez reprendre votre déposition demain matin, nous pouvons le faire.

– Finissons-en.

– Je voudrais revenir une dernière fois sur cette discussion avec monsieur Courbier. Y a-t-il eu, pendant cet échange, un sujet en particulier qui aurait provoqué votre colère ?

– J'ai l'impression que vous connaissez la réponse. Je me trompe ?

– Dites toujours.

– Rémi.

– Monsieur Parrot.

– Oui, monsieur le garde-chasse Parrot.

– Dans les affaires criminelles, les sentiments sont parmi les mobiles les plus puissants et les plus courants. Je peux arrêter l'enregistrement si vous ne voulez pas que cela figure dans votre déposition, mais c'est une question importante, pour la « couleur » de ces affaires. Quels sentiments vous lient à monsieur Parrot ?

– Vous pouvez enregistrer, je ne cache pas mes sentiments. Mais pour la couleur de votre enquête, ce n'est pas aussi simple que ça. Pendant les huit années que j'ai passées loin d'ici, j'ai connu pas mal de types. Quand on se défonce, les relations humaines sont modifiées. Pas complètement perverties, mais altérées. C'est l'intérêt, le besoin et parfois le manque qui décident de vos choix. L'homme parfait, pour une junkie, c'est un dealer. Avoir ce dont on a besoin, ne jamais manquer. Les amis, les connaissances, tous ont à voir avec ce qu'on veut obtenir.

Mais au bout du compte, c'est un bon moyen de savoir à qui on a affaire. Il n'y a plus d'hypocrisie, plus de stratégies, une fois les besoins satisfaits.

» J'ai couché avec des types parce qu'ils avaient de la dope, de l'argent ou parfois juste un lit. Je ne suis pas tombée souvent sur des salauds, contrairement à ce qu'on pourrait croire. Remarquez, quand on est seule, même un salaud peut vous manquer. Mais j'ai fait du stop sans un billet en poche. J'avais un sac avec trois culottes et les mains qui tremblaient. Je suis montée dans des cabines de poids lourds et j'ai jamais eu de problème. Les hommes sont nerveux quand ils sont avec une jolie fille, mais si vous savez leur parler, en cinq minutes ils sortent les photos de leurs mômes, ils vous parlent de leur femme, vous racontent leur vie et font un détour de vingt kilomètres pour vous déposer là où vous allez.

» Tout le monde veut quelque chose. La question est de savoir s'il n'y a que ça qui compte, ou s'il y a quelque chose de plus qui vaut le coup. Thierry Courbier et mon frère ont toujours été comme ça. Des types dont les intérêts étaient tout. Les sentiments, comme vous dites, chez des types comme eux, ce sont des besoins. Des types propres sur eux, respectables ou respectés, en manque et prêts à tout. Rémi, c'est l'inverse. Il a toujours été comme ça, mais depuis qu'il a sa gueule de monstre, c'est presque plus vrai encore. Il est aussi sociable qu'une bestiole enragée, mais il ne connaît pas l'égoïsme. Avec sa tête, il a fallu qu'il s'en débarrasse.

– C'est un compliment impressionnant.

– Je ne dis pas qu'il n'a aucun besoin. Seulement qu'il ne calcule pas son intérêt avant celui des autres, et que d'avoir pour ami un type comme lui était une vraie chance.

– Donc, Rémi Parrot a toujours été un ami ?

– J'ai couché pour un toit ou une ligne, vous ne pensez pas que c'est logique de coucher aussi avec l'ami le plus sûr que j'aie jamais eu ?

– Vous pensez vraiment ce que vous avez dit à propos de votre frère ?

– Un problème de bienséance, commandant ? Je devrais pas avoir le droit de dire ça ?

– Je collecte des sentiments, et celui-ci est troublant, rien de plus.

– Troublant ? Vous devriez passer un peu de temps dans la rue et en prison. Des tas d'inconnus valent mieux que votre famille.

– Qu'est-ce que monsieur Courbier vous a dit, précisément, à propos de monsieur Parrot ?

– Vous voulez ses mots exacts ?

– Si vous vous en souvenez.

– Non. Il m'a demandé si j'avais l'intention de revoir Rémi. Mais avec d'autres mots.

– Des termes insultants ?

– On peut rien vous cacher.

– Vous n'aviez pas encore revu Rémi Parrot ? Vous êtes pourtant revenue depuis presque six mois ?

– Il a toujours été timide, je ne voulais pas le brusquer.

– Vous l'avez revu ce soir-là, après l'altercation ?

– Non.

– Vous n'avez pas revu Rémi Parrot la veille de la disparition de Philippe Mazenas ?

– Non.

– Vous l'avez revu ensuite, à quelle occasion ?

– Vous savez ce qui s'est passé. Il est venu chez moi le lundi soir, après la journée de recherches au Val.

– Pour quelle raison ?

– Pour me voir.

– De quoi avez-vous parlé ?

– Il n'est pas resté longtemps. Il a parlé un peu de Philippe. On a évoqué le passé. Il m'a demandé pourquoi je n'étais pas venue à la fête chez lui, le soir du Styx.

– Pourquoi n'y êtes-vous pas allée ?

– J'avais pas envie de voir les gens qui étaient là-bas.

– Tous ?

– Sa sœur. On s'est jamais appréciées. J'attendais une meilleure occasion.

– Et il est venu au Styx.

– Mouais. J'aurais dû aller à sa fête.

– Donc, après le départ de Rémi, vous avez quitté le bar en compagnie de votre frère, c'est bien ça ?

– Il m'a déposée chez moi.

– Vous souvenez-vous de l'heure ?

– Je dirais entre 11 heures et minuit.

– Il vous a seulement déposée, ou bien est-il resté un moment ?

– Il est pas resté.

– Vous a-t-il dit où il allait ensuite ?

– Vous comptez vraiment l'accuser de quelque chose ?

– Je dois vous poser la question.

– Didier n'a jamais été du genre à dire ce qu'il faisait, surtout pas à sa petite sœur.

– Donc, vous ne savez pas ce que votre frère ou Rémi Parrot ont fait, passé minuit ce soir-là ?

– Non. Mais puisque ça vous intéresse, je sais pas non plus où était Courbier.

– Je ne vous demande pas si vous connaissez l'emploi du temps de monsieur Courbier. Lorsque Rémi est venu à votre domicile, le soir du lundi 2 avril, vous a-t-il parlé de mademoiselle… Brisson ? Aurélie Brisson.

– La nana du Plateau, la copine de Philippe ?

– Oui, une amie de monsieur Mazenas.

– Non. Il en a pas parlé.

– Donc, vous n'aviez pas encore connaissance, le 2 avril, de l'affaire du Val Vert ?

– Pas à cette date, non. Je n'ai su que plus tard.

– Comment était Rémi, ce jour-là ?

– Timide.

– Rien d'autre ?

– Touchant.

– Il n'a pas évoqué la disparition de Philippe Mazenas ?

– On avait autre chose à se dire. »

7

Huit ans après le départ de Michèle, cinq mois et demi après son retour, premier jour de recherches

Rémi avait laissé Jean à la Terre Noire et sauté dans le Hilux, le holster du .38 Special et l'étui à menottes glissés dans la ceinture de son uniforme. Il coupa à travers bois, suivant les chemins et les pistes agricoles pour débouler sur la D941 à quinze kilomètres de l'entrée du parc. Il suivit la route cinq kilomètres, puis braqua sur la piste forestière de Fénières, dépassant à quatre-vingts kilomètres-heure un chantier d'abattage de la TechBois. Il bifurqua sur une piste plus ancienne qui montait, droit au sud, sur le Mont des Pierres, au sommet duquel se trouvaient les Jaumâtres. La piste contournait le site avant de replonger au col sur la vallée de la Maulde et le Val Vert. Le 4x4 continua sa course, la cabine secouée par les chaos. Rémi dérapa dans un dernier virage de terre avant de retrouver le goudron sur les deux derniers kilomètres.

L'entrée du parc était signalée par une large et haute pancarte en bois vernis sur lequel étaient gravés et peints le nom du parc, le logo de la région et celui des parcs naturels régionaux. Au passage de la pancarte, l'asphalte changeait d'aspect, plus sombre et lisse que celle du département.

Le Partner Dangel de la caserne de Gentioux attendait au départ de la piste forestière. Quand il vit arriver le 4x4 de Rémi, le flic au volant démarra devant lui, passa la main par la vitre ouverte et fit signe de le suivre. Les deux voitures descendirent la piste. Le flic, zélé ou pris au jeu du tout-terrain, roula comme un dingue pendant trois kilomètres. La camionnette marine se lança sur une piste secondaire plongeant à l'est et commença à ralentir.

Le conducteur du Partner se gara à hauteur d'un autre véhicule de gendarmerie. Rémi s'arrêta derrière lui.

Trois gendarmes de Gentioux qu'il connaissait un peu étaient là, une carte IGN dépliée sur le capot de leur voiture. Lemoine, lieutenant de la caserne de Gentioux, était au téléphone, tandis que les deux autres se penchaient sur la carte.

Rémi ne connaissait pas le brigadier qu'il avait suivi en voiture. Ils se présentèrent et Rémi demanda où ils en étaient. Les yeux du flic flottèrent sur son visage avant de s'en détourner. Il pointa du doigt la piste qui disparaissait dans un virage, cinquante mètres plus loin.

« La voiture est là-bas.

– Depuis combien de temps ? »

Le brigadier adopta la stratégie de l'évitement, lançant des regards tout autour de son interlocuteur.

« On sait pas, on a reçu un appel ce matin. Des promeneurs.

– Ça fait pas long pour lancer des recherches.

– Y'a des signes.

– Des signes ? »

Lemoine avait terminé son appel et s'approcha d'eux.

« Bonjour Rémi. Merci d'être venu comme ça, un dimanche.

– Chez nous non plus, on fait pas la différence. Qu'est-ce qui se passe ?

– Suis-moi, on va aller voir. Jérôme ? »

Le brigadier se redressa mollement devant son supérieur, sa colonne vertébrale à l'avenant de sa lèvre inférieure, courbée par la gravité.

« La prochaine fois que tu veux faire de la course sur piste, tu prendras ta bagnole, compris ? »

La piste secondaire se terminait en cul-de-sac un demi-kilomètre plus loin, à l'étang du Val. La voiture de Philippe était garée au milieu, dos à l'étang et face au carrefour de la piste principale. Comme s'il s'était arrêté là en revenant du point d'eau. Les portières étaient fermées.

Lemoine pointa un doigt vers la terre du chemin.

« Fais attention où tu marches. Il a bien fallu qu'on vienne voir, mais vaudrait mieux éviter de contaminer la scène. »

Rémi le regarda, hésita à sourire.

« Contaminer la scène ?

– Regarde. »

Ils firent encore quelques pas. Des empreintes de chaussures, des traces de glissade et des coups de talons qui avaient creusé la terre. Au milieu, une douille de 7/64.

« Il y a le contact et les phares sont en position de marche. La batterie est à plat. »

Rémi sentit son cœur se serrer, ou bien c'était l'inverse, le sang qui le faisait gonfler contre ses côtes. Il regarda les bois autour de la voiture, se retenant de crier le prénom de Philippe.

Il regarda à nouveau les traces de lutte et la douille.

« Philippe a une Remington 750. C'est son calibre. Vous avez regardé la marque ?

– GPA. On a pas encore cherché la balle. Les traces partent vers l'étang. *A priori* trois empreintes différentes, mais y'a aussi celles des promeneurs. Faudrait voir ça de plus près. On a été jusqu'à l'étang, mais ça se perd sur les rochers.

– Il a plu un peu, jeudi matin. Ça date d'après. Vous avez appelé le bureau de l'ONF ?

– On a eu le chef de district, il y a une heure. Il dit que Philippe était passé au bureau vendredi matin. Qu'il avait pas eu de nouvelles depuis.

– Avec les phares allumés, ça voudrait dire vendredi soir, maximum.

– On en est là. Tu le connais mieux que nous. Y'a quelqu'un qu'on pourrait appeler ? Sa copine ? De la famille ?

– Vous voulez déjà prévenir la famille ?

– Non, mais des gens qui l'ont peut-être vu depuis vendredi.

– Je connais personne. Qu'est-ce que son chef a dit ?

– La même chose que toi, il connaît personne, à part les collègues de Philippe. »

Rémi regarda vers la fin de la piste, en direction de l'étang.

« Il faut une équipe de recherche.

– Vanberten en est arrivé au même point. Il a appelé les pompiers pour des plongeurs. Rémi, je sais pas si c'est trop tôt ou pas pour s'inquiéter, mais on lance des recherches. Pas question de s'emballer, même si tout le monde sait ce qui s'est passé au bal de la TechBois. Vanberten voudrait que les gars de l'ONF et de l'ONCFS participent. Vous connaissez bien le coin.

– Je peux jeter un œil à la voiture ?

– Vas-y, mais fais gaffe à rien toucher. »

L'intérieur de la voiture était un vrai foutoir. Des emballages de sandwichs sur les tapis de sol, des gants troués, des papiers en vrac, des fringues de travail en boule, une paire de bottes pleines de terre, le tout recouvert d'une pellicule de poussière terreuse. Un téléphone portable était posé sur la tablette des compteurs du tableau de bord. Sur le siège passager, une boîte de GPA .280 Rem ouverte à la hâte, des balles qui avaient roulé dans les plis du rembourrage. À côté des balles, éteint, le terminal de saisie de l'ONF. Sur la coque plastique du petit ordinateur Motorola, écrit au Tipp-Ex, le prénom Philippe. L'étui de la Remington était ouvert, jeté à l'arrière sur le sol de la caisse, sur la tronçonneuse Husqvarna. Près des bidons d'huile de chaîne et de mélange, dans une vieille caisse en bois graisseuse, son marteau de forestier et son vieux sac à dos militaire.

Lemoine se pencha avec Rémi sur la vitre arrière de la Peugeot.

« Qu'est-ce que tu en dis ?

– Je sais pas. Rien. À part qu'il y a vraiment un truc qui tourne pas rond. On va être combien ?

– La caserne de R., la nôtre et celle du Plateau. On devrait être une vingtaine avec vous. On appelle aussi les pompiers en renfort.

– Faut appeler Valleigeas, c'est lui qui a les meilleurs chiens. Le vieux berger des pompiers de R. vaut plus rien, il doit picoler autant que les volontaires.

– Je m'en occupe. Tout le monde devrait être là dans une heure. Qu'est-ce que tu veux faire ?

– Aller au bout des traces, à l'étang, pour commencer.

– Jérôme et Laurent vont aller avec toi, je vais passer des coups de fil.

– Tu vas appeler les Courbier ?

– Les terrains sont à eux, faut qu'on les prévienne. »

L'étang du Val était une retenue artificielle de trois hectares, creusée dans les années 80. Une digue de terre, trente mètres de long et trois ou quatre de haut, avait suffi à remplir ce creux tout en douceur, niché entre les deux versants d'une vallée orientée nord-sud. De chaque côté de la digue praticable, des pancartes prévenaient que la pêche était interdite dans cet étang privé. Propriété Courbier. Les bois sur les deux collines avaient été récemment élagués, des feuillus choisis et abattus avec soin, les piles de bois de chauffage coupé en bûches d'un mètre alignées au cordeau. L'eau, au creux du vallon idéalement abrité du vent, était lisse comme une peau. Les berges, sur cinquante mètres autour, étaient semées en prairies elles aussi entretenues. Rémi contempla la surface parfaite qui reflétait le ciel bleu et blanc. Des images de Philippe, traîné jusqu'ici par une nuit claire, firent éclater le miroir paisible de l'eau. Il se pencha sur les dernières traces dans la terre, au bout du chemin qui se terminait par un affleurement de roche érodée, plongeant dans l'eau. Plus rien sur le granit. Il marcha sur la roche le long de la berge, jusqu'à retrouver la prairie quelques dizaines de mètres plus loin. Il commença par inspecter la lèvre de terre meuble au fil de l'eau. Des empreintes de pieds de chevreuils venus boire et l'entrée d'une galerie de ragondins. Il parcourut la moitié de la périphérie de l'étang sans découvrir de traces humaines. Il retrouva alors les deux flics qui avaient fait le tour dans l'autre sens.

« Sur toute une partie de la berge, de ce côté, y en a plein. Elles datent un peu, sûrement celles des gars qui ont fait le chantier de bois. Faudrait regarder mieux, mais y'a rien qui ressemble à des empreintes fraîches. »

Le brigadier Jérôme, adepte du tout-terrain, écoutait son collègue avec le calme d'un poisson de vase.

« Rien sur l'autre berge. »

Avec le soleil des derniers jours, la prairie était en pleine pousse. L'herbe s'était redressée et avait dû prendre un centimètre depuis vendredi. Si quelqu'un l'avait piétinée, les traces seraient quasiment invisibles. Il alla lui-même vérifier les plus anciennes du côté du chantier.

L'étang immobile portait les sons d'une berge à l'autre. Rémi, accroupi sur les marques de chaussures dans la boue, releva la tête. Des uniformes bleus sortaient de la forêt par la piste, approchant du plan d'eau. Il siffla et se releva, faisant signe aux flics de s'arrêter avant qu'ils ne piétinent l'herbe. Il y avait peut-être encore une chance de trouver une direction pour lancer les recherches. Sinon, quadrillage systématique tous azimuts. Si l'œil ne relevait rien, restaient les chiens de Valleigeas.

Rémi s'interdit de penser plus à Philippe, gardant toute sa tête, son expérience et son énergie pour les recherches. Il retourna à sa voiture au pas de charge. Les véhicules de gendarmerie occupaient la piste secondaire jusqu'au croisement de la principale. Les pompiers arrivaient les uns après les autres des casernes du secteur. Vanberten était aux commandes, il avait déjà fait délimiter un périmètre autour de la voiture.

Il arrêta le garde-chasse.

« Bonjour, Rémi. La logistique est importante, mais j'espère que tout cela ne servira à rien et que tout rentrera rapidement dans l'ordre. Quelles sont vos premières impressions ?

– Pas bonnes. Philippe est un peu original, il est déjà arrivé qu'il parte dans les bois et qu'on ne le voit pas pendant deux ou trois jours, mais ces traces-là, dit-il en désignant la voiture et la piste, c'est autre chose. Quand je l'ai vu, mardi dernier, il faisait du martelage sur Fénières, sa carabine à l'épaule. Je lui ai confisqué ses munitions.

– L'histoire du bal ?

– Ouais. Quoi d'autre ?

– Je n'ai pas d'autre hypothèse que la vôtre. Nous allons le retrouver. Si c'est une affaire de bûcherons, nous allons le retrouver. »

Ils tournèrent tous les deux la tête en entendant arriver sur la piste, dans un bruit de ferraille et d'aboiements, la fourgonnette de Valleigeas. Les vitres arrière étaient remplacées par du grillage. À l'intérieur, trois chiens donnaient de la voix, excités par la chasse.

Valleigeas se gara en bout de file et sortit de sa voiture, sa veste écussonnée de louvetier sur le dos, treillis rentré dans ses bottes en caoutchouc.

Rémi marcha à sa rencontre. Les deux hommes se saluèrent et firent le point. Valleigeas souleva sa casquette et se gratta le crâne.

« Bon Dieu, j'aime jamais ça, ces histoires. Déjà deux fois cette année que les chiens ont retrouvé des macchabées. Un pendu et un autre qui s'était fait sauter la marmite au .270. Bon Dieu que j'aime pas ça.

– Tu prends les chiens à la longe, on se retrouve à la voiture pour le pistage. »

Lemoine avait enfilé des gants et ouvert le haillon de la voiture de l'ONF. Il attrapa les vêtements de travail et les déposa sur le sol.

Valleigeas les rejoignit avec deux münsterländer et un jagdterrier en laisse. Les chiens tiraient déjà en plantant leurs griffes dans la terre.

« Avec les deux frangins, on peut faire du ski nautique toute la journée, et si y'a du sang, cette teigne de jagdt lâchera pas la piste avant d'avoir crevé. »

Valleigeas amena les chiens aux vêtements. Les trois museaux fouillèrent la boule de tissus, étalant sur la piste un pantalon d'uniforme de l'ONF et une chemise en flanelle.

Martin, le chef de district de Philippe, était arrivé, il discutait avec Vanberten devant la portière latérale d'un fourgon de gendarmerie. Sur la banquette arrière était étalée une carte du secteur. La poignée de main de Martin fut brève et nerveuse.

Vanberten demanda qui connaissait le mieux ce secteur. Les deux hommes se consultèrent.

Bertrand les rejoignit au milieu de ce silence désagréable. Martin passa la main sur sa barbe naissante de dimanche qui tournait mal.

« Celui qui connaît le mieux le coin, c'est Philippe. »

Bertrand se racla la gorge et se pencha au-dessus de la carte.

« Je le connais aussi. Faut attendre de voir où les chiens vont partir. C'est accidenté, mais quand même assez clair. Au-dessus de l'étang, pendant un peu moins de deux kilomètres, y'a des bois entretenus et de la visibilité le long de la Maulde. Sur cette portion, elle fait pas plus de trois mètres de large et le débit est presque nul, un mètre de fond au maximum. De chaque côté, sur les versants, c'est une alternance de bosquets de feuillus et de prés de fond. C'est pas encore complètement en feuille, donc on verra clair. Y'a des chemins qui partent de chaque côté, là, là et là. Le GR1 passe aussi à cette hauteur, là où le Val Vert rejoint le PNR. Si on fait une ligne de dix hommes de chaque côté de la Maulde, en suivant l'amont au sud, on peut rien rater. Après, ça commence à grimper plus dur, y'a des rochers et la rivière tombe en cascades. Au début, c'est du mélèze, ensuite les sapins et les déversoirs de la Maulde. Des amas et des creux partout, avec des passages d'eau souterrains. Si on doit remonter par là, ce sera plus compliqué. En aval, c'est clair aussi sur presque un kilomètre. Ensuite, on arrive dans une vieille plantation de Douglas de la TechBois. C'est un lot d'une vingtaine d'hectares debout, suivi d'une coupe de l'année dernière sur la même surface, à peu près. Les andins sont assez hauts, mais un ou deux hommes par ligne suffiront. Après le lot et la coupe, le Val s'élargit. On est dans les bois d'exploitation sur deux cents hectares. Rémi, tu connais le coin aussi.

– S'il faut remonter la Maulde vers le Plateau et le PNR, c'est la merde. Si on doit descendre jusqu'aux plantations, c'est mieux, mais pas beaucoup. On est combien ? »

Vanberten leva les yeux de la carte.

« Nous pouvons encore appeler la protection civile en renfort, si nécessaire, mais nous sommes maintenant une quarantaine.

– Il faudrait plus de monde. Deux groupes de vingt au sud et au nord, ça ira, mais on couvre pas les deux versants du Val, seulement le fond.

– Je vais contacter la protection. Les pompiers peuvent peut-être encore envoyer des volontaires sans trop creuser dans leurs effectifs. Et puis… »

Il y eut un flottement quand la même idée traversa tous les esprits. À voir la tête des hommes debout autour du fourgon, tout le monde était au courant de l'affaire du bal. Martin se risqua le premier.

« Les gars de la TechBois peuvent aider, ils connaissent le secteur. »

Vanberten prit un ton d'officier.

« J'attends l'appel de monsieur Courbier, j'en parlerai avec lui. Ses employés ont toujours aidé quand il y avait besoin.

– Le père ou le fils ?, demanda Martin.

– Monsieur Courbier père. »

Lemoine arriva de l'étang en trottant, essoufflé.

« Les chiens ont trouvé une piste. Ça part vers l'amont, au sud. »

Le père Courbier, soixante-quinze ans, arriva tandis que les groupes de recherche venaient d'être désignés. Les effectifs au complet s'élevaient à cinquante et un hommes, répartis en quatre groupes, deux pour les deux rives de la Maulde, deux autres sur les versants.

Le vieux conduisait un C15 hors d'âge et bosselé, maculé de boue. Il sortit de la voiture en se dépliant lentement, équipé d'un pantalon en nylon kaki, chaussé de bottes étanches, avec sur les épaules la même veste de travail qu'on lui connaissait depuis un demi-siècle. La modestie de ce vieux paysan enrichi, reconverti à l'exploitation forestière, contrastait avec la morgue de son fils que l'on voyait traîner partout en costume, au volant de voitures de prix. Pourtant, ceux qui connaissaient le père savaient à quoi s'en tenir. Paul Courbier était l'homme d'affaires le plus retors et malin de la région, à qui seul le père Messenet pouvait être comparé. À eux deux, les vieux avaient englouti la moitié des petites exploitations du territoire. La parole de Paul Courbier, disait-on, n'avait de valeur que dans un seul cas : quand il avait juré d'avoir votre peau.

Le vieux avait des yeux clairs difficiles à lire, toujours fixes au milieu d'un visage qui parvenait à imiter toutes sortes d'émotions.

Il avança, grave et peiné, le dos courbe, vers le poste de commandement mobile. Vanberten était à la radio en train de donner le signal de départ de la battue. Rémi et Bertrand étudiaient la carte une dernière fois avant de partir sur le terrain.

Paul Courbier offrit aux trois hommes un regard droit et une main apathique.

« Messieurs. »

Il se redressa pour regarder autour de lui, glissant sans s'arrêter sur la voiture de l'ONF entourée de bandes plastiques rouges, pour, semblait-il, évaluer les dégâts que tous ces hommes et véhicules avaient pu provoquer dans sa forêt.

« Qu'est-ce qui se passe, alors ? »

Vanberten lui fit un topo rapide. Le vieux resta silencieux un moment.

« Si vous avez besoin de bras, vous me dites, je peux appeler du monde.

– Si les chiens ne donnent rien, on devra élargir le champ de recherche. Dans ces conditions, on fera sans doute appel à vos employés, monsieur Courbier. »

Rémi et Bertrand prirent congé, chacun une paire de jumelles autour du cou. Ils rejoignirent au pas de course les groupes de recherche qui se déployaient sur les deux flancs du Val Vert. Loin devant, ils entendaient les aboiements des chiens de Valleigeas.

Rémi choisit de monter à mi-pente du versant est, suivant d'en haut l'avancée des lignes d'hommes balayant le paysage de la rivière aux coteaux. La progression était lente, il devinait la concentration de chaque silhouette, tournant la tête de droite à gauche.

Il se retourna vers l'aval de la Maulde, vers l'étang et la vallée qui s'élargissait au nord. La vue était superbe. Son attention fut retenue par une silhouette, cent mètres plus bas, arrêtée sur la retenue de l'étang. Il fit le point sur les jumelles Bushnell.

Sur la digue, mains dans les poches de sa veste, Paul Courbier regardait le Val, immobile.

Les chiens se dispersèrent rapidement. Ils n'avaient pas remonté la moitié des fonds que les trois bêtes se mirent à tirer chacune dans une direction différente. Valleigeas les rappela à l'ordre, mais les clébards devenaient fous. Il finit par les lâcher à force de s'emmêler dans les longes. Les münster et le jagdt s'éparpillèrent dans tous les sens en brayant. Valleigeas se grattait le crâne. Rémi laissa tomber les jumelles sur sa poitrine et prit sa radio.

« Commandant ? Parrot pour PC mobile. Parrot pour PC.

– Ici PC, parlez monsieur Parrot.

– Les chiens ont lâché la piste. On continue en ligne vers le sud.

– Bien reçu, passez la consigne. »

Rémi changea le canal de la Motorola.

« Parrot aux équipes. On reste en ligne et on remonte au sud jusqu'aux déversoirs. Les chiens ont lâché la piste. Je répète, point de rencontre aux déversoirs. »

Les chefs d'équipe répondirent les uns après les autres. Rémi braqua ses jumelles sur l'autre versant. À son opposé, à l'ouest, il vit Bertrand mains sur les hanches, la mine défaite, qui levait les yeux vers la forêt de sapins qui montait au sud. Avec la journée qui se terminait, à cette distance, les résineux étaient déjà noirs.

8

Vingt ans après,
addiction,
deuxième jour de recherches,
deuxième accrochage

Les chiens ne retrouvèrent jamais la piste. Valleigeas avait ramené trois autres terriers, pour un résultat identique. Au milieu du Val, les bêtes commençaient à hésiter, revenir sur leurs pas, tourner en rond. Les traces de Philippe s'évanouissaient le long de la Maulde. Les hommes étaient montés à l'assaut des chaos une heure durant, jusqu'à la nuit et l'appel radio de Vanberten. Fatigué et sur les nerfs, Rémi avait renoncé ce soir-là.

On avait prévenu la famille Mazenas, essayé tous les contacts et connaissances de Philippe dans la région. L'inquiétude avait grandi à mesure que les impasses se succédaient et, tard dans la nuit, Vanberten, Bertrand et Rémi avaient parcouru les cartes à la caserne, s'absorbant dans un quadrillage systématique du terrain.

Le téléphone portable n'avait rien donné, déchargé quand les hommes de Vanberten l'avaient emporté. La puce électronique de l'appareil était partie à la préfecture pour être lue.

Rémi ne dormit pas, incapable même de rester allongé sur son lit, à tourner dans son salon et faire couler des cafés, faire descendre les cachets à intervalles réguliers dans sa gorge rétrécie par la fatigue. À 5 heures du matin, il avait démarré le Toyota pour retourner au Val, roulant tous phares allumés sur les pistes, fouillant les fossés du trajet dans l'espoir illusoire d'apercevoir Philippe assis là à l'attendre.

Il attendit les premiers arrivants des équipes de recherche, debout au bord de l'étang, scrutant le ciel et ses premières lueurs. Une brume épaisse roulait de la forêt noire en une vague ralentie. Elle remplissait le vallon silencieux et venait s'accumuler en nappes de plus en plus denses sur le plan d'eau.

Les équipes se séparèrent cette fois en deux. Des employés de la TechBois, des gardes du PNR et des volontaires des environs avaient grossi les effectifs de la veille. Soixante-dix hommes se divisèrent en deux équipes principales, l'une remontant la Maulde au sud, l'autre débutant les recherches au nord, vers les bois et les coupes. Des chasseurs étaient venus avec des chiens. Les moyens augmentaient à la vitesse de la nouvelle qui se répandait : un agent de l'ONF avait disparu.

Vanberten avait recommandé de ne pas parler des circonstances de cette disparition. Mais à l'arrivée des premiers véhicules de la gendarmerie, les journalistes locaux leur collaient déjà le train, posant des questions sur les indices de lutte, les balles tirées et les traces de sang. En une nuit, tout était déjà hors de proportion.

Des flics s'étaient relayés la nuit pour garder le site.

Rémi faisait partie du groupe sud. Il fouilla toute la matinée les galeries souterraines de la Maulde, les trous d'eau, plongeant les bras sous les troncs coincés dans le courant. À midi, son groupe avait fini de remonter la partie accidentée du terrain et, à travers la futaie rectiligne de Douglas, sur le dernier surplomb rocheux où les hommes s'assirent pour souffler et reprendre des forces, ils se retournèrent vers le Val, trois cents mètres plus bas. À un kilomètre à vol d'oiseau, sur les berges de l'étang : les silhouettes minuscules des véhicules et des hommes.

Un sentiment vertigineux courut parmi les chercheurs. Au-dessus d'eux commençaient le Plateau et le parc régional ; devant s'ouvrait le paysage à perte de vue. Leur nombre était soudain ridicule, comme la taille d'un corps recroquevillé quelque part dans cette immensité. Le zodiac des plongeurs se déplaçait sur l'étang en créant un rond d'eau qui donnait l'impression d'un siphon au creux de la vallée, dans lequel Philippe aurait été aspiré.

Rémi songeait aux flics, ce matin, qui avaient moulé les traces de chaussures et de pneus autour de la Peugeot qu'on avait examinée pour les empreintes digitales. Depuis son bureau, Vanberten tentait de reconstituer l'emploi du temps de Philippe. Les patrouilles de recherche devenaient secondaires.

Il était midi et le signal arriva du nord et du sud : rien.

Le moment décidé pour lancer officiellement un appel à témoin, et que commence une enquête de police.

Philippe Mazenas, agent forestier, porté disparu depuis trois nuits et bientôt trois jours.

Rémi régla la radio sur le canal de la gendarmerie et demanda à parler au commandant.

La lecture de la puce du téléphone de Philippe n'avait rien donné, la liste des appels avait été effacée. On attendait des nouvelles de la compagnie de téléphone pour obtenir le relevé complet des communications.

Vanberten avait répondu à Rémi sans formalités, mais il avait terminé l'échange en disant qu'il devait se remettre à son travail, qu'il le tiendrait au courant de la suite.

Un travail de flic. Tout ce qu'il pouvait faire se résumait à fouiller encore un peu ces bois, avant de devoir baisser les bras et d'attendre qu'on le tienne informé.

Le groupe sud redescendit du Plateau en élargissant la ligne de ratissage sur chaque flanc de la vallée. Les hommes laissèrent les distances se creuser entre eux et commencèrent à marcher d'un pas plus long et rapide. La pente dans le dos et n'y croyant plus vraiment, ils accéléraient naturellement, distançant Rémi qui continua à s'user les yeux sur le moindre morceau de terre, la moindre tache de couleur aperçue. Il pensait à Philippe, roulé dans un tas de feuilles mortes, sur un humus pourrissant, à quelques mètres de lui, peut-être, et lui revenait le souvenir de l'odeur du sang qui se mélangeait à celle de la prairie fauchée ; la douleur qui le ramenait à la conscience en des chocs déments ; la folie des secondes, coincé sous la ferraille. Il avait attendu, comme Philippe, peut-être, un œil fiché au ciel, se demandant si quelqu'un allait lui venir en aide ou s'il allait crever ici.

Rémi zigzaguait entre les Douglas. Il s'arrêtait, revenait de quelques pas en arrière, le crâne sucé par les yeux et la sensation que les vis et plaques de sa tête résistaient de moins en moins à la pression qui voulait la faire éclater. Il avala trois cachets avec la dernière gorgée de sa gourde sans s'arrêter de marcher.

Il arriva le dernier au vallon, hagard, des brindilles dans les cheveux et des ronces accrochées à ses vêtements.

Toutes les équipes étaient revenues, le temps ralentissait après cette journée trop courte qu'il avait vue s'écouler avec horreur, sursautant au moindre éclat de voix, à chaque crachement de la radio ou aboiement. Il passa entre les hommes et s'enferma dans sa voiture pour fermer les yeux et essayer de penser.

Bertrand frappa à la vitre au bout de quelques minutes.

« La nuit va bientôt tomber. Vanberten rappelle tout le monde. »

Bertrand était aussi fatigué que lui et désemparé.

« Va te reposer, Rémi. On revient demain matin.

– Je vais passer à la caserne. Voir s'il y a du nouveau. Faudrait que tu appelles la préfecture pour prévenir qu'on annule la battue de demain. »

Son collègue baissa les yeux.

« J'ai déjà appelé. Ils veulent pas annuler.

– Quoi ?

– J'ai eu le sous-préfet directement. Le préfet maintient la battue. Une histoire d'autorisation…

– Quelle autorisation ?

– Les terres. »

Rémi balança un coup de poing sur le volant.

« Je vais voir Vanberten. »

Il démarra en trombe, projetant derrière lui un nuage de poussière qui monta jusqu'aux arbres.

Vanberten essaya vainement de calmer Parrot.

Il expliqua au garde-chasse qu'il n'y pouvait rien. Il avait lui-même demandé l'annulation de la battue, car la moitié des hommes qui participaient aux recherches en faisaient partie. Le préfet avait répondu qu'il était facile de trouver d'autres volontaires, que la destruction administrative était prévue depuis presque un an, que tout était en place, et que le fait de reculer plus loin dans la saison serait absurde : la battue devait protéger les cultures. Dans deux semaines, il serait trop tard pour réduire efficacement la population de sangliers. Il fallait protéger le travail des agriculteurs et les plantations sans attendre.

« Les agriculteurs ? Vous rigolez ? La battue passe sur les terrains de deux propriétaires, vous le savez comme moi ! Sur les deux, y'en a un qui mange une fois par semaine avec le préfet. Vous voulez des noms ? »

Vanberten avait répété qu'il était impuissant. La battue aurait lieu, et Rémi Parrot en serait lui aussi. Le commandant assura qu'il réunirait tous les volontaires nécessaires pour que les recherches au Val Vert ne soient pas ralenties. Et parce que personne d'autre n'aurait osé lui dire, il demanda à Rémi de ne pas prendre tout cela trop personnellement.

« C'est un travail de police, maintenant, monsieur Parrot. Votre aide est utile et nous l'apprécions, mais il faut garder la tête froide quand on mène une enquête. Vous êtes touché de trop près pour faire du bon travail. Allez vous reposer. Appelez-moi demain quand vous le souhaitez. De mon côté, je vous contacterai s'il y a la moindre piste nouvelle. À ce propos, nous avons perquisitionné à son logement, mais n'avons rien trouvé de probant. Je suis désolé, mais nous allons avancer rapidement, j'en suis certain. »

Rémi traversa le lotissement du Mont sous la lumière des lampadaires alignés. Il répondit au téléphone tandis que les pavillons défilaient dans une succession de fondus au noir, chaque apparition de façade et de jardinet mettant en lumière la volonté vaine de se différencier de la précédente. Une mise en scène épileptique du cours de ses pensées, plongeant dans l'obscurité et la paralysie de la colère, émergeant dans la lumière du besoin d'action, retombant dans l'impuissance. Il descendait vers la ville où se continuaient les mêmes petites lumières, suivi par cette odeur de terre qui commençait quelque part à engloutir Philippe.

« Rémi ? Allô ? Ho ! C'est moi, Jean ! »

Rémi entendit la voix sans pouvoir répondre, au milieu d'une prière pour que Philippe ait eu une mort rapide. Qu'il n'ait pas agonisé au fond d'un trou à quelques mètres de sa voiture et de son téléphone.

« Allô ?

– T'es où ?

– Pourquoi t'es pas venu au Val ?

– J'aime pas le monde.

– Y'a des moments où tu devrais apprendre à la fermer, Jean.

– Je t'emmerde. J'y suis.

– Au Val ?

– J'ai croisé Bertrand qui m'a dit que le carnage de demain était pas annulé et que tu devais y aller aussi. Au Marcy, j'ai vu des gars qui revenaient du Val. J'ai bien compris que tout le monde laissait tomber. Alors j'ai pris Barbaque et on y est. J'ai à bouffer et à boire pour la nuit. Par où je commence ?

– Attends, je me gare. »

Rémi coula sa voiture le long du trottoir et reprit le Nokia.

« Les flics t'ont laissé passer ?

– Tu crois que je vais demander la permission aux arquebusiers ?

– Jusqu'ici, les chiens ont perdu la piste à la moitié du vallon, sept ou huit cents mètres au sud de l'étang. Mais t'as rien pour…

– J'ai trouvé une veste que Philippe avait oubliée chez moi, un soir de chouille. Sinon t'as pas une idée plus précise ? Un truc qui te serait passé par la tête, n'importe quoi pour que je commence quelque part dans cette nuit noire ?

– Les chiens de Valleigeas se sont mis à tourner en rond, puis à partir dans toutes les directions à la moitié du vallon, c'est tout ce que je peux te dire. À l'œil, y'avait rien dans la prairie, mais c'est normal si ça date de trois jours. Sur les pentes non plus. Mais en sous-bois, avec tous les bosquets, ça aurait dû en laisser. Alors si tu dois essayer autre chose, je partirais perpendiculaire au vallon, des deux côtés, est et ouest, à partir du milieu.

– La vache, dommage que j'sois pas venu en bande. »

Il remercia Jean qui l'envoya promener et lui dit qu'il passerait demain matin à la Terre Noire pour boire un café, puis dormir.

Rémi raccrocha et appela Vanberten.

« Inutile de vous excuser, monsieur Parrot, je comprends votre frustration.

– Autre chose. Jean Carnet est sur le site du Val, il veut continuer à chercher cette nuit. Vous pouvez prévenir vos gars, là-bas, de pas tirer dans le tas s'ils trouvent un type en train d'ouvrir une bouteille de rouge au bord de l'eau ? Et son chien pourrait facilement passer pour un ragondin. »

Il roula jusque chez lui en essayant de trouver la vitesse qui convenait à son état. Ni trop lente, pour ne pas avoir le temps de réfléchir, ni trop rapide pour que la conduite ne mobilise pas toute son attention.

Lorsqu'il arriva à la fuste, une petite Clio rouge était garée devant l'appentis du garage, le coffre décoré d'autocollants. « Non au nucléaire ». « *Free Tibet* ». Le logo bleu et vert de l'association Rivières et Forêts. Des stickers de plusieurs festivals, Printemps de Bourges, Eurockéennes, Vieilles Charrues… Rémi se gara derrière et détailla l'intérieur en passant. Sur la banquette arrière, un sac à dos de montagne cousu d'écussons de pays visités, des livres dans un carton ; sur le siège passager, des vêtements en vrac. Au rétroviseur intérieur pendaient un *dreamcatcher* indien et des plumes de faisan.

Sous le porche, assise sur le banc et dos au mur, une fille attendait, emmitouflée dans une doudoune. Elle avait allumé la lumière extérieure et tirait sur une cigarette roulée. Vingt-cinq ans, blonde, cheveux mi-longs, pas peignés, des chaussures de marche de bonne qualité et qui avaient servi. Pantalon Columbia à poches latérales et taché de graisse noire, ongles courts ou rongés, des mains et un visage bronzés. Guide de montagne. Le tout, avec la voiture et les autocollants, disait une seule chose : une fille du Plateau.

Elle jeta sa cigarette par-dessus la balustrade, attrapa une grande enveloppe sur le banc et se leva en faisant un pas vers Rémi.

« Vous êtes Rémi Parrot, de l'ONCFS ? »

Rémi était sans doute le type le plus simple à décrire et aussi le plus évident à reconnaître dans le pays. Si on lui avait parlé de lui, elle ne pouvait pas se tromper. Mais la fille était sur des charbons ardents et clignait des yeux à la vitesse d'un ventilateur. Malgré l'odeur qui traînait encore sous le porche, le pétard dont elle venait de se débarrasser n'avait pas suffi à la détendre.

Il acquiesça et elle lui tendit l'enveloppe d'une main nerveuse.

Rémi jeta un coup d'œil à la pochette en papier copieusement garnie, puis revint à la fille.

« Vous êtes qui ?

– Aurélie Brisson. Une amie de Philippe. »

Il ne leva pas la main vers l'enveloppe et regarda plus attentivement la jeune femme. À chaque seconde de silence qui passait, elle se décomposait. Ses yeux brillaient et les larmes retenues commencèrent à noyer ses pupilles, dilatées par l'herbe et le faible éclairage.

« Ça ne va pas ?

– Prenez ça, s'il vous plaît. Philippe m'a… »

Sa lèvre inférieure se mit à tressaillir, elle allait perdre le contrôle. Elle écrasa ses yeux sur la manche de sa veste en duvet, passa la main sur son visage et tenta une longue inspiration malgré son diaphragme contrarié. Elle souffla deux fois, des coups brefs comme ceux d'un jogger, et parvint à se contenir.

« Je ne sais pas ce qu'il y a dedans. Philippe m'a dit… (inspiration, souffle saccadé entre ses lèvres tremblantes). Philippe m'a dit de vous donner ça s'il arrivait quelque chose.

– Quelque chose ?

– J'en sais rien ! Il a dit ça, et maintenant il a disparu. C'est bien quelque chose, de disparaître, non ? Prenez cette enveloppe, merde !

– Entrez, vous êtes pas bien. Il faut vous asseoir et vous calmer.

– Prenez cette putain d'enveloppe ! »

Rémi tendit la main et prit le paquet qu'elle était venue lui apporter. Dès qu'il l'eut en main, la fille descendit les marches et se retint de courir jusqu'à sa voiture. Rémi la rattrapa avant qu'elle n'ait claqué sa portière. Il posa une main sur le toit, retint la portière et se pencha vers elle.

« Prenez pas la route dans cet état. Faut vous reposer. »

Les larmes coulaient sur ses joues. Elle serrait le volant à deux mains et elle leva les yeux vers lui.

« Laissez-moi partir. Philippe voulait que je vous amène ça, c'est fait. Maintenant, je m'en vais.

– Il n'a rien dit d'autre ?

– Rien. Laissez-moi partir, s'il vous plaît. »

Rémi ferma doucement la portière et recula d'un pas. Elle démarra, recula en frôlant le Toyota, s'y reprit à trois fois pour faire demi-tour et fit hurler son petit moteur en se lançant sur le chemin, patinant sur la terre. Rémi regarda s'éloigner les autocollants sur le haillon arrière, se disant que cette fille qui prenait la fuite avait deux ou trois trucs à rectifier, comme cette mauvaise habitude d'afficher sur tout ce qu'elle possédait les endroits par où elle était passée. Surtout qu'avec les taches sur son pantalon et l'odeur d'huile mécanique qui imprégnait l'intérieur de sa voiture, quelques propriétaires de débardeurs de la région auraient bien aimé lui mettre la main dessus.

Rémi s'installa sur la table en chêne, ouvrit l'enveloppe et pendant une heure, feuillet après feuillet, lut la petite pile de documents.

Il les remit dans l'enveloppe qu'il glissa sous sa veste polaire, remonta sa fermeture Éclair et ressortit.

Il verrouilla la voiture, traversa la chaussée déserte et sonna au numéro 17 de la rue des Fusillés.

C'était un immeuble en pierre à l'allure abandonnée comme il y en avait tant à R. Une façade étroite et haute, de granit gris, sur trois niveaux. Les volets en mauvais état et la peinture blanche des fenêtres fendillée. Coincée entre un autre immeuble à vendre et une ancienne blanchisserie fermée depuis vingt ans, la maison de Michèle, même à lui, n'inspirait pas de pensées joyeuses. Les fenêtres du premier étage étaient allumées. Rémi appuya sur la sonnette, mais n'entendant aucun son et vu l'âge de l'interrupteur en céramique, il frappa du poing à la porte.

Il entendit des bruits de pas sur un escalier en bois. La porte grinça et frotta plusieurs fois sur la pierre de seuil, s'ouvrant en hoquets sur la plus belle femme du pays. Michèle, seule personne au monde qui lui donnait envie de réconfort. Elle reconnut Rémi et resta à demi cachée, une épaule contre la porte, l'autre ouverte sur une cage d'escalier mal éclairée. Ils ne parvinrent ni l'un ni l'autre à sourire. Michèle s'écarta pour l'inviter à entrer. Rémi passa le seuil en silence et resta planté dans l'entrée pendant qu'elle refermait la porte derrière eux.

« Monte. »

L'appartement était mal chauffé. Un coup de peinture rapide et des meubles de brocante bon marché ne suffisaient pas à le rendre accueillant. Par-dessus tout, il était vide. Michèle possédait encore moins d'affaires que lui. D'un petit frigo couvert d'autocollants pour enfants aux couleurs passées elle sortit deux bouteilles de George Killian's rousse, les décapsula et les posa sur la table de la cuisine. Un abat-jour en dentelle poussiéreuse descendait du plafond, suspendu à une gaine électrique en tissu, laissant le reste de la pièce dans la pénombre. Rémi n'aimait pas cette bière trop sucrée, mais but une longue gorgée avant de pouvoir parler.

« Tu es au courant ? »

Michèle le regardait en tenant sa bière à deux mains, les coudes sur la table. Les ombres de la dentelle dessinaient un feuillage sur son visage blanc, se mêlant aux cils noirs, aux sourcils et aux mèches de cheveux bruns qui tombaient sur son front. L'entrelacs d'ombres courait sur ses lèvres, descendait jusqu'à son cou et l'échancrure d'un T-shirt détendu.

« Pour ton collègue ?

– On travaille pas vraiment ensemble. Mais c'est un ami.

– Oui, je suis au courant. »

Au lieu de dire à Michèle tout ce qu'il avait envie de lui dire, tout ce qu'il avait imaginé lui raconter après plus de huit années, il ouvrit sa veste et posa sur la table l'enveloppe qu'Aurélie Brisson avait apportée chez lui.

À mesure qu'elle lisait, il lui tendait les feuilles, l'une après l'autre.

Relevés cadastraux, plans des bâtiments, implantations sur les parcelles, tracés de la nouvelle route, présentation du projet et demandes de permis de construire. Quand elle eut fini, il lui tendit une feuille couverte de notes manuscrites. Les noms de sociétés civiles immobilières suivis de la question : « Propriétaires ? » Une série de références à des textes de loi sur la protection de l'environnement. Une date repassée dix fois au stylo et suivie d'une ligne de points d'interrogation : « 1983 ? ? ? ? »

Rémi observait le visage de Michèle concentrée sur les documents, guettant le moment où elle lèverait les yeux. Mais elle lut sans s'interrompre jusqu'à la dernière ligne, se leva et sortit deux autres Killian's du frigo.

« Qu'est-ce que ça veut dire ? »

Rémi s'extirpa de la contemplation de son corps comme d'une boue chaude dans laquelle il se serait enfoncé.

« Que les Courbier veulent construire un centre touristique aux portes du PNR.

– J'avais compris. Mais quel rapport avec ton pote disparu ?

– À part que c'est un écolo enragé et que le projet est monstrueux ? »

Michèle sourit et Rémi but de la bière. Le goût sucré devenait moins gênant.

« Ce que je sais pas, c'est comment Philippe a mis la main sur tout ça. J'ai jamais entendu parler de ce projet, et un truc de cette taille, dans le coin, on aurait au moins dû entendre des rumeurs, quelque chose. Mais rien. Personne n'a jamais entendu dire que le Val Vert allait devenir un centre de vacances et un parc d'attraction.

– Je suis là que depuis quelques mois, c'est à toi de le dire.

– Ils ont mis le couvercle sur le projet. Peut-être que les dossiers et les demandes ne sont pas encore déposés. Et puis, les prévisionnels de subventions, t'as pas remarqué ? Rien du conseil général. C'est uniquement la région.

– Marquais. »

Rémi lut sur son visage le dégoût avec lequel elle replongeait dans les vieilles histoires de ce territoire pourri. Une suite de questions traversa son esprit. Pourquoi était-elle partie, finalement, après tant de tentatives, tant de déclarations et de colère qui n'avaient jamais suffi ? Pourquoi était-elle revenue ? Et la seule réponse qu'il aurait voulu entendre – qu'elle était revenue pour lui – l'effrayait tellement qu'il n'osait pas ouvrir la bouche. Pourquoi était-elle revenue dans le monde de son père, des Courbier et Marquais, ces types qu'elle détestait plus que tout ? Il devait bien y avoir une explication, quelque chose d'irrationnel, peut-être de plus beau. Ou tout le contraire. Des raisons incontrôlables et empoisonnées qui l'avaient ramenée ici malgré elle. Parce que le remède et l'infection étaient au même endroit. Rémi sentit ses cicatrices se gaver de sang et remercia la pénombre qui dissimulait les couleurs violacées de son visage quand il pensa que Michèle était revenue pour les enterrer tous. À commencer par son père, en phase terminale.

« Qu'est-ce qui s'est passé au Styx, l'autre soir, avec Thierry ? »

Elle entendait bien dans sa voix que ce n'était pas la bonne question, mais s'en moquait. Elle avait toujours deviné ses pensées. Une des raisons pour lesquelles il n'avait jamais pris la peine de lui dire ce qu'il pensait.

« Thierry est fou. Il lui manque toujours quelque chose. Les terres et les affaires des Messenet. Plus d'argent, plus de pouvoir. S'il m'avait proposé la botte autrement qu'en parlant d'argent, peut-être que je lui aurais pas mis mon verre dans la figure. »

Michèle prit la dernière page de notes entre ses doigts. Rémi regarda ses ongles faits, joliment limés, sans vernis.

Elle posa la feuille devant elle, la lissa du plat de la main, caressa du bout des doigts l'année 1983 que la pointe du stylo avait gravée sur la cellulose.

« Qu'est-ce que tu faisais là-bas, toi ?

– Je te cherchais. »

Elle sourit sans le regarder, les yeux toujours sur les notes.

« Tu vas bien ? Comment c'est, ta maison à la Terre Noire ? »

Rémi eut une bouffée de souvenirs, d'avant l'accident, quand il avait encore son visage et qu'ils se retrouvaient en cachette ; quand les parents de Michèle lui interdisaient de voir le petit-fils Parrot et qu'il s'échappait de la ferme, démarrant sa mobylette après l'avoir poussée un kilomètre sur les chemins pour ne pas faire de bruit. Quand il partait la retrouver.

« C'est bien. Je suis content qu'on ait gardé cette terre.

– Il faudra que je vienne voir. »

Elle réunit les pages du dossier du Val Vert et les remit dans l'enveloppe.

« Pourquoi tu es venu me montrer ça ?

– Je te fais confiance. Et je sais que tu te fous de ces histoires. Sans doute la seule dans tout le pays.

– C'est bien vu. Et qu'est-ce que tu vas en faire, toi ?

– J'en sais rien. Il faudrait en savoir plus.

– Répondre aux questions de la dernière page ?

– Ouais.

– En tout cas, ça répond déjà à une question : pourquoi Thierry me parlait de sa fortune et de ce que j'avais à gagner avec un type comme lui. Ce projet, c'est son trône. »

Rémi eut un frisson quand il pensa au Val, à Philippe qui était là-bas, avec les vers, ou en train de respirer une dernière fois. Il pensa à Jean et son chien qui cherchaient dans la nuit, tandis que lui était là, sous l'abat-jour, à contempler des ombres sur le visage de cette fille.

Elle le regardait. Il sourit.

Il crut percevoir un petit mouvement d'une main de Michèle ; une hésitation ou le début d'un geste vers lui. Dans la cage d'escalier les coups étaient de plus en plus forts. Il resta assis sans bouger, refusant de lâcher les yeux de Michèle. Elle se leva lentement, esquissa un sourire qui remit à plus tard ou à une autre vie ce qui allait arriver.

Pendant qu'elle descendait les marches, il ramassa l'enveloppe, la glissa sous son bras et remonta sa veste. Il se redressa et finit sa bière en une gorgée. Les voix étaient fortes, en bas. La colère montait et il préféra aller à sa rencontre plutôt que d'attendre ici.

Michèle barrait le chemin à son frère qui gueulait de le laisser entrer. Il disait qu'il avait vu la voiture, qu'il savait qu'il était là et qu'il voulait le voir.

Rémi descendit l'escalier et Didier Messenet arrêta de brailler quand il le vit.

« Salut Didier.

– Qu'est-ce que tu fous là ?

– Je suis venu voir ta sœur. »

Michèle essaya de s'interposer, crachant au visage de son frère qu'elle faisait ce qu'elle voulait et qu'il n'avait rien à faire ici.

Didier lui ressemblait. Il avait les mêmes traits pointus et les cheveux sombres. Il sentait l'alcool, un parfum de cognac ou de calva qui emplissait la petite entrée. Ses poings étaient serrés. Il ruminait une vieille haine à peine tiédie par le temps. La ressemblance avec Michèle avait toujours troublé Rémi. Ce type qui lui rappelait l'amour, mais n'évoquait que l'antipathie. Didier cherchait moins que son homologue Thierry Courbier à cacher ses origines paysannes. Peut-être manquait-il seulement de goût et ne parvenait pas à choisir des vêtements qui lui auraient donné un peu de classe ou de distinction. Par ailleurs, au contraire du petit-fils Courbier, il travaillait encore sur les terres de la famille. Son corps, long et bien dessiné, comme celui de Michèle, était marqué par l'effort, le dos arrondi et musclé à la tâche.

« Casse-toi. T'es pas le bienvenu.

– C'est Michèle qui décide de ça.

– Elle sait pas ce qu'elle fait. Elle a jamais su, mais moi je sais. On veut pas de ta famille par ici. T'aurais dû vendre ton dernier bout de forêt et te barrer. Ton grand-père a pas compris, ton père non plus. Combien de fois il faut vous le dire ? »

Michèle bouscula son frère qui avançait vers Rémi.

« Va-t'en ! Je suis chez moi et je vois qui je veux. Laisse-le passer ! »

Didier se laissa faire, mais sans quitter Rémi des yeux.

« Tu reviens pas la voir, t'entends ? »

Par-dessus l'épaule de sa sœur, il lança sa main et frappa l'épaule du garde-chasse, cherchant une résistance, une réaction, une chair à atteindre puisque les mots laissaient Parrot indifférent. Rémi amortit le coup en souplesse et franchit la porte.

Messenet le suivit sur le trottoir.

« Remonte dans ta voiture et tire-toi ! Si je te revois à traîner par ici, ça se passera pas aussi bien. »

Rémi fit un pas sur la chaussée. Il lui sembla que le goudron était plus chaud que l'air et qu'il s'en dégageait une douceur inhabituelle.

Messenet marchait toujours derrière lui.

« Si elle va chez toi, j'irai la chercher là-bas et y'aura pas de témoin dans ton terrier, compris ? Tu devrais rester dans tes bois et éviter de montrer ta sale gueule en ville ! »

Rémi fit volte-face et Michèle se jeta sur son frère, elle lui matraqua le dos à coups de poings.

« Arrête ! Tu pars d'ici et tu me laisses tranquille ! »

Rémi avait attrapé Didier par le col et il se dégagea en envoyant sa sœur voler sur le trottoir. Le garde-chasse lui mit un coup de tête en plein nez et les cartilages craquèrent avec le bruit d'une cuisse de poulet qu'on arrache. Sous la peau du front, visée dans l'os de la boîte crânienne de Rémi, la plaque d'acier et la puissance du coup projetèrent Messenet deux mètres en arrière. Ses talons butèrent sur le trottoir et il tomba à la renverse. Sa tête heurta la façade en granit en rendant un son de cloche étouffé.

Debout au milieu de la rue, Rémi regarda Didier affalé, deux secondes, puis trois et quatre, interminables. Michèle s'était relevée et, au ralenti, elle avança vers son frère. Pas encore de panique sur son visage, mais une attente étrange, de voir arriver le pire. Elle s'accroupit et tendit la main vers son frère. Les yeux de Didier s'ouvrirent comme on sort d'un cauchemar, roulèrent jusqu'à ce que ses pupilles disparues redescendent lentement en louchant. Il articula quelques mots incompréhensibles et Michèle retira sa main de son épaule. Elle se tourna vers Rémi.

Il partit à reculons alors que des lumières s'allumaient aux quelques fenêtres habitées de la rue des Fusillés. Il pivota sur ses talons et monta dans sa voiture. Depuis le coup de tête, la douleur s'était installée comme un poulpe sur son front, entourant dans ses tentacules son crâne entier.

9

Vingt ans après l'accident, neuf jours après le premier cadavre, quinze heures après la fusillade

« Donc, vous ignoriez tout de ce qui allait arriver ? L'incendie, le scandale du projet immobilier et ce qui en a découlé. Vous avez discuté avec Rémi, parlé de votre histoire commune, du passé. C'est bien ça ? Je me demande seulement si, quand vous évoquez ensemble le passé, vous parvenez à éviter le sujet de vos familles et des rivalités qui existent entre elles depuis si longtemps. Vous dites que depuis votre enfance, vos parents se sont opposés à ce que vous vous fréquentiez. La preuve en est que lorsque monsieur Parrot est venu chez vous, ça a mal tourné. Cette fois, je suppose que nous n'en étions plus à une mise au point. Quel euphémisme local recommandez-vous pour décrire ce qui s'est passé ce soir-là entre votre frère et monsieur Parrot ?

– Ce n'était pas une vraie bagarre. Il n'y a eu qu'un seul coup.

– Votre frère a été blessé.

– Vous pouvez me dire ce que ça change ?

– Mademoiselle Messenet, je ne vous reproche pas vos sentiments pour Rémi Parrot. Mais il y a des choses que nous devons éclaircir à son sujet. C'est pour cette raison que je tenais à vous interroger moi-même, vous avez compris cela, je suppose. Quoi que vous ou les habitants de R. en pensiez, je crois avoir sur la vie d'ici un point de vue, disons réfléchi. Il est dans votre intérêt, je vous assure, de me dire comment les choses se sont passées. Les témoignages recoupés de toutes les personnes impliquées finissent toujours par révéler les failles ou les approximations d'une déclaration individuelle. Je ne parle pas de mensonge, seulement peut-être de subjectivité. J'ai de la sympathie pour vous et monsieur Parrot. Je ne devrais pas vous dire cela, mais encore une fois, cet interrogatoire n'a pour but que de mettre hors de cause ceux qui doivent l'être. Ensuite, les enquêtes pourront s'orienter plus efficacement vers les suspects les plus probables. C'est l'opportunité que je vous offre. Ne la refusez pas, s'il vous plaît.

– Vous ne serez jamais aussi malin qu'un paysan, malgré ce que vous imaginez.

– Je n'imagine rien, mademoiselle Parrot. C'est tout l'inverse, je voudrais savoir au lieu de présumer.

– Et qu'est-ce que vous présumez ?

– Qu'après la découverte du corps, monsieur Parrot a pu se mettre en tête de faire justice lui-même. Perdre un ami de cette façon, cela peut provoquer des réactions violentes. Les prémisses de cette violence sont nombreuses, et toutes, jusqu'au jour de la destruction administrative, ont un rapport avec vous. Nous sommes dans cette marge de la criminalité que la justice considère avec une clémence particulière, celle de la passion. Considérez que j'accorde moi aussi un regard plus compréhensif à ces situations.

– Vous n'êtes pas la justice, vous êtes la loi.

– Je la représente. Et l'une suit l'autre.

– Demandez à Marsault ce qu'il en pense, de la passion, dans le coin. Ou alors, demandez à sa femme.

– Qu'est-ce que ça veut dire ? Tu crois que tu...

– Brigadier ! Je crois que vous devriez sortir. Les équipes de recherche ne vont pas tarder. Allez voir avec le lieutenant Lemoine où en sont les choses, profitez-en pour prendre un peu l'air.

– À vos ordres, mon commandant.

– C'est ça, va chercher ton pote, Marsault.

– Brigadier ! Sortez maintenant.

– Vous pouvez fumer une cigarette si vous en avez envie, mademoiselle Messenet. Cela ne me dérange pas et je crois que la fatigue nous gagne tous. Avez-vous soif, ou faim ?

– Ça va, merci.

– Dois-je comprendre que vous aviez à nouveau quelque chose à dire sans que le brigadier Marsault vous entende ?

– Non. Je ne supporte pas ce type, c'est tout.

– Vous ne souhaitez plus que tout le monde sache ce qui s'est vraiment passé ?

– Ce qui s'est vraiment passé ? De quoi est-ce que vous parlez ?

– Pendant les trois jours qui ont suivi la battue administrative, avant l'incendie de la TechBois, avez-vous revu monsieur Parrot ?

– Non.

– La nuit de l'incendie, étiez-vous avec lui ?

– Je ne comprends pas pourquoi vous parlez de l'incendie. Je croyais que vous aviez arrêté les responsables.

– Nous avons besoin de recouper tous les témoignages, c'est la procédure. Étiez-vous avec lui ?

– Non.

– Quand avez-vous revu Rémi Parrot, après cette soirée du 2 avril à votre domicile ?

– Le dimanche, je crois. En tout cas, c'était le lendemain de l'incendie.

– Vous ne vous souvenez pas de cette date ? Du jour où…

– Je sais ce qui s'est passé ce jour-là, monsieur Vanberten. Excusez-moi si je ne me souviens pas à la demande du jour exact. Je peux vous dire que l'enterrement était hier, qu'on m'a tiré dessus cette nuit, mais ne me demandez pas ce qu'on a servi au vin d'honneur.

– Vote confusion est naturelle. Mais à cette date, le dimanche 8 avril, vous souvenez-vous de quoi vous avez parlé ? De quoi étiez-vous au courant concernant le projet du Val Vert à ce moment-là ?

– Rémi est venu me parler de ce qu'il avait découvert.

– C'est-à-dire ?

– Il avait des informations sur le projet.

– Pourriez-vous être plus précise ?

– Qu'est-ce que vous voulez savoir ? Dites-le-moi carrément, ça nous fera gagner du temps.

– Je voudrais savoir si le 8 avril, Rémi Parrot avait suffisamment d'informations en main pour soupçonner non seulement Thierry Courbier, mais aussi votre frère du meurtre de son ami.

– Il n'avait pas encore fait le rapprochement. Il n'avait trouvé que la galerie souterraine. C'est de ça qu'il m'a parlé. Mais ça change rien.

– Pourquoi donc, je vous prie ?

– Vous le savez très bien. Nous avons passé la nuit ensemble.

– La nuit du 8 avril, vous étiez avec monsieur Parrot, c'est bien cela ?

– Pourquoi vous reposez la question ?

– Pour l'enregistrement, rien de plus.

– Oui, j'étais avec lui.

– Toute la nuit ?

– Toute la nuit. Rappelez Marsault, je pourrai vous donner plus de détails si vous voulez.

– Gardez votre calme, s'il vous plaît. Nous en avons presque terminé, il ne me reste que quelques questions et vous pourrez rentrer chez vous.

– Pas vous, hein ? Vous allez cuisiner qui après moi ?

– Une dernière chose sur ce sujet. Savez-vous où était Rémi, le soir de l'incendie ?

– Encore ça ? Non, je sais pas où il était.

– Vos retrouvailles se sont donc passées le dimanche 8 avril ?

– Retrouvailles, je sais pas si c'est le bon mot pour nous. Ça sonne un peu trop romantique.

– Pas de romance ?

– S'aimer dans ces conditions, ça doit porter un autre nom.

– Il faudra satisfaire ma curiosité romantique, mademoiselle. Je pense que vous êtes revenue pour lui, mais que ce n'est pas la seule explication.

– À quoi vous pensez d'autre ?

– À rien, et votre explication est celle que je voudrais croire.

– Pardon ?

– À vous observer, et autant qu'il me soit permis d'en juger, vous auriez aussi pu revenir pour vous venger.

– Me venger ? Vous ne présumez plus, vous divaguez. De quoi est-ce que j'aurais voulu me venger ?

– De quelque chose que j'ignore. Un de ces secrets, comme celui de monsieur Barusseau ?

– Je suis revenue parce que mon départ était raté. J'étais revenue pour faire la paix, avec moi-même au moins, si l'image ne vous paraît pas trop ridicule.

– Absolument pas. Et maintenant ?

– Un champ de bataille couvert de morts, c'est un endroit paisible, non ? Mais ce n'est pas ce que je voulais. »

10

Vingt ans après l'accident, un mort

Rémi se réveilla incapable de décrire ce qu'il voyait. Une chambre encore sombre, une trace de lumière à la petite fenêtre, une couverture roulée à ses pieds, une pellicule brillante de transpiration sur son ventre et ses jambes.

Les rêves sont faits d'images complexes qui se décrivent en quelques mots. Une fois les yeux ouverts, c'est tout l'inverse. Les voyages qu'il avait faits en dormant, dans des forêts peuplées d'animaux sauvages et impossibles, s'expliquaient mieux que ces quatre murs qu'il avait construits, enduits et peints. L'insomnie préparait mieux aux rêves qu'à l'éveil, et la douleur de son front ajoutait à la désorientation une impression de gueule de bois.

Codéine, le café au lait avec trois sucres, comme le buvait son père, dans un grand bol au-dessus duquel il pencha la tête pour laper la première gorgée. Lorsqu'il alluma son portable, il était 6 heures 15. Un chiffre clignotait sur le cadran.

Jean avait appelé une première fois à 3 heures du matin. Le vent soufflait dans le micro et le message était haché de rafales saturant le petit haut-parleur. Jean disait qu'il avait trouvé quelque chose. Une piste, un objet ; il avait trouvé un truc, mais le message devenait inaudible. Il avait rappelé une seconde fois, sans laisser de message, une heure plus tard.

Rémi rappela aussitôt et n'entendit que l'annonce de la messagerie de Jean.

Il appela ensuite Bertrand qui était déjà arrivé à la battue administrative. Son collègue lui annonça que tout le monde était là, que la ligne de traque était déjà en place et que les tireurs se préparaient.

« Pardon pour le retard, je pars de chez moi maintenant. Au fait, Messenet est là ?

– Pourquoi tu demandes ? Y'a un rapport avec les pansements qu'il a sur la tête ? »

Lorsqu'il arriva au point de rencontre, la troupe des chasseurs se préparait au milieu des 4x4 et des camionnettes. On entendait au loin la meute des chiens de la traque. Valleigeas devait partir avec les tireurs qui s'installaient à l'ouest, le long du coteau, juste avant la pente et les bois de mélèze. Bertrand suivrait les tireurs de la ligne opposée, qui allaient se poster à l'est du couloir de battue, en lisière du bois et avant un pré de fond hérissé de joncs et de roseaux le long de la Maulde. La troisième ligne fermait l'enceinte de battue au nord, terminée par un méandre de la rivière. Un peu plus bas, il y avait la retenue et, en aval encore, à vingt minutes d'ici, la pisciculture.

Les chasseurs étaient bruyants. Ils se mettaient des coups de coude et se tapaient dans le dos. D'autres, qui se haïssaient depuis quatre générations, se serraient la main plus sobrement. Le jeu consistait à ne pas se retrouver seul au milieu de toutes les subtilités diplomatiques de la région. Choisir deux ou trois hommes que l'on pouvait fréquenter sans faire honte à la famille, échanger quelques nouvelles fausses et sans importance, parler en souriant de ceux d'en face, comparer les fusils. Mais les petits groupes n'étaient que les satellites de deux étoiles, deux mondes séparés. D'un côté, ceux que les allégeances, les trahisons et les promesses d'emplois rapprochaient de Thierry Courbier. De l'autre, ceux que la jalousie, les dettes et les farines animales attachaient à Didier Messenet.

Rémi perçut des bribes de discussions. Aujourd'hui, en plus de la météo, du cours de la viande et des écolos du Plateau, on parlait de l'agent de l'ONF qui avait disparu. La moitié des types qui étaient là avaient lâché les équipes de recherche de Vanberten pour tirer le sanglier. La météo était bonne. Rémi pensa au Val Vert, à Jean, aux flics qui fouillaient à nouveau les bois.

Messenet avait un pansement en travers du visage, protégeant son nez et masquant en partie les hématomes sous ses yeux. Debout devant le coffre ouvert de son SUV Chevrolet, il tirait de son étui une superposée Sagittaire de chez Verney-Carron, finition Extra-Luxe de chez Saint-Hubert. Une carabine à cinq mille euros, flambant neuve, qui arrachait des sourires jaunes et des exclamations à son entourage. Les casquettes orange et les gilets fluorescents, ajoutés aux tenues de camouflage, donnaient l'impression d'une manifestation d'ouvriers ou d'une organisation de course cycliste. Dans les voitures, des bouteilles de rouge entamées et des casse-croûte de charcuterie.

Les Courbier chassaient de père en fils avec des fusils Benelli. Courbier partait avec son aréopage vers les postes de tir de sa ligne, le nouveau Montefeltro Beccaccia calibre 20 sur le bras. Les finitions luxe, dorures, gravures personnalisées et crosse en noyer rivalisaient avec celles de Messenet.

Didier, occupé à tenir son rôle face au clan Courbier, ignora Rémi du mieux qu'il pouvait.

L'agent de l'ONCFS passa entre les hommes qui le saluèrent de loin et retrouva Valleigeas et Bertrand, penchés sur le plan de battue. Valleigeas était nerveux, il n'arrêtait pas de tripoter la corne de battue qui pendait à son épaule. Bertrand et lui avaient les traits tirés. La préparation de la battue et les recherches les avaient épuisés. Rémi sourit à Bertrand qui lui serra la main plus longtemps qu'à l'accoutumée, le regard insistant. Lui aussi aurait préféré chercher Philippe au lieu d'être ici. Les deux collègues se comprirent sans un mot. Rémi, d'un mouvement de tête, les ramena aux plans et aux listes de Valleigeas. Plus vite ils en auraient fini ici, plus vite ils pourraient reprendre les recherches au Val.

La première enceinte devait recevoir les bêtes poussées par la traque sur un terrain de quinze hectares qui commençait plus loin, au sud, dans les plantations de maïs des Messenet. La battue se terminait dans un entonnoir naturel et les cochons connaissaient le coin. Rabattus vers la Maulde, ils allaient monter à l'est vers le coteau, la meilleure fuite possible. La ligne est et la troisième ne tireraient que les égarés, servant surtout à contenir les bêtes et à les pousser vers les mélèzes. Rémi était chef de tir de la troisième ligne.

Les dernières instructions données, les trois hommes se séparèrent. Rémi rejoignit sa ligne, salua les tireurs à poste, vérifia que les distances de sécurité étaient bonnes et les repères de tir positionnés et visibles.

La traque mettrait tout au plus une heure à pousser les cochons jusque dans l'enceinte. Le quota de destruction, quatre-vingt-cinq bêtes, solitaires et mâles de compagnie, femelles de plus de soixante-dix kilos. Comme toujours, il y aurait de la casse au tableau. Le tir au passage permettait rarement d'estimer l'âge d'une bête. Après le passage du gibier à l'est, il fallait se déplacer et reformer les lignes dans le vallon suivant. La première battue tenait généralement en place. Une fois les premiers tirs et les premiers sangs, les tireurs se ruaient sur leurs voitures et la suite tournait au champ de tir. Si le quota n'était pas atteint aujourd'hui, la battue continuerait demain.

Rémi rejoignit sa place. Au milieu de la ligne, un poste surélevé avait été monté, un dispositif léger sur des pieds en métal à cinq mètres du sol. Une échelle de corde avec des barreaux en bois permettait de grimper sur la petite plate-forme. C'était une sorte de vigie, située au bout de l'enceinte de battue, le dernier tir possible si des bêtes choisissaient de forcer le passage vers le bras de la Maulde. De là-haut, il pouvait voir plusieurs des positions de tir. À la jumelle il repéra Thierry Courbier en fin de ligne à l'est, Didier Messenet à l'ouest, chacun à une centaine de mètres.

La corne de Valleigeas sonna un long coup, annonçant le début de la battue.

Avant d'éteindre son portable, Rémi tenta de rappeler Jean.

Messagerie.

Il éteignit l'appareil et se concentra sur ce qu'il avait à faire ici. Il cassa son Tradition .20, fusil un peu léger pour son gabarit, mais polyvalent. Une arme qu'il entretenait bien, comme son père lui avait appris à le faire, mais dont il se servait peu. Rémi ne sortait que deux ou trois fois par an, avec Jean et Barbaque, histoire de remplir les congélateurs. Il participait aux battues seulement quand on le sollicitait. Tout le monde savait qu'il appréciait la chasse, mais pas la compagnie des chasseurs, ce qui ne faisait pas de lui l'agent préféré de son district. Mais il respectait suffisamment les petites traditions roublardes et braconnières du pays pour ne pas entrer en guerre ouverte avec les sociétés et leurs présidents. Dans les battues, il se contentait de postes secondaires comme celui d'aujourd'hui, de préférence là où il n'avait pas à tirer trop de bêtes.

Il chargea les Brenneke .20 Magnum dans les deux canons de son fusil italien et leva les yeux vers la forêt. Les chiens commençaient à donner de la voix, cherchant à disperser les hardes dans les fourrés. Il lança des regards en direction des deux lignes et de leurs chefs. Il pensa à Michèle qui détestait la chasse en particulier, et toutes les traditions du coin en général. La seule fois où il l'avait vue une carabine à la main, c'était pour tirer des corbeaux qui attaquaient des brebis et des agneaux, à l'époque où les décharges à ciel ouvert avaient été fermées. Des milliers de corbeaux s'étaient retrouvés privés de leurs plus gros garde-manger. En surpopulation et affamés, ils attaquaient les moutons dans les prés. Nichés par centaines dans les arbres ou sur les faîtages des bâtiments agricoles, ils attaquaient les petits ou les mères trop pleines et incapables de courir. Ils leur crevaient les yeux, piquaient leur cul jusqu'aux boyaux et les vidaient encore vivantes, couchées dans les prairies. Le carnage avait duré plusieurs semaines. Michèle avait quatorze ans, elle dormait dans la bergerie de la ferme ; elle accompagnait le troupeau aux pâtures et tirait sur tout ce qui avait des ailes. Elle avait un bon coup de fusil et Rémi ne l'avait jamais vue aussi enragée.

Les chiens se rapprochaient. Les fusils se levaient sur les lignes. Les tireurs se concentraient. La battue était parfaitement organisée. Une grosse moitié du tableau allait tomber ici. Avec un peu de chance, Rémi pourrait retourner au Val avant la nuit, retrouver Jean et suivre cette piste dont il avait parlé. Il y croyait encore. Philippe était solide, il connaissait la forêt. Il pouvait bouffer des pousses et des plantes s'il le fallait. L'eau ne manquait pas dans le secteur. Il pouvait s'accrocher encore, après trois jours. Des types dans des montagnes et des déserts avaient survécu à des situations désespérées pendant plus longtemps que ça, à ramper sur des jambes cassées et à boire leur pisse.

Un tir doublé résonna dans la vallée, venant des premiers postes de la ligne ouest. Les mâles solitaires étaient souvent les premiers à passer. Les compagnies venaient ensuite. Les femelles restaient groupées plus longtemps pour protéger les marcassins. Rémi repensa à la meneuse qu'il avait débusquée à la retenue. Les bêtes intelligentes sont les plus difficiles à piéger et les plus dangereuses à abattre.

La corne de Valleigeas annonça que la traque approchait de l'enceinte.

À part ceux qui avaient pris la tangente, tous les cochons étaient théoriquement encerclés. La cadence des tirs accéléra presque en même temps que le signal. La ligne Messenet rechargeait aussi vite qu'elle tirait. La dernière battue de l'année, la saison de la chasse presque terminée, c'était l'occasion d'en mettre un coup. Messenet tirait des sangliers qui menaçaient de ravager le maïs de la famille.

Les rabatteurs avaient lâché les chiens dans l'enceinte, les cochons commençaient à s'enfuir dans toutes les directions. Les tirs sur la ligne ouest étaient de plus en plus nombreux, des nuages de fumée montaient dans les feuillages. Il vit à la jumelle deux femelles suivies d'une dizaine de marcassins foncer dans le pré de fond et se jeter dans la Maulde. Trop jeunes, les tireurs les avaient laissé passer. D'autres bêtes crurent le passage sauf et suivirent. Deux compagnies et une femelle furent fauchées par un tir croisé. Blessée à la colonne, la femelle s'écroula dans les joncs en grommelant. Un tireur avança dans le pré pour l'achever. Les hommes qui étaient aux postes les plus proches lui crièrent de reprendre sa place.

Les premiers tireurs se repliaient dans l'enceinte pour chasser au ferme les sangliers qui ne savaient pas quelle issue choisir. Les premières bêtes à tenter la rivière, du côté des rochers, passèrent entre les postes de la ligne de fond. Depuis sa plateforme surélevée, Rémi vit les cochons se faire cribler de balles. Depuis deux heures qu'ils attendaient, les hommes de sa ligne s'étaient impatientés et tiraient sur tout ce qui passait. Il se mit à gueuler depuis son perchoir, mais les coups de feu couvraient sa voix. Puis un bruit l'arrêta au milieu de sa gueulante. Comme une pierre tombée sur le petit toit en tôle du perchoir. Le premier coup d'une averse de grêle. Il leva la tête. Il vit le trou dans le métal, sans comprendre encore, quand une seconde balle écorcha la ferraille d'un poteau en ricochant, avant de se perdre en sifflant dans le paysage. Rémi se roula en boule derrière le garde-corps et une troisième balle fit voler en éclats le bois de la main courante. Les chiens étaient hystériques. L'écho des tirs montait de toute la vallée et, au milieu du tonnerre, il entendit une première fois la corne de Valleigeas qui annonçait la fin de la battue. Deux coups longs, un coup bref. Mais les tirs continuaient. Rémi serrait son fusil en se demandant ce qu'il devait faire. Tirer en l'air, se redresser, identifier les tireurs, riposter ? Valleigeas sonna une nouvelle fois la fin de battue et les tirs commencèrent à se calmer. Un sanglier lançait dans l'enceinte un cri rauque qui portait à des centaines de mètres. Une détonation sèche mit fin à son agonie et le silence revint doucement. Les oreilles sifflaient. Les premières voix montaient. Un premier compte et les cris : « On les suit ! On passe de l'autre côté ! »

Rémi s'assit sur le plancher de l'abri, leva les yeux et regarda les impacts. Les tremblements montèrent de ses mains à ses bras, à ses épaules et jusque dans sa poitrine. Ses talons cognaient le bois sans qu'il puisse les arrêter. Il entendait les éclats de voix, les moteurs des véhicules et les aboiements. Le portable lui échappa des mains quand il le tira de sa poche. Il le ramassa et respira lentement, profondément avec le ventre, comme quand il essayait de prendre le dessus sur des maux de crâne. Il retrouva l'usage de ses doigts, appela Bertrand.

« On m'a tiré dessus. Arrête la battue. »

Bertrand ne comprenait pas.

« Je me suis fait allumer ! Arrête la battue. »

Rémi porta la main à son crâne, croyant que la douleur était due à l'adrénaline et l'afflux sanguin dans ses os reconstruits, mais il sentit l'humidité sur ses doigts. Il examina le liquide qui les tachait. La contemplation toujours étrange de ce fluide vital était doublée chez lui d'un sentiment d'étrangeté plus fort encore. Si le sang était le sien, et que depuis toutes ces années son corps l'avait renouvelé, recomposé à sa convenance selon ses propres exigences génétiques, Rémi voyait dans son sang celui des autres. Quand les secours étaient arrivés à la ferme Parrot, il avait perdu la moitié du sien. Après les blessures et toutes les opérations, les transfusions avaient rempli dix fois son corps de celui des autres. Son oreille gauche, comme tout le côté de son visage, était déformée et insensible.

Il chercha la blessure du bout des doigts. Il lui sembla qu'un morceau de l'oreille manquait, et sous la pulpe molle sentit un corps étranger. Il tira dessus en grimaçant, par réflexe ou peut-être à cause du bruit. Un éclat métallique arraché par une balle à la structure du poste. Le sang coula le long de son cou comme un insecte chaud et paresseux, qui se nicha au creux de sa clavicule. En bas de l'échelle de corde, Valleigeas et deux autres chasseurs l'appelaient. Valleigeas était blême et bafouillait en demandant si tout allait bien.

Les cornes et les klaxons des tout-terrain se mélangeaient dans la vallée, répétant la fin de battue et propageant la nouvelle de l'accident.

Bertrand nettoya la plaie. Un centimètre de la pointe de l'oreille était arraché, l'éclat s'était planté dans la peau du crâne.

« Ça ira pour l'instant, mais faudra que tu passes à la Croix-Bleue. »

Marsault, accompagné de deux autres hommes de Vanberten, était arrivé rapidement. Après les premiers soins, il écouta

Parrot donner sa version des faits. Bertrand lui remit la liste des tireurs, celles des différentes lignes et l'emplacement de chacun. Mais au moment des tirs, dont personne ne disait encore qu'ils visaient Parrot, la battue était en train de se désagréger et la moitié des postes n'était plus tenue.

Marsault n'y allait pas de bon cœur et passa plus longtemps à discuter avec Courbier qu'à faire ce qui devait l'être.

Les hommes de la battue étaient mal à l'aise. L'incident, accident ou tir volontaire, était grave ; les permis de chasse en balance et la battue avortée. Valleigeas avait annoncé que vingt-huit cochons avaient été abattus, avec un peu de casse. Marsault faisait tout pour minimiser, ou pour ne pas se retrouver avec une enquête délicate sur les bras.

« Tu es sûr que c'était pas un ricochet ? Ou un mauvais tir ? On est déjà tous en train de fouiller les bois pour retrouver Mazenas, on n'a pas le temps de s'occuper d'un truc comme ça en ce moment. »

Rémi le regarda dans les yeux et parla en serrant les dents.

« Trois balles, sur une cible d'un mètre par deux, à cinquante mètres minimum. Sans compter que les sangliers font dans les soixante centimètres au garrot. J'étais à quatre mètres du sol. Si tu le fais pas, c'est moi qui ramasse les armes et les munitions. »

Marsault essaya de faire oublier son statut de flic pour prendre tous ces gars qu'il connaissait par les sentiments ; une erreur, sans doute, mais moins problématique que de transformer des voisins, des amis ou des ennemis de la famille en suspects d'une tentative de meurtre. Il rassurait, disant que ce n'était rien et qu'il fallait bien faire le boulot. Une routine, pas de quoi s'inquiéter.

Bertrand vit Rémi marcher parmi les 4x4, droit sur Courbier. Les hommes s'écartèrent, laissant autour d'eux un petit cercle de confidentialité où personne n'aurait voulu mettre un pied. Courbier ne réagit pas, n'ouvrit pas la bouche. Rémi alla ensuite vers Messenet, et le même petit cirque se reproduisit.

Les spectateurs avaient enfoncé leur casquette bas sur les yeux. Ils tapaient du bout des bottes dans les pneus des voitures et balançaient des beignes aux chiens qui ne voulaient pas se calmer. Tout le monde savait dans le pays, depuis le grand-père, l'agonie du père et l'accident du petit-fils, que la colère de Parrot était une chose à ne pas voir éclater.

Marsault, occupé à charger les fusils et les carabines dans le Trafic de la gendarmerie, observait lui aussi.

Chaque fusil fut étiqueté et numéroté avec ses munitions. Les noms des propriétaires notés. L'information fit rapidement le tour de la battue : tout le monde devrait se présenter à la caserne dans les jours suivants.

Rémi observa Courbier et Messenet qui remettaient aux trois flics leurs carabines et leurs boîtes de munitions. Bertrand suivit son regard et parla doucement.

« Quand je suis revenu ici, ils étaient déjà presque tous là. Si quelqu'un voulait planquer ou changer ses munitions, quasiment tout le monde a eu le temps de le faire. »

Marsault discuta une dernière fois avec Courbier, qui lui avait fait signe de venir ; un geste à peine plus civilisé que s'il avait sifflé un chien.

Alors que Rémi montait dans la cabine du Hilux, Marsault le rattrapa.

« Faudrait que tu me donnes ton .20, toi aussi.

– Qu'est-ce que tu racontes ?

– Ton arme. Et la boîte de Brenneke.

– Tu te fous de ma gueule ?

– Tu me parles pas comme ça, Parrot.

– J'ai tiré sur mon poste, c'est ça ? Et puis je me suis arraché l'oreille pour faire plus vrai ? T'as pas l'air de savoir par quel bout prendre ton enquête, Marsault, alors je vais te dire : tu vas voir du côté de mon poste si tu trouves pas une des balles, et ensuite tu prends le Verney-Carron de ton pote, le Benelli de Messenet, leurs munitions, ça suffira pour trouver.

– Faut que je prenne toutes les armes, sinon ça va faire des histoires. »

Rémi regarda, par-dessus l'épaule de Marsault, le Chevrolet Blazer qui s'éloignait en vitesse sur la piste du coteau.

« Tu sais, Marsault, quand t'auras pris mon fusil, il me restera quand même mon arme de service et mes menottes. Je l'ai dit à Thierry et à Didier : si toi ou la caserne ne faites pas votre boulot, je peux le faire sans vous. C'est seulement une impression que vous avez, de pouvoir faire tout ce que vous voulez par ici. Parce que ça dure depuis longtemps. Y'a deux balles qui sont passées au-dessus de ma tête. La troisième était pas pour le ciel. Pense à ça quand tu feras le calcul, le jour où faudra tirer les marrons du feu. »

Marsault avait développé un strabisme étrange à mesure que Parrot lui enfonçait les mots dans la tête, son visage de monstre pansé et violacé penché sur lui. Ses yeux fuyaient dans toutes les directions.

Rémi s'installa au volant et lança le diesel.

« J'irai voir Vanberten, au cas où des détails t'auraient échappé. »

Il ressortit de la Croix-Bleue à 17 heures. Tixier, actionnaire principal et chirurgien de la clinique, l'avait ausculté lui-même et fait les points de suture. Il connaissait bien Rémi, qui passait régulièrement dans ses murs depuis vingt ans. Ils en avaient profité pour faire un point sur les maux de tête. Tixier disait qu'il faudrait refaire des examens, qu'avec le temps certaines des vis et des plaques pouvaient peut-être être retirées. Rémi ne voulait plus repasser sur le billard. La chirurgie reconstructive ne pouvait plus rien pour lui. Recommencer les mois de convalescence, les semaines à reprendre pied, coincé dans un lit ou chez lui à ne pas pouvoir bouger. Il préférait encore tenir avec la codéine.

« On s'habitue, à force, docteur.

– Ce n'est pas ma philosophie, mais c'est toi qui choisis. »

C'était ce que le vieux toubib avait répondu. Rémi aimait bien Tixier. Un type qui n'aimait pas la douleur et qui l'avait prouvé de façon indiscutable au moins deux fois déjà. La première avec le père de Rémi, quand il avait poussé la seringue de morphine jusqu'au bout. La deuxième quelque temps plus tard avec sa mère. Rémi se demanda s'il y aurait pour lui un médecin comme Tixier, quand il en arriverait là.

Il se demanda aussi pour quelle raison il serait encore dans les parages à l'heure de crever.

Et il pensa à Michèle.

Et son portable sonna.

« Je l'ai trouvé. »

Rémi laissa la moitié des crampons du Toyota sur le parking de la clinique et des gerbes de gravillons rebondirent sur les portes automatiques des urgences.

« Passe par le PNR, au début des rochers. »

Jean était saoul.

« Redescends vers le Val sur trois cents mètres. »

Jean était incompréhensible, il chialait et vomissait en même temps.

« Avant la dernière chute, tu prends à gauche, tu remontes sur deux cents mètres, après tu suis la pente vers l'aval, pendant cinq cents mètres. »

Il avait des haut-le-cœur et hachait les mots d'horreur.

« Tu verras, y'a un passage de sangliers. Tu le suis. »

Il attendait là-bas. Les autres équipes étaient dans le Val, à draguer l'étang et fouiller les plantations de Douglas.

« J'ai continué tout seul. »

« Je l'ai trouvé. »

Barbaque n'arrêtait pas d'aboyer.

« Viens me chercher, Rémi. »

Jean serrait dans ses bras son vieux sac à dos de surplus militaire, adossé à un chêne. Il s'accrochait au sac et à une bouteille vide. Son chien, couché contre lui, tremblait comme s'il était tombé dans une rivière gelée. Il n'y avait plus que la couleur de son visage pour exprimer quelque chose. Un masque d'argile séchée et deux yeux rouges, la peau vieillie et les lèvres tordues, secouées par son menton. Il cessa de fixer un point à quelques mètres devant lui pour lever lentement les yeux vers Rémi. Jean était aussi sale que son petit bâtard, ses ongles noircis par la terre ; son crâne rasé était écorché, les coupures pleines d'un dépôt sombre, mélange de sang séché et de boue. Le charpentier, avec sa maigreur d'ancien toxico, avait pris dix ans et la couleur de la mort.

Rémi l'aida à se relever avec les précautions qu'il aurait prises pour un vieillard. D'une main inerte au bout de son bras, Jean indiqua la direction.

« C'est par là. »

Barbaque les devançait de quelques pas, s'arrêtait, les regardait, avançait à nouveau, hésitait.

Le chien se mit à l'arrêt devant un petit tumulus et Jean se paralysa. La butte herbeuse n'avait rien de particulier. Une sorte d'irrégularité, qui passait naturellement pour un relief au-dessus d'un rocher, sur lequel la terre s'était déposée et l'herbe avait poussé. On devinait bien un bloc et le granit qui affleurait à la base de la bosse, près d'un trou qui ressemblait à l'entrée d'un gros terrier. Les traces de passage étaient fraîches. Celles d'un chien et des pieds de sangliers, brouillées par un homme. Les équipes de recherche n'étaient pas montées aussi haut sur la colline.

« Barbaque s'est mis à creuser là-dedans. Il est passé dessous et il s'est tiré. J'ai cru que c'était un trou de bête, je l'ai laissé faire. Putain, Rémi, ça fait presque vingt-quatre heures que je tourne en rond dans cette vallée. J'ai dormi deux heures. Je savais plus trop ce que je faisais. Le chien est resté sous terre une demi-heure. Je m'étais endormi. »

Jean lâcha le bras de Rémi et s'assit par terre. Sa tête tomba sur ses genoux et il la serra à deux mains, frottant les petites coupures.

« Quand il est ressorti, il arrêtait pas d'aboyer. Je comprenais plus rien, je dormais à moitié. Il s'est couché et il a commencé à mordiller un truc. J'avais pas vu. Il en faisait des petits morceaux. Je me suis rendormi. Quand j'ai rouvert les yeux, je sais pas combien de temps après, j'ai vu les morceaux. »

Il tendit à nouveau la main. Rémi se pencha.

Barbaque avait mis en pièces une casquette, déchiqueté le tissu vert sur lequel on voyait encore en partie l'arbre brodé en vert plus foncé du logo de l'ONF. Rémi regarda Jean, ses ongles noirs et ses vêtements, l'ouverture dans la terre. Il prit sa torche électrique et suivit le chemin souterrain.

Il rampa sur quelques mètres, poussant la lampe devant lui, jusqu'à ce que le passage étroit s'élargisse dans une galerie. Des racines pendaient du plafond soutenu par des bastaings à moitié pourris, bouffés par les insectes et les champignons. La terre était tombée au sol, réduisant à la moitié de sa hauteur ce qui avait dû être un passage à taille d'homme. Il se redressa, le dos courbé, une main suivant les bastaings et la terre au-dessus de sa tête. Il suivit les traces. Difficile de savoir combien de temps il progressa de cette façon, tâtant le plafond, surveillant le sol, jusqu'à ce que le passage s'élargisse à nouveau dans un boyau de mine plus haut. Il glissa sur la terre qui se déversait dans cette veine en meilleur état, se rétablit et put se redresser. Les traces de Jean et des animaux partaient sur la droite. La galerie était en pente. Il avait l'impression de descendre vers le bas du vallon, mais il n'était sûr de rien, pas plus qu'il ne savait à quelle profondeur il était parvenu.

L'odeur, en revanche, était de plus en plus forte.

Cadavre.

De peur d'être surpris, de marcher sur une idée qui l'effrayait de plus en plus, il lança le faisceau de la lampe le plus loin possible et balaya la galerie.

D'abord des morceaux de vêtements, éparpillés sur plusieurs mètres. Il continua d'avancer vers un tas informe. Ou bien la lampe faiblissait, ou bien c'était lui.

Il vomit, tout comme l'avait fait Jean. Il détourna la lumière des ossements et fit demi-tour en courant, trébuchant et roulant sur la terre qui puait la charogne et la merde de sangliers.

Il remonta les galeries en suivant l'écho des aboiements aigus. Il avait lâché la lampe et fonçait à quatre pattes dans le boyau à moitié enseveli, cherchant l'air et la lumière. Barbaque gueulait et partit en courant quand Rémi émergea à bout de souffle de sous la terre.

Jean avait repris sa place contre l'arbre et n'osait pas le regarder. Il avait déniché un fond de gnôle dans son sac militaire. Il tendit la bouteille au garde-chasse, qui but sans envie, pour rincer l'acidité de sa bouche. La brûlure de l'alcool réveilla son ventre qu'il écrasait sous les muscles crispés.

Jean termina la bouteille, essuya sa bouche en y laissant une traînée de terre brune.

« C'est quoi ces galeries ? Tu savais qu'y avait ça ici ? »

Rémi secoua la tête, cracha, tournant la langue pour faire monter dans sa bouche sèche un peu de salive. Il ne savait pas. Le charpentier tatoué se releva et fit quelques pas sur ses jambes tremblantes.

« Les cochons ont trouvé un passage. Mais c'est pas par là que Philippe… Ils sont pas passés par là.

– Y'a plus que des os. On n'est pas sûr que ce soit lui.

– C'est lui. Ça peut être que lui. Putain… J'y croyais pas. J'y crois pas. »

Jean essaya de rouler une cigarette et renonça après avoir déchiré deux fois la feuille entre ses doigts.

Rémi composa le numéro de la gendarmerie et demanda Vanberten d'urgence.

« Je suis au courant de ce qui vous est arrivé à la battue, monsieur Parrot. Nous allons nous occuper de cette affaire dès que les recherches seront term…

– Jean l'a trouvé.

– De quoi parlez-vous ?

– Philippe. On l'a retrouvé.

– Où êtes-vous ? »

Jean fut incapable de répondre aux questions des flics. L'alcool, la fatigue, les nerfs à peine émoussés par le pétard *king size* qu'il avait fumé avant leur arrivée rendirent son témoignage incompréhensible. Il était sorti du bois en titubant et s'était couché sur le plateau du Toyota de l'Office. Roulé dans une couverture avec son chien, il s'était endormi pendant que la forêt s'allumait avec la nuit de gyrophares, de flashs et de projecteurs. Au son des groupes électrogènes, dans les ombres des arbres et des contre-jours brumeux, des hommes fatigués travaillaient en silence. Vanberten attendait l'équipe de l'identité judiciaire et les scientifiques de la région. Le secteur fut balisé, quadrillé de rubalise jaune autour du tumulus dans un rayon d'une dizaine de mètres. Les fonctionnaires autorisés franchissaient la ligne comme s'ils approchaient d'une vieille bombe découverte dans une forêt de promeneurs.

Rémi reprit le fil des événements pour Vanberten.

Le réseau de galeries, visité un peu plus en avant, semblait complexe et il serait long à explorer. Rémi se foutait de savoir par où Philippe avait été amené jusque-là, c'était l'affaire des flics qui suivaient la procédure à la lettre : où, quand, comment…

Vanberten lui posa la main sur l'épaule.

« Rentrez chez vous, Parrot, essayez de dormir. Allez voir les pompiers d'abord.

– Hein ? »

Les sutures avaient été arrachées, sans doute lors d'une chute dans la galerie. Sa blessure à la tête était rouverte et le sang avait coulé sur sa veste.

Rémi secoua doucement Jean et lui dit de s'installer dans la cabine. Il roula directement jusqu'à la Terre Noire.

Il prit une douche froide. Il avait depuis longtemps renoncé à l'eau chaude qui ravivait les douleurs de son visage.

Jean puait mais refusa de se laver. Il plongea dans le frigo et en sortit toutes les bouteilles qui restaient de la crémaillère.

11

Neuf jours après la mine, seize heures après la fusillade

« Monsieur Parrot vous a-t-il parlé de la battue ?

– Vous n'arrivez pas à vous décider. Une fois Rémi, une fois monsieur Parrot. Et vous revenez encore en arrière.

– Les événements se sont précipités, ensuite. Les tirs sur monsieur Parrot, la découverte du corps de monsieur Mazenas. Je voudrais comprendre ce qui est arrivé à partir de ce moment-là.

– Ce n'est pas moi qui vous intéresse, c'est Rémi et ce qu'il a pu faire ou pas.

– En effet.

– Pour son bien, je suppose.

– Je ne réfléchis pas en ces termes, ce n'est pas mon travail.

– Mais vous aimez la romance, néanmoins.

– Ne vous fiez pas à ma sympathie. Je peux aussi en avoir pour les coupables.

– Rémi ne m'a pas parlé de la battue.

– Vous savez comme moi qu'il ne pouvait soupçonner vraiment que deux personnes.

– Et alors ?

– Et alors ? Thierry Courbier fait tabasser son ami Philippe le 23 mars au bal de Sainte-Feyre. Le même Courbier vous agresse, verbalement du moins, le 31 mars. Parrot et lui ont un premier accrochage. Le lendemain, 1er avril, on retrouve la voiture abandonnée de Philippe Mazenas. Le 2 avril, Parrot et votre frère se battent devant votre domicile. Le 3 avril, jour de la battue, des tirs visent Rémi. Il menace directement, ou accuse, Courbier et votre frère. L'après-midi même, on retrouve la dépouille de Philippe Mazenas sur des terres Courbier, sur le site d'un projet immobilier auquel Mazenas ne pouvait que s'opposer. Trois jours plus tard, la TechBois prend feu. Quarante-huit heures plus tard…

– J'ai compris. Arrêtez votre démonstration.

– Je ne crois pas que vous compreniez. Où étiez-vous dans la nuit du 6 au 7 avril ?

– La nuit de l'incendie ? Chez moi, il me semble.

– Il vous semble ?

– Je pense, oui. J'ai fermé la boutique et je suis rentrée chez moi.

– La nuit du 7 au 8 ?

– Quoi ?

– La nuit suivante, du 7 au 8 avril, la veille de…

– Vous savez très bien où j'étais cette nuit-là, je vous l'ai déjà dit ! Arrêtez de me demander tout le temps la même chose.

– Bien. Je voudrais passer à autre chose si cela ne vous dérange pas.

– Il serait temps.

– Votre magasin.

– C'est-à-dire ?

– Votre arrière-boutique.

– Votre femme n'est pas encore venue, si c'est ce qui vous inquiète.

– Vous n'avez pas d'autorisation pour vendre ces articles. C'est illégal.

– Des articles féminins, c'est ce que je vends.

– Ne jouez pas avec les mots.

– Vous trouvez que c'est un sujet important, après tout ce qui s'est passé ?

– Non, mais je trouve que cela alimente les raisonnements absurdes que je fais à votre sujet.

– Parce que je vends des godemichés et des films érotiques, je suis revenue pour me venger de ce pays de fous ?

– Tout à fait.

– C'est presque du prix coûtant, vous ne pouvez pas m'accuser de chercher à faire du profit.

– Expliquez-moi ce que vous cherchez à faire, dans ce cas.

– Je donne envie de partir aux femmes de R. Mais comme je vous l'ai dit, votre femme n'est pas cliente.

– Cette provocation dissimule mal votre colère, mademoiselle Messenet.

– Vous trouvez que le sort des femmes dans ce bled est un sujet amusant ? Quand on est mariée à un type qu'on connaît depuis la maternelle, que c'est le seul exemplaire d'homme qu'on a jamais connu, aussi tendre et communicatif qu'un tracteur, ce n'est pas vraiment la panacée. Comment pensez-vous qu'un mari qui tape sa femme, comme Marsault, lui fait l'amour ? Je dis pas que tous les maris et les paysans d'ici tapent sur leur bonne femme, mais au mieux ils sont nuls au lit. Leurs femmes ne partent pas parce qu'elles pensent que c'est comme ça partout, et que c'est normal, les coups ou l'ennui. Je leur vends des échantillons de ce qu'on peut trouver ailleurs. En espérant que ça leur donne des idées. Et si ça réveille un peu les nuits du quartier, tant mieux. Il doit y avoir des maris qui ne s'en plaignent pas. Peut-être que vous avez raison, je me venge un peu.

– Je ne sais pas si j'ai une réelle sympathie pour votre cause, mais quoi qu'il en soit, nous devrons nous revoir pour en parler.

Si vous émancipez certaines femmes de R., d'autres sont scandalisées. Sans parler de leurs époux.

– La femme de Marquais vient régulièrement à mon magasin, et elle n'achète pas que des caracos. Vous n'imaginez pas tout ce qu'on peut se dire dans ma boutique. Ça vous fait sourire ?

– Je suis heureux que mon épouse ne soit pas de vos clientes.

– Je fais des promos sur les nuisettes, avant l'arrivée de l'été. Vous pourrez lui en parler.

– Je ne pense pas. Et je crois que nous allons en rester là pour aujourd'hui. Si les enquêteurs ont besoin de vous revoir, je vous appellerai personnellement. Je vous remercie de votre patience. Acceptez à nouveau toutes mes condoléances, mademoiselle Messenet. Oh, pardon… j'avais une dernière question, cela m'était sorti de la tête.

– Je dois me rasseoir ?

– S'il vous plaît, pour votre confort, mais il n'y en a que pour une minute. Vous avez dit que monsieur Parrot vous a parlé pour la première fois de l'affaire du Val… le samedi 7 avril.

– C'est ça.

– Vous a-t-il montré des documents ou seulement raconté ce qu'il savait ?

– Il avait des papiers.

– Ceux que mademoiselle Brisson lui avait remis ?

– Oui.

– Des documents qui étaient auparavant en possession de monsieur Mazenas.

– C'est ce qu'il m'a dit.

– Ces documents, comme ce projet par ailleurs, avaient été gardés secrets par tous les partis associés. Y compris monsieur Marquais, que vous venez d'évoquer.

– Sa femme.

– Pardon, sa femme. De garder si longtemps ce projet secret, dans un pays aussi prompt à la rumeur et aux mauvais coups, a dû demander la plus grande prudence et discrétion. Comment croyez-vous qu'un technicien de l'ONF comme monsieur Mazenas ait pu se procurer ces documents ?

– Vous me demandez ça à moi ?

– Je suis curieux de savoir ce que vous en pensez.

– J'en pense rien. On dit que ce sont les types du Plateau, les membres de Nature et Forêts dont faisait partie Mazenas, qui ont levé le lièvre. C'est ce qu'on dit et j'en sais pas plus que vous.

– Je vous libère, mademoiselle Messenet. Je vais rappeler Marsault qui vous accompagnera jusqu'à votre voiture. Marsault ?

– Laissez tomber.

– J'insiste, vous êtes épuisée. Marsault, raccompagnez mademoiselle Messenet et dites à mademoiselle Brisson que je vais la recevoir dans quelques instants. Au revoir mademoiselle.

– Commandant. »

La blonde attendait sur un siège de l'accueil. Elle se mangeait les ongles et elle ne leva pas la tête quand Michèle passa devant elle.

Marsault sortit sur le parking grillagé avec Michèle et s'arrêta avant qu'ils atteignent sa voiture.

« J'espère que la prochaine fois, il vous ratera pas.

– Va te faire foutre, Marsault. »

12

Vingt ans après, traînée de poudre

Les agents du parc aidèrent à dégager un passage. Les tronçonneuses crièrent pendant une heure dans les lambeaux de brouillard de la nuit. Le 4x4 put s'approcher à une centaine de mètres du trou. On envoya ensuite un quad de l'ONF auquel était attelée une remorque. L'entrée sous la roche avait été agrandie et les premiers mètres du passage dégagés. Les deux techniciens scientifiques, après une longue série de clichés, avaient déposé les restes de Philippe Mazenas sur un brancard, qu'on remonta à la surface. Le brancard fut déposé dans la remorque et le quad roula sur les pierres et les racines à la vitesse d'un corbillard, puis les restes furent transférés une dernière fois d'un véhicule à l'autre. Le 4x4 prit la route de la préfecture et de la morgue.

L'autopsie relevait de l'archéologie tellement les sangliers n'avaient rien laissé. Une partie du squelette manquait. Vanberten continuait, avec les précautions administratives de sa profession, à parler aux journalistes d'un corps non identifié – et des doutes raisonnables quant à son identité : Philippe Mazenas, technicien ONF objet d'une disparition inquiétante depuis quatre jours, sa voiture ayant été retrouvée à moins d'un kilomètre de là.

Il avait fallu un type ivre et têtu, son chien et des sangliers pour tomber dessus. Sans le passage des cochons, des équipes de recherche auraient pu passer devant le tumulus pendant dix ans sans rien trouver. Vanberten avait fait appel à un club de spéléologues des Puys pour commencer à explorer les galeries souterraines. Ils avaient déjà parcouru, lentement et prudemment vu l'état des soutènements, plusieurs centaines de mètres sans trouver de sortie ou un plan encore bien établi. Les recherches débutaient aussi pour savoir ce qu'était cette mine, de quand elle datait et qui en connaissait l'existence. Il y avait eu des mines de charbon dans le coin, mais cela n'y ressemblait pas. Restaient les exploitations d'uranium, nombreuses, mais plus au nord de la région. Et puis toutes les mines du coin étaient à ciel ouvert, les dernières ayant fermé à la fin des années 80. UraFrance, la compagnie qui exploitait à l'époque les sites miniers, avait était démantelée, assimilée au Conglomérat national du nucléaire dont les archives – les militants de Nature et Forêts en savaient quelque chose – étaient à peu près aussi faciles d'accès que celles de l'armée.

Vanberten prenait des précautions avec les journalistes. Il ne raconta pas tout ce qu'il avait en tête à Rémi, mais quelques raisonnements s'imposaient : le terrain appartenait aux Courbier. Quelqu'un – deux personnes si l'on se fiait aux empreintes retrouvées près de la voiture de Philippe et dans l'ancienne mine – connaissait ces galeries et une autre entrée que les spéléologues n'avaient pas encore découverte. Les types qui avaient traîné Philippe au fond avaient effacé leurs traces. On attendait que les passages soient reconnus et praticables pour envoyer des chiens.

Des flics de la PJ, que Rémi ne connaissait pas, commençaient à débarquer. Personne ne prenait personne de haut, mais on sentait bien que l'affaire prenait du volume et, à voir comment les policiers y allaient sur la pointe des pieds, avec eux commençaient les stratégies d'évitement de la politique locale. Et puis Philippe faisait partie de ceux qu'on appelait dans le coin « les excités du Plateau », soupçonnés d'être responsables de tous les maux dont souffraient la France et la région. Inspirés par des mouvements écologistes radicaux européens et américains, comme le *Earth Liberation Front*, Nature et Forêts était un groupe remuant et surveillé, dont le combat s'élargissait à un idéal politique insurrectionnel. Sans moyens et bavarde pour certains, l'ultra-gauche du Plateau alimentait suffisamment de fantasmes et de soupçons pour que les flics s'y intéressent. Pour la SDIG de la zone départementale, le Plateau était le plus gros morceau en matière de renseignement. Rémi connaissait plusieurs types de Nature et Forêts, rencontrés lors de mobilisations ou dans des bistrots du Plateau situés sur son district ; parce qu'il connaissait Philippe et qu'à diverses occasions, il avait croisé des gens qu'il fréquentait.

Vanberten s'excusa auprès des journalistes et parla un moment avec les OPJ de la préfecture. Leur petit groupe aux mines secrètes faisait l'impression d'un état-major en train d'établir un nombre raisonnable de pertes humaines.

Rémi s'éloigna de la zone bruissant d'hommes et de questions. Sur un rocher de la Maulde, il prit ses jumelles et observa lentement le Val Vert. Les galeries encore inexplorées se distribuaient à première vue sur le coteau ouest. Leur étendue était encore impossible à déterminer. Il suivit, tranche par tranche, les courbes de niveau du vallon, de l'entrée creusée par les sangliers jusqu'à l'étang et les travaux de nettoyage des bois autour du plan d'eau. Maintenant qu'il avait en tête les plans et les dessins que Philippe avait remis à Aurélie Brisson, il comprenait mieux ces travaux d'aménagement. Et il mesura l'ampleur du projet en rectifiant le relief à coups de bulldozer, son imagination y installant les bungalows, les salles de restaurant, les boutiques, les manèges et le parc d'accrobranche. En même temps, il cherchait un indice sur le terrain, en mesure de signaler une ancienne entrée de mine.

Vanberten s'approcha de lui. Rémi continua à fouiller le Val avec les Bushnell.

« Par où vous allez commencer ?

– Le labo va d'abord procéder à l'autopsie. Quoi que vous en pensiez, nous ne connaissons pas la cause de sa mort. Je vous accorde que les doutes sur son identité sont bien minces, mais nous devons vérifier. Ensuite, l'enquête commencera.

– UraFrance ?

– Je suis en contact avec l'administration du musée de la mine. Ils pourront sans doute nous aider à retrouver des plans, s'il en existe encore.

– Le musée ?

– Sur l'ancien site d'extraction de Bessines.

– Vous croyez que le musée vous fournira quelque chose ?

– Bessines est aussi un centre administratif et de recherche du Conglomérat. Ils auront les informations que nous cherchons.

– Et une fois que vous pourrez vous balader dans les galeries avec une carte touristique, qu'est-ce que vous allez faire ? Interroger des suspects ou attendre qu'ils viennent d'eux-mêmes se présenter à votre bureau ?

– Quoi que je fasse, ce sera avec plus de retenue et de rationalité que vous, monsieur Parrot. Je sais à quoi et à qui vous pensez, mais la disparition de votre ami, l'incident du bal et celui de la battue, hier, vous lancent sur des rails qui ne sont peut-être pas les bons. De plus, la gendarmerie ne sera pas seule à mener l'enquête. La préfecture et la police nationale feront aussi leur travail.

– Disparition ? »

Rémi baissa les jumelles et regarda Vanberten.

« Vos précautions sont... agaçantes, commandant.

– Vos raisonnements ne transforment pas non plus des suspects en coupables.

– Vous allez interroger les bûcherons ?

– Et ceux qui étaient présents au bal ce soir-là, dont votre ami, monsieur Carnet.

– Faudra qu'il décuite avant.

– Quand il sera en état, vous lui direz, s'il vous plaît, de venir me voir. Et vous le remercierez pour ce qu'il a fait. »

Vanberten serra la main de Rémi et dit qu'il était désolé pour Mazenas. Il conseilla une nouvelle fois au garde-chasse de rester en dehors de l'affaire. Le commandant perdit de son assurance quand il ajouta qu'il devait aussi prévenir la famille de Philippe.

Rémi rentra chez lui et trouva Jean assis sous le proche, fuyant le soleil qui faisait une apparition après les brouillards de cette nuit froide. Le printemps était en avance selon les critères locaux, même si toujours un peu en retard sur les régions voisines. Les feuillages, d'heure en heure, s'épaississaient et accrochaient la lumière du ciel à leur vert nouveau. Il était presque midi et la chaleur qui succédait à la nuit se changeait au sud-ouest en cumulus épais, derrière eux le gris d'un front orageux. C'était peut-être ce que regardait Jean, avachi, une bière à la main.

« Il reste quelque chose à boire ?

– Pas grand-chose, et j'en ai plus besoin que toi.

– C'était pas pour moi, j'avais seulement peur que tu manques. Il faut que tu m'aides.

– Tant que je reste assis.

– Si tu m'écoutes, ça suffira pour l'instant. »

Rémi ralentit malgré son envie de rouler vite. Le Lada était une épave et n'aurait pas mieux tenu la route avec des roues carrées, surtout dans les virages qui montaient vers Faux-la-Montagne, chef-lieu du Plateau.

Édouard attendait au Zinc, bar associatif du village, comme convenu. Rémi passa lentement devant la façade du bistrot et continua jusqu'à la place de la Fontaine, où il s'arrêta. Il attendit quelques minutes, vit dans son rétro le président de Nature et Forêts sortir du bar et descendre la rue principale. Édouard monta dans la voiture le plus naturellement du monde, pointa du doigt une petite rue donnant sur la place.

Ils sortirent de Chaux et roulèrent une dizaine de kilomètres. Édouard lui dit de tourner sur un chemin et le Lada rebondit en grinçant pendant un kilomètre. La montée était de plus en plus raide. Rémi passa en quatre roues motrices. Ils débouchèrent sur un petit sommet de bruyères qui commençaient à fleurir, et stoppèrent. Édouard descendit de voiture, Rémi le suivit.

Le district de l'ONCFS sur lequel travaillait Rémi s'arrêtait à cette ligne de crête. Au sud, le territoire était sous la responsabilité d'une autre zone départementale. Il connaissait le coin, même s'il n'était pas venu depuis un moment. Le Plateau prenait ici des proportions grandioses qui évoquaient un modeste petit coin de paysage nord-américain. À plusieurs titres.

Depuis le sommet qui culminait à presque mille mètres d'altitude, ce n'était pas seulement le paysage que l'on voyait, mais ce qui était en train de lui arriver. Les vallons du Plateau, à intervalles réguliers, étaient à nu. Des crêtes aux fonds des vallées, un versant sur deux était comme passé à la tondeuse. Ces taches de brun au milieu des forêts sombres de résineux faisaient penser à une attaque de gale sur le pelage d'un chien. Les coupes rases étaient en passe de dévorer la moitié des forêts. Ce n'était pas une surprise pour Rémi, mais il se demanda pourquoi Édouard l'avait mené jusqu'ici. Peut-être bien pour ajouter à ses stratégies d'espion amateur un petit côté dramatique et spectaculaire.

« Vous trouvez ça normal, je suppose.

– L'exploitation forestière ? Ce n'est pas vraiment mon domaine.

– Ouais. L'ONF, dont c'est justement le travail, n'a pas le droit de mettre les pieds dans les exploitations privées. L'ONCFS, dont le rôle n'est pas de s'occuper de ce que font chez eux les forestiers, a le droit d'y aller, mais pour coller des amendes à ceux qui chassent des lapins trop petits.

– Si vous voyez ça comme ça.

– Ne commencez pas avec les différences de point de vue. La nature n'est pas un point de vue à envisager selon différentes perspectives, c'est un bien commun et ce qui se passe chez un privé affecte tout autant ceux qui vivent autour et qui n'ont rien demandé.

– Je ne suis pas venu pour parler de ça.

– Vous êtes un flic de la nature, oui ou non ? C'est pas comme ça qu'on vous appelle ? Je ne vais pas essayer de vous convaincre, c'est un cas désespéré. Perdre du temps à convaincre, nous n'en sommes plus là. Nous sommes dans l'action. »

Rémi se concentra sur ce qu'il était venu faire ici et mit de côté l'envie assez rapide qui lui venait de prendre le militant par le col et de le secouer un peu. Oui, l'ONF ne pouvait rien contre les forestiers et leur industrie qui se planquaient derrière des labels d'éco-gestion bidon et ne s'embarrassaient pas beaucoup des lois qui régulaient leur commerce. L'ONF lui-même était devenu une administration publique qui devait rapporter de l'argent, en gérant au mieux les forêts domaniales dont il avait la charge. Philippe lui avait déjà parlé de tout ça, un paquet de fois. Rémi dut admettre que, comme beaucoup et malgré ses divergences avec les gens du coin, l'aplomb de types comme Édouard qui n'avaient jamais gratté autre chose que des idées et un potager de vingt mètres carrés lui hérissait le poil. Mais le président de Nature et Forêts se fichait de tout ça ; il se battait dans une catégorie universelle et, depuis son perchoir, ne cachait pas son mépris pour un pauvre type comme lui.

« Philippe m'a parlé de vous. Il disait que vous étiez un type bien. Mais Philippe était confus. Il bossait pour l'ONF et il avait aussi des problèmes de points de vue. Tout ce foutoir des compromis dans lequel les luttes finissent toujours par se diluer et se perdre. Il était sincère, mais trop de choses le rattachaient au monde dont vous faites partie.

– Vous l'enterrez vite.

– La lutte est un monde de camarades, de personnes qui ne comptent pas en tant que telles, mais qui s'accordent selon des principes d'action et des idéaux. Philippe n'était pas un ami, mais un compagnon de lutte. Nous ne savons pas pourquoi il est mort, ni comment d'ailleurs, ce qui veut dire que ce qu'il faisait, ou ce qu'il voulait faire, n'avait rien à voir avec nous. Sinon nous serions au courant. Je vous dis ça parce que Jean m'a demandé de vous parler, mais ne comptez pas sur moi pour vous en dire plus ou pour vous faire confiance.

– Philippe a été tué. Si ça se trouve, il était en train de faire quelque chose d'un peu plus idéal que vos sabotages de débardeurs, non ? Je me fous de votre confiance. Je veux savoir si vous êtes au courant de quelque chose, pour qu'on puisse retrouver ceux qui l'ont tué.

– S'il était sur un coup, c'était un truc individuel, et nous refusons l'action individuelle. Notre lutte doit être le début d'une plus grande action collective. Je condamne les actions individuelles. Elles sont sans portée et, comme c'est arrivé à Philippe, l'individu seul n'est pas assez solide. S'il disparaît, son projet disparaît avec lui. Si Philippe était sur une piste, elle a disparu avec lui. C'est une illustration radicale de la faillibilité individuelle.

– Philippe m'avait parlé d'une fille, Aurélie, qui faisait partie de votre association. Est-ce qu'elle pourrait me dire quelque chose de plus ?

– Aurélie ? Laissez tomber. Elle a débarqué ici il y a quelques mois parce qu'elle était perdue dans sa vie et qu'elle cherchait à s'occuper. Pas de véritable volonté politique. La lutte se charge d'éliminer naturellement ceux qui ne sont pas taillés pour. Elle était venue pour donner un peu de sens à sa dépression, en croyant que se battre pour des arbres lui ferait du bien. Elle n'a jamais rien compris et elle est partie depuis quelques jours sans laisser l'adresse de ses parents. Elle couchait avec Philippe, c'était une romantique, si vous voyez ce que je veux dire. »

Rémi ne voyait pas. Il se dirigea vers la voiture. Édouard regardait le paysage d'un air convaincu.

« Je vais marcher, inutile de me raccompagner.

– Je crois que j'allais repartir seul de toute façon. »

Il lui fallut une bonne heure pour rejoindre R., où il arriva avec un peu de retard à son deuxième rendez-vous. Si les militants du Plateau refusaient de dire quoi que ce soit, ou même s'ils ne savaient rien du projet Val Vert, il y avait certainement quelqu'un qui pouvait l'aider. Un type qu'aucun idéal, ni même un début de principe ne gênait pour déterrer un scandale et en faire sa pitance. Un journaliste à la déontologie toute régionale : le même traitement pour tout le monde. Peut-être que le strabisme de Christophe Monneix, qui lui avait valu une enfance difficile à la communale et une adolescence compliquée ensuite, était la cause de ce principe qu'il appliquait avec persévérance. Monneix n'aimait personne, d'où l'impartialité qui faisait sa marque et une carrière, malgré un diplôme en journalisme tout ce qu'il y avait de sérieux, qui n'avait jamais décollé. Voir jamais existé. Correspondant local, payé à la pige depuis quinze ans, il avait du temps libre pour fouiller les archives, fouiner partout où il pouvait et accumuler les ennemis. Il devait aussi à son lien de famille avec le vieux Barusseau une réputation, en plus du rat d'égout, de lepéniste frustré. Petit neveu d'un collabo, répugnant et infréquentable, Monneix recevait immanquablement, un jour ou l'autre, la visite de ceux qu'il avait attaqués, venus là pour un petit service. Dans ce pays d'ennemis, il était secrètement courtisé par tous, ce qui confirmait son credo : la même chose pour tout le monde. Se faire descendre en flammes dans le journal n'était pas si grave, pour peu que votre adversaire y figure aussi. Monneix ne fermait la porte à personne.

L'appartement était au deuxième étage du seul HLM de la ville, une barre modeste sur six niveaux, adossée aux premiers champs et suffisamment haute pour voir depuis les fenêtres les vallées de R. et son centre. L'immeuble était en grande partie habité par des familles de bûcherons turques. C'était comme ça qu'on les appelait, mais en réalité la communauté de R. était kurde. Monneix le facho habitait parmi eux. Sur la porte de son appartement, aucune croix gammée, aucune insulte. Les voisines de palier, foulard sur la tête, grands-mères ou mères qu'on ne voyait jamais en ville, souriaient poliment. Les Turcs avaient leurs propres règles et des vies dont on ignorait tout. Les pères et les fils, hormis deux kebabs en ville, travaillaient tous en forêt, la semaine, les soirs, samedi et dimanche. Les femmes donnaient aussi la main sur les chantiers et, à la saison, toutes allaient aux champignons. Discrets et bosseurs, on ne voyait que quelques vieux dans les bistrots, sirotant des cafés tout l'après-midi. Pour ne pas créer de jalousie, ou peut-être pour éviter aux propriétaires d'être catalogués, tous les six mois ou tous les ans, les Turcs changeaient de troquet. S'il arrivait qu'un jeune ait un problème, une bagarre, un coup de gueule, on le voyait revenir le lendemain, silencieux, accompagné de deux ou trois anciens qui assuraient à qui devait l'entendre que cela ne se reproduirait pas et que les dégâts, s'il y en avait, seraient payés. Les deux kebabs, fréquentés timidement par les habitants de R., étaient ouverts depuis trois ans, sans doute financés par la communauté pour avoir des lieux à fréquenter sans risque de rumeurs. Malgré toute leur diplomatie et le fait qu'ils foutaient une paix royale au monde, le racisme à R. atteignait une bonne moyenne nationale lors des votes.

Les Kurdes étaient chasseurs ; les types les plus réglo qui soient, parmi les meilleurs pisteurs et tireurs. Toujours entre eux, à deux ou trois, sans chien, à l'ancienne. Détestés par les ACCA, ces chasseurs qui ne savaient plus faire trois kilomètres en forêt sans une voiture et un téléphone portable. Rémi les connaissait et, à sa façon lui aussi de traiter tout le monde sur le même pied, il avait droit à des saluts discrets des vieux Kurdes quand, en ville, il lui arrivait de les croiser. Il avait envie de croire que c'était parce qu'il se comportait équitablement, mais peut-être était-ce parce qu'il était malgré tout considéré comme un flic.

Les Kurdes se réunissaient régulièrement, venus de toutes les communes du département et remplissant le hall de la salle polyvalente, pour des mariages. L'effet que produisaient sur les locaux ces dizaines de familles, tous les gamins et les robes colorées, ces gens respectant leurs traditions et déterminés à vivre comme ils l'entendaient au milieu des autres communautés, était dérangeant. Ils étaient une version actuelle d'un mode de vie qui s'était perdu ici.

Avec sa tête à faire peur et son sens de l'équité supposé, Rémi sonna à la porte de Monneix en se disant qu'il avait quelques points communs avec le journaliste. Ils se connaissaient depuis l'enfance. Christophe avait été dans sa classe à la fin du collège, l'année de l'accident.

Sous les yeux chacun à un coin du visage, un sourire imperturbable accueillit le visiteur dans un salon bien rangé, dont le seul inconvénient était le peu d'air libre laissé par la fumée des cigarettes. Un petit horizon de dix centimètres, au-dessus du plancher, sous deux mètres d'un brouillard à l'odeur de tabac froid. Christophe ne se leva pas de son fauteuil et attendit que Rémi tende la main pour rendre le salut. Peut-être la prudence, lui qui avait souvent dû tendre la main sans voir celles de ses visiteurs sortir de leurs poches. C'était en fait la deuxième fois que Rémi le rencontrait aujourd'hui. Monneix était au Val ce matin, avec les autres journalistes, à prendre des notes et poser des questions. C'était en le voyant que Rémi avait imaginé la suite, mais il avait attendu d'être rentré chez lui pour l'appeler.

Comme au téléphone, le correspondant l'accueillit froidement, un sourire en coin. La peau dure, ce type qui en avait bavé dans ce pays où les épaules et la lignée étaient tout. Le sourire de Monneix valait autant que les promesses de Paul Courbier : sa fidélité ne durait que le temps de votre agonie. Si un canard lui avait donné plus de moyens, qui sait jusqu'où il serait arrivé. Du moins, ses placards, que l'on disait remplis de dossiers encombrants, lui assuraient un statut de pigiste aussi solide qu'un poste de fonctionnaire.

L'air abruti et un peu dément que lui donnaient ses yeux tordus cachait son intelligence et une mémoire à faire peur à des révisionnistes. C'était ce que disait Michèle, que R. était malade de mémoire. Ce qui faisait de Monneix un canon à infection.

Le journaliste devait se nourrir de fumée. Enfant maigre, il était devenu un adulte avec une carrure de gamin.

« Qu'est-ce qui t'amène ? »

Rémi tira de sa veste l'enveloppe qu'un militant réduit à un tas d'os et une fille en goguette chez des agitateurs de seconde zone avaient apportée jusqu'à lui. Il posa les papiers sur la table en verre fumé, d'un marron 70, à côté d'un cendrier métallique ras la gueule.

« Je voudrais en savoir plus sur ça. »

Monneix se pencha en avant, saisit les feuillets. Son œil gauche poussa l'autre dans ses derniers retranchements, s'installa au milieu de son globe et parcourut les documents à une vitesse impressionnante. Son sourire s'agrandit lorsqu'il reposa les papiers sur la table.

« Tu me demandes d'en apprendre plus sur un projet immobilier, *a priori* pourri, qui implique directement la famille responsable de la ruine de la tienne ?

– Non. C'est plus compliqué que ça.

– Tu veux dire que c'est plus intéressant ?

– Si tu veux. Ces documents étaient en possession de Philippe Mazenas. Ils sont arrivés jusqu'à moi après sa disparition. »

Monneix avait du mal à cacher son excitation. Il alluma sa troisième cigarette depuis l'arrivée de Rémi.

« Arrivés ?

– Un intermédiaire qui n'a pas d'importance.

– Pas d'importance ? Un truc pareil, la première question à se poser, c'est comment et par qui ça vous arrive dans les mains.

– Pour l'instant je fais un seul rapprochement : cette enveloppe et les os qu'on a sortis de la terre ce matin. Mais y'a un truc qui colle pas, ou des réponses qui manquent.

– Les notes ? »

L'avidité de Monneix était à craindre si Rémi voulait disposer d'assez de temps pour faire ce qu'il voulait. Rémi avala un comprimé de codéine. La fumée brouillait sa vue et lui donnait mal au crâne.

« Je suis pas là pour me venger des Courbier ou quelque chose comme ça. Je veux savoir ce qui est arrivé à Philippe et pourquoi.

– Les Courbier coulent ta famille, Thierry t'agresse dans un bar, et hier, lui ou le frère de Michèle te tire dessus à la battue. C'est pas passé loin, dis donc. Un peu plus à gauche et tu prenais une balle en pleine tête. Et tu me dis que ça n'a rien à voir ?

– Rien. Ce sont des histoires différentes et je suis pas un justicier du passé. La picole a tué mon père plus que sa ferme.

– Et ton accident ?

– C'était un accident. Là aussi, personne a poussé mon père à boire. Et même lui, je lui ai jamais mis ça sur le dos. Je veux savoir ce qui s'est passé et j'ai besoin de temps.

– Toi et ta famille, vous avez toujours été corrects. Pas que ça change grand-chose dans le pays. Je vais faire des recherches, que ça aide pour Mazenas si ça peut, mais de toute façon ce truc est pour moi. J'ai pas les mêmes scrupules que toi. Même si c'est pas pourri, c'est déjà un scoop de taille raisonnable, voire énorme. »

Rémi se leva et marcha jusqu'à la baie vitrée donnant sur le balcon réglementaire du HLM. De voir l'extérieur lui donna l'impression de mieux respirer.

« Tu pourras devenir directeur de ton journal.

– Ça m'intéresse pas, la vue est meilleure d'ici. Je veux juste voir deux ou trois personnes me lécher les pompes ou se mettre une balle.

– Jolie perspective.

– Inoubliable.

– C'est vrai que tu diriges un groupe d'extrême droite qui va renverser la mairie ? »

Monneix se leva à son tour et passa dans la cuisine. Rémi entendit la porte du frigo s'ouvrir et se refermer. Monneix posa devant son fauteuil, sur la table basse, un plat Duralex à fleurs recouvert de papier d'aluminium. Il ôta le papier et piocha dans une petite montagne de pâtisseries turques.

« C'est vrai que tu fais des messes noires, que tu sens plus la douleur et que tu as déplacé les tombes de tes parents sous ta nouvelle maison ?

– Entièrement.

– Y'a au moins une chose qui est fausse.

– Laquelle ?

– On dit aussi que ton accident t'a rendu muet. »

Rémi déposa sur le verre fumé sa carte professionnelle avec son numéro de portable. Il serra la main longue et fine de Monneix, aux extrémités jaunies par le goudron.

« Merci. Appelle-moi si tu trouves quelque chose. »

Le journaliste sourit à nouveau.

« Je n'y manquerai pas. »

Parrot se dirigea vers la porte et mit la main sur la poignée.

« Tu es au courant pour cette histoire de boutique, chez Michèle ?

– Les films érotiques et les accessoires ?

– Ouais.

– La pure vérité, et des prix très abordables. Ça te dérange ? »

Rémi sourit.

« Non. Juste pour faire le tri dans les rumeurs. Ça ressemble à Michèle, ce serait triste de la voir changer.

– D'accord avec toi. Rémi ?

– Hmm ?

– Désolé pour Mazenas. »

Rémi porta deux doigts à sa tempe et sortit de l'appartement dans les odeurs de cuisine de la cage d'escalier.

Il y avait aussi dans le HLM quelques miséreux de type français qu'on n'imaginait pas trouver dans une sous-préfecture de campagne, supposée échapper aux plaies sociales des grandes villes. Familles bouffées par l'alcool, filles mères, chômeurs longue durée. Les services sociaux de R. trouvaient ici la plus grande partie de leur boulot. C'était là que Monneix avait choisi de vivre.

Rémi remonta dans la voiture de Jean, contourna la ville par la route de l'horloge, l'ancienne route de R. au goudron en mauvais état. Il regretta de ne pas passer par la grand-rue pour jeter ne serait-ce qu'un regard aux « Dessous de la ville ».

*

Le téléphone sonna à 10 heures du matin. Rémi décrocha et écouta Roland, son chef de district, lui expliquer la situation. *A priori*, l'affaire ne concernait pas l'Office de la chasse, mais ça se compliquait. Les flics étaient déjà débordés avec l'affaire Mazenas et les bûcherons tellement remontés que ça prenait mauvaise tournure. Rémi prit son arme de service et ses menottes, salua Jean qui se remettait de ses vingt-quatre heures de picole en buvant un bouillon chargé au Viandox et au Tabasco, dans lequel il avait cassé une demi-douzaine d'œufs.

Les deux Timberjack étaient immobilisés au milieu des ornières, moteurs éteints. Deux flics de Fénières essayaient d'endiguer la colère, mais ne parvenaient à rien. Un chef de chantier de la TechBois les faisait reculer vers leur véhicule en hurlant. Des mécanos, mains sur les hanches ou se grattant la tête, se tenaient devant les énormes machines, perplexes et découragés. Ils débattaient de l'utilité ou non de purger les circuits hydrauliques. De l'avis général, ça ne servait plus à rien. Un conducteur portant une veste de travail de la TechBois avait sorti de la cabine de son engin une trousse de premier secours et se bandait une main.

Les abatteuses, des modèles qui devaient avoir trois ou quatre ans, valaient dans les cent mille euros pièce. Neufs, les engins étaient assurés ; les détruire ne présentait aucun intérêt. Les machines déjà en partie amorties étaient bien plus stratégiques. Plus d'assurance complète, ni de garantie. Perte sèche.

Ces joujoux qui abattaient, ébranchaient et tronçonnaient un Douglas de soixante ans en moins d'une minute étaient équipés d'un système de préchauffe automatique. Quand ils finissaient leur journée, les conducteurs programmaient la machine pour qu'elle se mette en route une heure avant l'embauche le lendemain matin. Quand ils commençaient à bosser, les moteurs et l'huile hydraulique étaient déjà chauds. Quatre cents litres d'huile qui travaillaient deux fois mieux une fois montés en température. Technologie pratique, mais un problème quand des types venaient la nuit balancer de l'acide de batterie dans les réservoirs hydrauliques. La machine se mettait en route sans que personne n'ait pu vérifier si elle avait été sabotée.

Les centaines de joints des circuits étaient bouffés par l'acide et les deux Timberjack fuyaient de partout ; une douche d'huile que personne ne pouvait plus arrêter. L'acide avait attaqué toute la machinerie.

La TechBois avait perdu cinq engins cette année. Le Plateau était à chaque fois montré du doigt. Avec raison, sans doute. Mais pas cette fois.

Les flics expliquèrent à Parrot, qui comprit pourquoi on l'avait fait venir ici, malgré que ses compétences n'eussent rien à voir avec les attaques sur les engins des exploitants forestiers.

Le flic à la babine tombante, celui qui était au Val le jour de la découverte de la voiture de Philippe, exposa le problème.

« Un des conducteurs a trouvé ça dans une ornière, à moitié enterré sous un passage de roue. À dix mètres des machines. »

Il tendit à Rémi un fil de cuivre terminé par une petite boucle. Un truc de fabrication artisanale. Un collet. Les tensions entre bûcherons et manouches étaient une constante historique du coin. Et si ça ne prouvait absolument rien, la colère n'allait pas s'en encombrer. Rémi roula le collet autour de sa main en soufflant. Qu'est-ce qu'on lui demandait ?

« Tout le monde sait qui pose ces collets. Mais faudrait confirmer.

– Confirmer quoi ?

– Que c'est bien eux.

– Vous savez comme moi que ça veut rien dire. On peut trouver ces trucs partout. Y'a pas qu'eux qui en font. C'est même devenu une habitude, de faire les mêmes collets que les manouches, histoire de leur mettre sur le dos.

– Ouais, mais on sait qu'ils sont pas en bons termes avec les exploitants.

– Vous savez ça, vous ? »

Le flic avait besoin qu'on le tire d'affaire. Le plus court chemin entre un problème et l'absence de solution était un bouc émissaire. Il lui en fallait un avant que l'incurie de la police à prévenir les sabotages tourne au lynchage. Un bûcheron balança un coup de botte coquée dans la portière du véhicule de gendarmerie en gueulant que cette fois c'était la bonne. Le Gros, celui qui avait dérouillé Philippe au bal. Un autre était au téléphone et battait le rappel. « Cette fois, on savait qui c'était. » Rémi s'approcha du Gros et lui dit que ça ne servait à rien d'abîmer ses chaussures de cette façon, en tapant sur une voiture.

« Te mêle pas de ça, Parrot. On sait tous que t'es bien avec les manouches et que tu les laisses braconner sur ton triage. Cette fois, les flics nous empêcheront pas de régler nos comptes.

– C'est toi qui payes les traites des Timberjack ?

– Tire-toi de mon chemin.

– Sinon ?

– Me cherche pas.

– Si tu me touches, tu vas en taule. Mais tu sais comme moi que ça se terminera pas comme ça. »

Malgré la probabilité de se faire rétamer, le garde-chasse qui tenait tête au Gros, avec sa gueule de monstre, distilla assez de doutes dans l'assistance pour que le bûcheron s'écarte. La battue n'était pas levée pour autant.

Les types de la TechBois montèrent dans leurs 4x4 et partirent en une colonne furieuse sur la piste, faisant gicler la boue et l'eau des flaques. L'orage avait fini par éclater pendant la nuit. Rémi avait regardé les éclairs frapper le paysage noir pendant une heure, assis sous le porche, en pensant aux galeries du Val Vert. Les infiltrations allaient compliquer les recherches d'indices.

Les flics filèrent le train aux bûcherons. Rémi appela Jean sur son portable et lui dit de prévenir Tonio. La TechBois était en route pour faire une descente au camp.

Il roula jusqu'au Val.

Les spéléologues réquisitionnés commençaient à râler. Cela faisait deux jours qu'ils dormaient dans une cabane du PNR, à bouffer sur des réchauds, à attendre les ordres des flics et à traîner dans les galeries dangereuses et puantes de l'ancienne mine. Un paquet de bêtes finissaient par crever là-dedans. L'odeur de moisi et de décomposition était insupportable. Rémi parla un moment avec eux et apprit que les flics n'avaient toujours pas obtenu d'informations sur la mine, le moindre plan ou une piste pour savoir ce que c'était que ce truc. Le

CNN semblait tout ignorer de ce réseau et de son existence. Les recherches, quoi qu'il en soit, étaient interrompues à cause des pluies et les spéléologues voulaient rentrer chez eux.

« La flotte a rempli la moitié des galeries qu'on a répertoriées. Ça coule de partout et des paquets de terre mouillée nous tombent dessus. Le bois est pourri, on risque de tout prendre sur la tête. On laisse tomber pour l'instant, faudra que ça sèche avant de pouvoir y retourner. On plie les gaules pour le moment. »

Le site était encore balisé, mais désert. Des morceaux de rubalise arrachés par le vent ondulaient sur les mousses et les bruyères, l'entrée de la mine était barrée par des troncs en croix. Rémi redescendit dans le Val.

Les rides du clapot venaient mourir contre la digue de l'étang. Il manquait au vallon le rayon de soleil qui en faisait une vision de paradis, comme une de ces couvertures du journal des témoins de Jéhovah ; ces dessins où, sur fond de prairies vertes, des enfants caressaient des lions au bord d'une rivière. Il marcha le long de la rive, essayant de deviner sous la terre où se situaient les galeries. Il remonta la pente vers l'amont, se demandant s'il y avait du vide en dessous.

Si quelqu'un connaissait l'entrée, elle était parfaitement invisible. Elle avait été empruntée et masquée à nouveau. C'était ce qu'il fallait chercher. La trace d'un changement dans le paysage. Alors qu'il marchait à travers le bosquet de jeunes chênes, il réalisa deux choses. La première d'une telle évidence qu'il en sourit : il était au milieu d'un chantier forestier. La seconde commença par un tour sur lui-même et une estimation rapide : de tous les arbres qui l'entouraient, aucun n'avait plus d'une trentaine d'années.

Il n'eut pas besoin de faire le calcul. La date de plantation de ce bois, il la connaissait déjà : 1983.

Il s'accroupit devant une souche. Un chêne qui avait poussé trop près d'un autre et n'avait pas reçu sa part complète de soleil au fil des ans, au tronc plus maigre que la plupart de ses congénères. Il essuya de la main les copeaux de tronçonneuses mouillés et contempla la trentaine de cernes. Il aurait pu les compter un par un et remonter le temps jusqu'à 1983. Il avait six ans, à l'époque. L'école primaire. Une petite fille brune et joyeuse. À quel âge avait-elle cessé de l'être ?

Il se redressa, compta sur le coteau quatre grands tas de branchages frais et deux piles de bois de chauffage de tailles suffisantes pour cacher une entrée de galerie, ou n'importe quel passage assez grand pour traîner un corps. Il fallait du matériel pour commencer les recherches. Soit contacter Vanberten et ses hommes, soit se débrouiller seul. Il rappela Jean. La voix du charpentier était couverte par le son des sirènes et des cris. Jean parla plus fort.

« Ça a pas loupé ! J'avais pas vu une baston aussi énorme depuis le lycée ! »

C'était une façon de parler, ou bien Jean évoquait seulement la sortie du lycée, vu qu'il n'y avait jamais mis les pieds.

« Les paniers à salade sont pleins. Thierry Courbier s'est pointé pour calmer l'affaire, mais il a quand même pris son temps. Quand il est arrivé, les fusils allaient pas tarder à sortir. Le Gros a eu le crâne ouvert. C'était pas beau à voir.

– Il faut qu'on parle d'autre chose. On se retrouve chez moi.

– Je vais moucher une bière et j'arrive. »

Pas la peine de se presser.

Rémi quitta les lieux, imprégné par leur atmosphère mélancolique. Il faisait confiance à Vanberten et n'oubliait pas que c'était un bon flic, mais le Val à nouveau paisible sous les nuages semblait vouloir, comme ses propriétaires, faire le plus vite possible le silence sur ce qui s'y était passé. Au camp Valentine était arrivé ce qui se passe quand le silence étouffe les tentatives de raisonnement à haute voix. Les arguments étaient devenus des coups sur les crânes.

13

**Vingt ans après l'accident,
cinq jours après le deuxième cadavre,
quinze heures après la fusillade,
Rémi**

« Comment allez-vous, monsieur Parrot ?

– Comment va Michèle ?

– Elle tient le coup. Cette jeune femme mérite votre intérêt, elle a une personnalité étonnante et un moral solide, après tout ce qui lui est arrivé ces deux dernières semaines.

– Elle est costaud.

– Le moins que l'on puisse dire. Je ne sais pas si, comme vous le disiez, elle est trop belle pour vivre ici, mais elle est réellement charmante.

– Vous êtes resté plus de trois heures à lui poser des questions. Vous la soupçonnez de quelque chose ?

– Ne nous avançons pas, je voudrais que nous reprenions les choses dans leur ordre chronologique.

– En commençant par quoi ?

– Par vous, monsieur Parrot. Par vous, bien sûr.

– Vous savez déjà tout.

– Ce serait aussi prétentieux que faux, il y a bien des choses à savoir encore, vous concernant. Vous semblez, comment dire… faire partie des meubles ici. Pourtant, vous êtes plus un sujet de questions qu'une personne dont on sait tout.

– Il suffit de demander. Pas besoin de me faire venir ici.

– L'agression dont vous avez été victime cette nuit, ainsi que mademoiselle Messenet, demande à ce que vous soyez entendu en nos murs. C'est une procédure que vous comprenez parfaitement, je n'ai pas besoin de vous l'expliquer. Mais vous pouvez considérer cela comme une discussion presque informelle.

– Presque ? Vous ne faites pas souvent dans l'approximation. C'est une déposition ou un interrogatoire ?

– Vous savez à nouveau ce que je vais vous répondre.

– Qu'on commence toujours par une déposition. La suite dépend de ce qu'on raconte.

– Donc, je recueille votre déposition, si le terme peut vous aider à vous y retrouver. J'ai expliqué la même chose à mademoiselle Messenet.

– Vous n'êtes pas vraiment flic, c'est ça ? Les vrais flics arrivent seulement ce soir ?

– Je suis le commandant de cette gendarmerie. Une oreille à la fois policière et intermédiaire.

– Michèle vous a cru quand vous lui avez raconté ça ?

– Je ne crois pas. Ce qui ne l'a pas empêchée de me parler de vous. À vrai dire, j'en sais bien plus depuis quelques heures. Saviez-vous qu'elle avait quitté R. en désespoir de cause ?

– Elle devait bien avoir un peu d'espoir quand même, si elle est partie.

– Pas celui de s'en aller avec vous. Je crois qu'elle vous a traité d'imbécile, disant que vous n'aviez jamais voulu partir d'ici.

– Elle a dit ça ?

– Ce sont ses mots.

– Si elle me demandait aujourd'hui, je ne suis plus aussi certain de ma réponse.

– Il faudra pourtant attendre encore un peu. Pas des années, comme cela est déjà arrivé, mais au moins le temps que l'enquête soit terminée, et que vous soyez en sécurité.

– Heureusement que vous précisez.

– Ne faites pas une joute de cet entretien, monsieur Parrot, je vous répète que…

– Que ma déposition peut toujours prendre plus de temps que prévu.

– Voulez-vous quelque chose à boire ou à manger ?

– De l'eau, ça me suffira.

– Pour vos cachets ?

– Pour la salive.

– Avez-vous un problème avec votre traitement ?

– Un problème ?

– La codéine est une molécule puissante.

– Vous parlez d'addiction ?

– J'ai parlé avec le docteur Tixier. À vrai dire, il n'a pas été très coopératif.

– Qu'est-ce qu'il a dit ?

– Que dans votre cas, s'il y avait une addiction à la codéine, elle était premièrement légale, deuxièmement nécessaire. Vous ne pourriez pas vivre sans. Votre médecin m'a aussi dit que vous pourriez prendre un traitement plus fort, que la codéine ne devait plus suffire. Vous souffrez malgré la prise de ce médicament ?

– C'est supportable.

– Et c'est pour cette raison que vous refusez de nouvelles opérations, qui pourraient atténuer définitivement la douleur. C'est ce que le docteur Tixier m'a expliqué.

– J'ai subi vingt-huit opérations chirurgicales, de l'âge de quinze à vingt-trois ans. Je ne veux plus que ça arrive.

– Vous n'avez pas besoin d'augmenter les doses ?

– Non.

– Des troubles du comportement ?

– Vous voulez savoir si je suis normal ? C'est une expertise psychiatrique ou une déposition ?

– Je ne suis pas spécialiste, mais la question se pose tout de même. Vous êtes au centre d'événements qui sont pour le moins traumatisants depuis ces deux dernières semaines ; or vous semblez, comme mademoiselle Messenet, maître de vous et relativement détendu. Je me demandais si la codéine pouvait avoir un effet dans ce sens.

– En prise à long terme, comme dans mon cas, l'effet morphinique de la codéine s'estompe. La molécule fonctionne uniquement comme un antalgique. Il y a même des effets paradoxaux.

– C'est-à-dire ?

– La codéine, selon les individus, peut rendre insomniaque.

– Vous souffrez d'insomnie ?

– Oui. Un opiacé qui empêche de dormir. Mais finalement les conséquences sont parfois les mêmes. Le manque de sommeil rend aussi abruti que d'autres drogues.

– Vous buvez ?

– Vous auriez dû demander mon dossier médical complet à Tixier.

– Vous buvez régulièrement ?

– Non. D'après les critères de la région, je pourrais faire partie d'une ligue de tempérance.

– Vous êtes très cultivé, pour un homme issu du monde rural.

– Une phrase à déferrer les chevaux, ça. Vous croyez que les ruraux sont tous des abrutis ?

– J'ai dit cultivé, monsieur Parrot. Je n'ai jamais fait l'erreur de considérer les agriculteurs comme des gens bêtes. Les Courbier et les Messenet sont devenus, sans jamais vraiment aller à l'école, des hommes d'affaires redoutables. Vous, vous êtes cultivé.

– J'ai passé presque huit ans sur des lits d'hôpitaux. J'ai développé le goût de la lecture. Quand j'ai eu l'accident, mon père voulait que j'arrête l'école. Ce jour-là, j'en avais même parlé avec ma mère. Je voulais aller au lycée. Elle m'avait conseillé d'attendre la fin des foins, que mon père soit plus calme et moins saoul. Finalement, j'ai eu tout le temps que je voulais pour lire des livres. Largement aussi le temps de pas tomber dans la bouteille. D'abord à cause de mon père, ensuite parce que passer sa jeunesse dans des salles d'opération, ça laisse pas beaucoup d'occasions de sortir faire la fête avec les copains. Je bois de temps en temps. Pour le plaisir, jamais pour noyer un problème, si c'est ce que vous voulez entendre.

– Le soir où vous avez eu un accrochage avec Thierry Courbier, le samedi 31 mars, au bar Le Styx, vous aviez bu ?

– C'était la pendaison de crémaillère de ma maison. J'avais bu, oui.

– Plus qu'à l'accoutumée ?

– Si je fais le compte exact, il faudra que j'appelle un avocat ?

– Non, monsieur Parrot, j'essaie de savoir dans quel état d'esprit vous étiez, quand tout cela a commencé.

– C'est ça le début ?

– Vous ne pensez pas ?

– Et le bal de la TechBois ?

– Oui. Nous pourrions aussi parler de ça. Mais dites-moi tout de même : dans quel état étiez-vous ce soir-là, au Styx ?

– Je n'étais pas saoul.

– Selon les critères locaux ?

– Selon moi. J'avais les idées claires et je tenais debout.

– Vous êtes certain d'avoir toujours les idées claires lorsque vous avez rendez-vous avec mademoiselle Messenet ?

– Je n'avais pas rendez-vous avec elle.

– Oui, c'est bien ça. Vous n'aviez pas rendez-vous avec elle. Elle n'est pas non plus venue à votre soirée. Pour quelle raison ? Vous l'aviez pourtant invitée.

– J'ignore pourquoi elle n'est pas venue.

– Parce que son frère le lui avait interdit ?

– Qu'est-ce que j'en sais ?

– C'est une possibilité ?

– Oui.

– Parce que Thierry Courbier l'en a empêchée ?

– Je ne pense pas que Michèle aurait écouté l'avis de Courbier.

– Je ne le pense pas non plus, mais il était au bar avec elle quand vous êtes arrivé.

– Oui.

– Et vous aviez les idées claires ?

– Sur la route, oui.

– Et ensuite ?

– Ensuite ? À quoi vous jouez ?

– Vous êtes moins volubile que mademoiselle Messenet, j'essaie de vous faire dire ce qui s'est passé.

– Il y a eu un problème entre Courbier et Michèle, et j'ai vu rouge.

– Un problème ? Apparemment, c'est mademoiselle Messenet qui a jeté son verre au visage de monsieur Courbier.

– Parce qu'il lui avait dit bonjour poliment, je suppose.

– Vous avez vu rouge… Vous êtes arrivé sous l'emprise de l'alcool, alors que vous prenez de la codéine à doses fortes et régulières, frustré de ne pas avoir vu mademoiselle Messenet chez vous, et vous la trouvez en compagnie de quelqu'un qui ne vous aime pas et que vous n'aimez pas ; le manque de sommeil vous met dans un état de fragilité et d'émotion inhabituel, vous entrez dans le bar, les idées claires, pour saisir monsieur Courbier et le jeter dehors. C'est bien ça ? Dois-je ajouter que vous n'aviez pas vu mademoiselle Messenet depuis de longues années ?

– J'ai sorti Courbier et c'est tout. Vous voulez me faire dire quoi ? Je n'ai pas perdu le contrôle.

– C'est ça. Vous n'avez pas perdu le contrôle.

– Quoi ?

– Les vieux parlent encore du tempérament et des colères légendaires de votre grand-père. Votre père a eu une vie difficile, il buvait et il en est mort. Bien qu'on dise de lui qu'il était un homme calme, il était en tout cas enclin à l'excès. Vous ne buvez pas, et vous ne vous mettez pas en colère, quand bien même toutes les conditions sont réunies pour que n'importe qui se laisse emporter.

– Vous jugez mon comportement en le comparant à ceux de ma famille ? Et vous en tirez quelle conclusion ?

– Aucune conclusion, seulement des questions.

– Vous n'en avez posé aucune, à vrai dire.

– Où étiez-vous, pendant la nuit du 6 au 7 avril dernier ?

– Je vous l'ai dit, je suis insomniaque, les nuits se ressemblent et se mélangent.

– La nuit de l'incendie.

– Quand la TechBois a brûlé, j'étais chez moi. Avec Jean Carnet. »

14

Vingt ans après la première greffe, trois jours après le premier cadavre trois jours avant le deuxième

Les employés de la TechBois avaient débarqué en nombre. Une demi-douzaine de voitures aux amortisseurs écrasés par le poids de la viande. Ils étaient attendus. Pas un môme ne se promenait entre les voitures et les caravanes du camp. Les manouches attendaient, debout dans les odeurs de plastique brûlé, des manches de pioche et des battes de baseball à la main.

Les bûcherons et les caristes de l'usine avaient eu une petite hésitation en comprenant que leur expédition punitive n'était plus une surprise. Mais ils avaient fait le déplacement et n'avaient pas changé d'avis pour si peu. Il n'y avait pas eu une seule palabre. Sachant que les manouches étaient plus doués qu'eux sur ce terrain, les bûcherons n'avaient pas échangé un mot avant que tombe le premier coup de poing, suivi d'une réplique, puis d'une avalanche. Jean disait que c'était une vraie baston parce que personne, ni chez les manouches, ni chez les ouvriers, n'était parti en courant. Les types s'arrêtaient là où ils tombaient, assommés. Personne n'avait reculé et l'empoignade, quelques minutes de sons sourds et creux, de coups violents et manqués, de dents déchaussées, avait été brutale. Quand personne évite de viser la tête, que personne hésite à finir un mec à terre à coups de lattes, c'est que c'est du sérieux, avait-il dit.

Les flics étaient arrivés pour ramasser les blessés et embarquer les cinq ou six hommes qui tenaient encore debout. Mais le plus bizarre, avait ajouté Jean, c'était que personne n'avait parlé de rien.

« Pas un seul commentaire. Les mecs de la TechBois ont pas expliqué pourquoi ils étaient là et les manouches ont pas demandé non plus. Tonio avait prévenu les Valentine. Tout le monde savait de quoi il retournait, mais ce silence était bizarre. Comme si y'avait tout un tas de raisons pour que ça arrive et que c'était pas la peine de se fatiguer à les comprendre.

– Tu es resté à regarder ?

– J'ai fait Médecins du Monde. Sauf que j'ai relevé que des Valentine. La gendarmerie est pleine et ça doit être un joli merdier là-bas. Il paraît qu'y a eu encore des empoignades aux urgences de la Croix-Bleue. Dans deux heures, tout le monde sera sorti, Vanberten peut pas les garder tous. Ça va être la guerre pendant un moment, les manouches vont pas laisser tomber comme ça. »

Rémi plongea la main dans le pack de Heineken posé sur les lames de bois du porche, offrit une nouvelle bouteille à Jean et en ouvrit une pour lui. Ils sirotèrent lentement les bières, concentrés sur le petit horizon de la Terre Noire. Bertin avait livré le bois de l'appentis et Jean avait commencé à tailler la charpente, disposant les poteaux, les jambes de force et les quatre pannes sur des cales. Les tenons et les mortaises étaient presque terminés. Restait à peaufiner les assemblages que Jean retravaillait avec sa hachette canadienne, un outil qui lui servait de marteau et de ciseau ; à casser du bois pour les grillades et décapsuler ses bières.

« Tu veux mettre quoi comme bardage ?

– Bertin va me donner de la croûte de mélèze.

– Ça va pas être très sexy.

– J'ai plus un rond.

– Je veux rien pour l'appentis. Avec ta baraque et le chantier de la boutique de Michèle, j'ai déjà fait mon beurre pour l'année.

– C'est bien ce que j'avais imaginé. Mais j'ai plus un radis quand même. »

Jean termina une bière, tendit le bras pour en prendre une autre.

« Je dors plus depuis que j'ai trouvé Philippe. »

Rémi tenait sa canette à deux mains, les coudes sur ses genoux.

« C'est pas un truc qui s'oublie. »

Le charpentier se mit à siffler, imitant le chant d'une sittelle torchepot qui descendait, tête en bas, le long d'un chêne. L'oiseau avait coincé un gland dans l'écorce et le brisait à coups de bec. La sittelle s'arrêta un instant, regarda vers la maison où rien ne bougeait, retourna à son repas avant de s'envoler. Elle se posa sur la balustrade du porche, tourna la tête de côté, un œil sur les deux hommes, s'envola et disparut au-dessus de la maison. Jean se tourna vers Rémi.

« Tu veux vraiment y retourner ?

– Je suis sûr que l'entrée des galeries est sous un tas de branches ou de bois du chantier.

– À quoi ça servira ? Philippe est à la morgue, y'a plus rien à trouver là-dedans.

– Faut voir. »

Jean se leva, collecta les bières vides et les rangea dans le pack en carton.

« Le projet des Courbier, tu crois vraiment que c'est à cause de ça que Philippe s'est fait dézinguer ?

– Quoi d'autre ? »

Rémi se leva à son tour, enfonça les mains dans les poches de son treillis. Jean descendit les trois marches.

« Je vais finir la taille avant la nuit.

– Tu peux t'arrêter, je vais préparer à manger.

– Pas très faim, et faut que je m'occupe. J'appellerai Tonio tout à l'heure, savoir si les condés les ont laissés partir. »

Rémi s'installa à la table de la cuisine. Après avoir mis au four un poulet et des patates, il étala devant lui les originaux des documents de Philippe.

Il éplucha à nouveau les dossiers, jusqu'à les connaître par cœur et pouvoir naviguer de tête d'une information à une autre, dessinant en esprit sa propre architecture du projet, qui prit des proportions suffisantes pour peser plus lourd dans une balance que la vie d'un écologiste grande gueule. Restait à savoir ce que ce projet avait d'illégal, ou ce que Philippe avait pu trouver pour l'empêcher. Ce qui devenait la raison proprement dite de sa mort. Le reste n'était plus qu'une affaire de passage à l'acte.

*

L'usine était perdue. Les pompiers ne pouvaient plus que tenter d'arrêter la progression du feu. Sur deux hectares autour des bâtiments, les stocks de bois, eux-mêmes en bordure de forêt, représentaient le plus grand danger. Les cuves de bisulfite étaient un autre problème. Le risque d'explosion avait aussi décidé de la stratégie à suivre.

Toutes les casernes de la région, en quelques heures, furent sur le feu et organisèrent un périmètre autour des stocks, arrosant à la lance les piles de grumes.

Les employés de nuit avaient eu le temps de sortir, mais pas de maîtriser les premiers foyers. Il y en avait deux. L'un dans l'aile de traitement chimique, l'autre dans les bâtiments de broyage mécanique.

Quand Courbier père et fils arrivèrent sur les lieux, on ne pouvait plus approcher de l'incendie à moins de trois cents mètres. Un employé zélé avait tenté de sauver un poids lourd quand les flammes avaient commencé à rouler vers les quais de chargement. Il s'était écroulé à cent mètres du camion. Sous les lances, deux pompiers en combinaison avaient été le ramasser. Le type, brûlé au troisième degré, avait été évacué directement en hélicoptère vers le centre des grands brûlés de la Plaine. Après ça, les hurlements de Paul Courbier n'avaient plus eu aucune importance. La moitié de R. était venue, au milieu de la nuit, voir son usine partir en flammes. Hommes et femmes, de l'autre côté de la route Courbier, s'étaient installés sur la colline entièrement éclairée de rouge, pour profiter du spectacle. Les charpentes métalliques se tordaient et grinçaient ; des pans de toitures s'effondraient en lançant dans la nuit des gerbes d'escarbilles ; l'usine râlait, sifflait, crachait ses abattis. Thierry Courbier organisait ses troupes. Les chargeurs déplaçaient des montagnes de bois en suivant les consignes des pompiers, sauvant, protégeant, reculant devant les flammes, les essuie-glaces des engins balayant l'eau des lances qui les refroidissaient en faisant gondoler les tôles. À 2 heures du matin arrivèrent les premiers véhicules incendie de la Plaine et des Puys, ainsi qu'une équipe d'artificiers chargée d'évaluer les risques d'explosion chimique et la nécessité, ou non, de souffler à la dynamite l'incendie de l'aile de traitement.

Les artificiers ne firent rien exploser. Ils firent évacuer la population venue au spectacle. Le dioxyde de soufre utilisé pour le traitement du bois n'était pas inflammable, mais parfaitement toxique et volatil. À 3 heures du matin, la question n'était plus d'arrêter les flammes, mais de savoir comment empêcher la contamination de la région. La préfecture était sur les dents. Les hommes de Vanberten et des dizaines d'autres venus de casernes voisines commencèrent à mettre en place des barrages et un plan d'évacuation. Les camions de troupe du camp militaire du Plateau débarquèrent dans la foulée. Les engagés portaient des masques à gaz autour du cou. Et tout ne tenait plus qu'à une question : où soufflait le vent ?

Comme à son habitude, il était au sud-ouest et, en milieu de nuit, soufflait à quarante kilomètres-heure, pour ensuite baisser à l'aube. Le lendemain, les prévisions étaient pour un vent naturel de dix à quinze kilomètres-heure. Il fallait protéger les cuves qui tenaient encore, jusqu'au matin.

Les équipes de pompiers se concentrèrent dessus. Dix-sept camions tournèrent le reste de la nuit, de la Maulde à l'usine TechBois, pour protéger de l'évaporation les réservoirs de bisulfite.

Marquais, le préfet, le maire de R., le sous-préfet, des officiers de police, de gendarmerie et des pompiers improvisèrent des cellules de crise à chaque porte de voiture officielle qui s'ouvrait, à chaque changement de direction du vent ou nouvelle théorie.

Puis vint le moment où Thierry Courbier, en sueur, noir de suie et furieux, s'en prit à Vanberten. Il lâcha la phrase qui courait sur toutes les lèvres : « Vous avez laissé les manouches rentrer chez eux cet après-midi. »

Indiquer que les bûcherons étaient eux aussi rentrés chez eux après avoir attaqué le camp Valentine n'était pas un argument pertinent. Le problème était que les manouches n'étaient pas restés en prison. Le matin, ils sabotent des débardeurs, l'après-midi ils se battent avec les employés de la TechBois, et le soir l'usine brûle.

Vanberten n'essaya même pas de discuter ce raisonnement sans faille. Il rappela qu'il fallait d'abord contenir l'incendie et protéger la population. Le maire fut chargé de faire circuler en ville, à seize kilomètres de là, les premières consignes : fermer portes et fenêtres, ne pas sortir dans les rues.

Depuis sa construction, par jour de grand vent, remontant le couloir de la vallée entaillée par la route Courbier, les odeurs de soufre de la TechBois parvenaient jusqu'en ville. En plus du désagrément, elles avaient toujours inspiré un climat de suspicion chimique, malgré les discours rassurants des experts et des Courbier.

Paul Courbier, au bord du malaise, avait été raccompagné jusqu'à sa ferme.

Au petit matin, du haut de la colline, Jean et Rémi observèrent à la jumelle l'usine en flammes, allongés sur la mousse d'un sous-bois. La chaleur du foyer montait jusqu'à eux, et comme devant un feu de camp, le visage chaud, ils sentaient dans leur dos la fraîcheur de l'aube et de la rosée. Rémi, en voyant danser les flammes de quinze mètres dans l'optique de ses jumelles, pensa à Michèle. Une association évidente et sensuelle entre cette femme et le feu.

Les pompiers avaient isolé les cuves. Le vent tombait. Le danger semblait écarté. Les stocks de Douglas avaient été épargnés et, du même coup, avaient empêché l'incendie de se propager aux forêts alentour. L'usine, ses hangars, machines, véhicules, bureaux, ateliers, brûlèrent pendant vingt-quatre heures.

Les flammes étaient encore hautes le lendemain à midi. La quasi-totalité des membres de l'association Nature et Forêts étaient en garde à vue, partageant les cellules bondées avec la moitié de la famille Valentine.

Ceux qui avaient allumé l'incendie n'avaient pas cherché à maquiller ça en accident. Deux foyers simultanés, et d'après les premiers témoignages des employés de nuit, il y avait eu des souffles, comme des petites explosions. Bombes incendiaires.

Rémi et Jean étaient rentrés à la Terre Noire. Depuis le terrain, ils voyaient encore la colonne de fumée.

Jean s'était remis au travail sur l'appentis. Rémi resta deux heures avec lui, le temps de dresser les poteaux. Il devait passer à la gendarmerie pour l'affaire de la battue, tout en supposant sans trop de risques que Vanberten avait autre chose à faire.

Les quatre poteaux étaient debout quand son portable sonna. Il répondit brièvement et dit à Jean qu'il devait partir. Le charpentier, sur les derniers barreaux de l'échelle parisienne, une poignée de clous entre les lèvres, le salua en agitant sa hachette.

Monneix était tout à son affaire, installé dans son salon de petit-maître d'univers. Des baies vitrées, au-dessus des vallées de la ville, la colonne de fumée montait toujours droit au ciel. Il leva la tête de ses papiers et regarda le panache noir.

« J'y suis même pas allé. J'ai trouvé beaucoup mieux pour m'occuper. »

Rémi refusa le vin que lui offrait le journaliste, qui se servit un verre d'une bouteille posée sur la table basse, un saint-émilion de supermarché sans aucune garantie de plaisir.

« Assieds-toi. »

Le garde-chasse s'installa dans la fumée de l'appartement et demanda ce qu'il avait trouvé.

« La plus belle hérésie de l'histoire de ce trou perdu. »

Il se cala au fond de son fauteuil et fit tourner le verre de vin entre ses doigts en contemplant la robe industrielle du pinard. Il était manifestement content de lui et il commença par revenir sur les termes de leur arrangement.

Rémi confirma :

« L'histoire est pour toi, mais pas avant que je te le dise. Rien de publié tant que je ne te dis pas que c'est bon.

– Et ça va être long ?

– J'en sais rien. Ça dépend aussi de ce que tu as trouvé.

– La quintessence de l'impossible, ou bien la confirmation de ce que toi et moi savons déjà depuis longtemps.

– Arrête de jouer à ça, dis-moi ce que tu as trouvé.

– Que les guerres de nos concitoyens sont comme le sport ou les religions. On pourrait même ajouter les médias, si on considère que tout le monde ne fait pas son travail avec la même objectivité que moi. De l'opium, cher ami de la codéine. »

Rémi faillit se servir du vin pour boire à ça.

« N'en fais pas trop. Dis-moi ce qui se passe. »

Christophe Monneix but lentement une gorgée. Ce n'était pas tant pour jouer avec Rémi qu'il faisait durer, mais pour prolonger son propre plaisir.

« J'ai trouvé les actionnaires de la SCI qui étaient notés sur les papiers de Mazenas. Et j'ai trouvé pourquoi il avait souligné cette date, 1983. C'est tout simplement l'année où la SCI du Val a été enregistrée.

– Continue.

– Actionnaires à parts égales : Paul Courbier, Jean Marquais et… »

Il reposa son verre, alluma une Marlboro et souffla une fumée qui eut du mal à se frayer un chemin dans l'air déjà saturé.

« Et Roger Messenet. La SCI du Val est propriétaire de tous les terrains autour du Val Vert dans un périmètre de dix hectares, mitoyens du PNR, frontaliers avec la réserve naturelle sur six kilomètres de long. On comprend mieux pourquoi les Courbier, Marquais et Messenet ont toujours été les opposants les plus acharnés au projet du parc. »

Rémi tripota la plaquette de codéine dans la poche de sa veste.

« Tu es sûr de ce que tu dis ?

– Registres de la chambre de commerce, cadastre, tout est bon. Il y a eu quelques tentatives pour rendre la chose plus discrète, mais ce n'était pas difficile à trouver non plus, avec les documents que tu m'as amenés. La SCI est enregistrée à Paris, et c'est la principale raison pour laquelle personne ici ne se doute de rien. Les Courbier et les Messenet travaillent ensemble depuis 1983. Ils ont monté cette société et le projet touristique est forcément commun. S'ils n'ont encore jamais bossé ensemble, ils sont associés depuis presque trente ans. Depuis les deux paternels. Et en reprenant un peu le cours des choses, le début des années 80, c'est aussi le début des gros investissements et de la fortune des deux familles. Marquais était seulement maire de Sainte-Feyre, à l'époque, mais le Val était un terrain communal. C'est la mairie qui a vendu à la SCI.

Rémi se souvenait des deux vieux patriarches, quand ils étaient venus à tour de rôle après la mort de ses parents. Visiter les terres Parrot qu'ils connaissaient déjà sur le bout des doigts, et faire des offres, faire monter les enchères, essayer d'obtenir plus d'hectares que l'autre.

Au final, Courbier avait eu les terres bonnes pour le bois, Messenet celles pour l'élevage. Et les enchères n'avaient rien donné de particulier. Ils avaient chacun payé le prix que valait ce qu'ils achetaient.

Depuis que les deux familles étaient en guerre, y avait-il eu, à un moment ou à un autre, des conflits qui avaient réellement empêché leurs expansions mutuelles, contrarié les plans de l'autre ?

Les deux familles étaient florissantes.

Cette rivalité légendaire n'avait porté préjudice ni à l'une, ni à l'autre. Ils avaient absorbé, racheté, détruit des dizaines d'exploitations, sans qu'aucun coup ne soit porté à leurs intérêts. Ceux qui en crevaient, c'étaient les autres. Avec pour mouchoir la possibilité de choisir un camp, de conclure des alliances sans autre avantage qu'un bouc émissaire contre lequel on ne pouvait rien.

Monneix allumait ses cigarettes sur les précédentes. Il remplit à nouveau son verre.

Rémi se leva, passa dans la cuisine, but au robinet et ouvrit une fenêtre.

Cette nuit, pour la première fois, quelqu'un s'en était pris aux intérêts Courbier. Sur la liste des suspects, en première, deuxième ou troisième position après Nature et Forêts et les manouches, tout le monde devait prononcer à voix basse le nom des Messenet. Qui d'autre que lui et Monneix, à cet instant, pouvait en douter ?

Et tout en enlevant Messenet de cette liste de suspects, il fallait l'ajouter à une autre : celle des meurtriers de Philippe.

Rémi se planta devant le journaliste.

« Tu ne dis rien à personne. Si tu baves, je te balance par ton balcon.

– Pas la peine de t'énerver. Je ferai ce que j'ai dit, mais à une condition : si tu trouves qui a tué Mazenas, que ce soit Courbier, un de ses types ou bien Messenet, c'est aussi pour moi. Exclusivité. Sinon je balance aux flics que tu t'es assis sur ces documents depuis le début de l'enquête.

– Les plus belles alliances sont des promesses de guerre. »

Rémi descendit les marches du HLM quatre à quatre. Dans sa voiture, il composa un numéro sur son portable.

« Les dessous de la ville », bonjour.

– C'est moi. Il faut que je te parle. Le plus vite possible.
– Qu'est-ce qui se passe, c'est encore Didier ?
– Pas au téléphone, et pas chez toi.
– Je ferme le magasin dans deux heures.
– À la terre Noire ?
– . . .
– Michèle ?
– À tout à l'heure. »

La maison était vide, le chantier de l'appentis abandonné. L'absence de Jean, qui dormait chez lui depuis trois jours, laissait aussi pas mal de bordel. Pendant une heure, il rangea les pièces, tassa les vêtements sales dans la panière, sortit sur le porche les sacs-poubelle pleins de bouteilles vides, balaya, nettoya la vaisselle et termina par une douche froide qu'il fit durer. Il n'essaya pas de s'habiller pour elle ; une chemise repassée lui donnait l'impression de mettre ses cicatrices en valeur. Il enfila un jean et un T-shirt, prépara une cafetière d'arabica et s'installa dans le canapé face à la porte vitrée. La pluie commença à balayer le porche dont le bois brut grisait déjà, marbré de gouttes d'eau. Il pensa aux galeries inondées, aux tas de bois qu'il fallait bouger pour trouver l'entrée.

L'attente prit le dessus et son regard, de lointain, se posa sur la porte, guettant la silhouette de Michèle. Cette visite rendait évidente l'idée qu'il avait toujours eue en choisissant de construire cette maison, les rêves qu'il avait eus en la bâtissant. Ce n'était pas pour se cacher au milieu des bois qu'il l'avait voulue ici, mais pour les y cacher tous les deux, quand elle serait revenue.

Il s'était persuadé qu'il ne l'attendait plus. Mais à vivre en ermite, les illusions s'étaient reconstruites comme des os, sans qu'il s'en aperçoive. La désillusion érigée en mode de vie était une posture, et sa tolérance au manque d'ambition devenait, face à elle, une lâcheté intenable.

Le retour de Michèle dérangeait l'ordre qu'il avait organisé autour de son absence. Il lui en voulait pour ça. Il ressentit de la colère en la voyant monter les marches de la terrasse.

Elle frappa au carreau et entra, les cheveux collés au front, sa veste en cuir ruisselante de pluie. Elle laissa son sac à main tomber à ses pieds, secoua sa veste et la jeta sur la table avant d'observer le décor.

Rémi suivit son regard, inquiet que l'aménagement intérieur ne révèle tout à coup des choses qu'il voulait cacher. Les cartes postales qu'elle avait envoyées, sans adresse pour y répondre, punaisées sur le lambris. Sa petite bibliothèque de fils de paysan. Les plantes bien soignées. Les efforts de goût et de confort, pour lui le sauvage. Un frigo de taille familiale, les fenêtres ouvertes à la vue, les meubles que Jean avait fabriqués pour durer. La fuste, rustique et austère, était, à l'intérieur, arrangée pour plaire.

Il repensa à l'appartement de Michèle, aux quelques meubles accumulés en urgence et au hasard. Toujours pas installée.

Rémi proposa du café. Tout en remplissant les tasses, ces pensées intimes furent chassées par les révélations de Monneix et l'embarras de devoir les annoncer à Michèle. Elle continuait à dériver d'un objet à un meuble, d'un mur à l'autre, entretenant son malaise.

Il lui tendit un café sans sucre qu'elle accepta en silence. Rémi passa dans la salle de bains et lui rapporta une serviette.

« Si tu veux t'essuyer. »

Elle ne l'écoutait pas.

« Pourquoi tu t'es installé ici ?

– Pourquoi pas ?

– Parce que tu as failli crever dans le champ qui est juste derrière. »

Rémi sourit.

« Pourquoi tu es revenue ? C'est un peu la même chose, non ?

– Cette maison, elle te ressemble pas.

– Qu'est-ce que tu en sais ? »

Elle s'installa sur une chaise de la cuisine.

« T'as pas changé. »

Assise là comme au bois de la Lune à quinze ans, regardant droit devant, sûre d'elle, jouant avec un briquet dans un entrepôt de dynamite, elle ne réalisait sans doute pas ce qu'elle venait de dire, ou s'en moquait. Sur le visage ravagé de Rémi, en effet, le temps ne passait pas, les cicatrices ne vieillissaient pas.

« Il y a des choses qui changent.

– La couleur des papiers peints. De quoi tu voulais parler ?

– Des papiers de Philippe. Il y a du nouveau.

– Qu'est-ce que tu as trouvé ?

– C'est Monneix qui a fait des recherches.

– Cette sangsue ? »

Il se rassit sur le canapé et accrocha son regard que l'impatience déplaçait sans cesse.

« Ta famille est associée au projet du Val Vert. »

Rémi observa son visage. Elle encaissa sans ciller. Michèle avait les traits durs et impassibles des Messenet. Sa mère n'avait rien pu y faire. Elle avait au féminin la structure osseuse et la rigidité plastique de son frère, de son père et de son grand-père. Une mère porteuse, une matrice dont le seul rôle avait été d'assurer la continuité de la lignée Messenet, sans l'altérer. Rémi se souvenait peu d'elle. Morte d'une maladie orpheline quand ils avaient onze ou douze ans. Michèle ne parlait pas de sa mère. Son père était resté veuf, il allait crever ainsi.

La dernière femme à porter le nom des Messenet ne disait toujours rien. Dans son dos, les lumières de la maison gagnaient sur la terrasse, grignotant la nuit devant la porte vitrée.

« C'est Monneix qui dit ça ?

– J'ai vu les documents. Ton père et Paul Courbier ont créé une SCI en 1983. Marquais est actionnaire. Ils possèdent toutes les terres sur lesquelles doit être construit le centre touristique. »

Michèle se leva, marcha jusqu'au frigo où elle chercha une bière. Elle décapsula une Killian's avec son briquet, but une gorgée et alluma une Camel. Rémi regardait ses lèvres sur le filtre, les volutes de fumée qui s'en échappaient. Elle sourit et se tourna vers la large fenêtre de la cuisine.

« La pluie va peut-être finir d'éteindre la TechBois. On voyait encore de la fumée quand je suis partie de R.

– Tu te fous de ce que je dis ?

– Je réfléchis.

– À quoi ?

– La même chose que toi.

– Arrête.

– Quand tu es venu me montrer ces papiers, c'était une autre histoire. Pour la mort de Philippe.

– Y'avait que les Courbier.

– Maintenant, si Vanberten met la main dessus, mon frère sera sur la liste des suspects.

– Il y est déjà, pour moi. »

Rémi passa derrière elle, sentit son parfum. L'humidité dans ses cheveux, la cigarette, la bière sucrée, le cuir, puis elle. L'odeur d'une peau douce, lavée au savon. Le petit tremblement, à la pointe de ses mèches sombres, trahissait sa nervosité.

Il saisit la poignée du frigo, sortit une autre bière.

« Quand tu es partie, pourquoi tu ne m'as rien dit ?

– Y'avait rien à dire.

– Tu aurais pu me demander.

– Si tu voulais venir avec moi ?

– Oui.

– J'ai jamais fait dans la rhétorique. Tu sais comme moi que tu ne voulais pas partir. Tu n'es pas non plus du genre à te vexer. Ça sert à quoi de revenir là-dessus ? »

La Killian's était trop sucrée.

« J'ai jamais su pourquoi tu étais partie. »

Michèle se tourna vers lui.

« Tu es sûr de pas savoir ? »

Le regard de Michèle l'accusait de quelque chose qu'il ne comprenait pas. Rémi se dirigea vers la porte vitrée, regarda les gouttes d'eau sur les carreaux qui glissaient lentement en reflétant la lumière des ampoules.

Michèle se leva, fit quelques pas dans le salon, décrivant le plus grand cercle possible autour de Rémi avant de se laisser tomber dans le canapé.

« Qu'est-ce que tu veux faire avec les infos de Monneix ?

– Je suis pas flic, je vais pas faire une enquête sur le meurtre de Philippe. Mais je crois qu'il y a quelque chose sous le projet immobilier. Si je trouve, le boulot de Vanberten ira au moins dans la bonne direction.

– Tu veux qu'il arrête mon frère et Courbier ?

– Ça n'a rien de personnel.

– Tu te fous de moi ?

– Si ça avait été une autre piste, je l'aurais suivie aussi.

– Avec autant d'acharnement ?

– Acharnement ? On l'a traîné sous terre, peut-être à moitié mort. Il a crevé dans une vieille mine, en attendant que son cadavre soit bouffé par les cochons. Tout ça parce qu'il voulait sauver des arbres. N'importe quel salaud responsable de sa mort mérite qu'on s'acharne sur lui.

– Tu ne sais pas ce qui s'est vraiment passé.

– Tu veux protéger ton frère ?

– Il vaut mieux que je m'en aille.

– Il était où, le week-end où Philippe a disparu ?

– Qu'est-ce que j'en sais ? Je croyais que t'étais pas flic. C'est quoi cette question ? »

Rémi tenta de contenir sa colère, sachant qu'elle provoquait à vitesse égale celle de Michèle. Il avala un cachet avec une gorgée de Killian's.

« Excuse-moi. On devrait arrêter de parler de ça. De ton frère.

– Même quand il est pas là, il est toujours entre nous. C'est ça qui te rend furieux. Tu veux te débarrasser de lui.

– Ton frère m'a jamais empêché de faire ce que je voulais. »

Ce ne fut pas un rire, plutôt un hoquet, un réflexe de la gorge qui aurait par politesse changé un « pauvre con » en ricanement. Le mépris de Michèle la faisait grimacer, une démangeaison courut sur ses cicatrices.

« Je sais ce que j'ai gâché.

– Mais tu essaies de mettre ça sur le dos de quelqu'un d'autre.

– Non. »

Le mépris se changea en colère, la colère en frustration, la frustration en tristesse. Des larmes montaient dans les yeux de Michèle. La hargne qui cimentait sa personnalité s'effritait. Avant que Rémi ait pu faire un pas dans sa direction elle reprit sa ronde d'impuissance, martelant le sol du salon à la cuisine, les bras croisés sur sa poitrine.

Il était 23 heures 30. Michèle était là, chez lui, depuis une heure. Personne pour les empêcher d'être ensemble, et cette deuxième tentative de retrouvailles se terminait encore plus mal que la première.

Les mots sortirent difficilement.

« C'est normal. On peut pas se retrouver comme ça, après tout ce temps, comme si c'était rien. Comme si on pouvait reprendre là où on s'est arrêtés.

– On en était où, Rémi ?

– J'en sais rien.

– Fais un effort, merde. »

Rémi essaya de la regarder, baissa les yeux, les releva sur une photo de ses parents, posée sur la dernière étagère de la bibliothèque. Ils sont jeunes, un noir et blanc de vieux mariage. Ils sont graves et heureux, debout l'un à côté de l'autre, sans se tenir par la main.

« J'étais triste quand tu es partie. »

La bouteille de Killian's vola à travers la pièce.

Ce n'était pas lui qu'elle visait. Elle ne visait rien. Ce fut le mur de la chambre qui reçut le projectile. Les éclats rebondirent sur le sol. La porte claqua presque en même temps et Rémi resta là sans bouger, à contempler la pièce vide. Il marcha jusqu'à la chambre, se changea, enfila des vêtements de pluie et ses chaussures de marche. Il quitta la maison et partit à travers bois, en pleine nuit, sous l'averse, laissant l'eau refroidir son visage.

15

Vingt ans, neuf jours et seize heures après

« Monsieur Carnet a confirmé, en effet, que vous étiez ensemble la nuit de l'incendie. Depuis combien de temps le connaissez-vous ?

– Depuis le collège.

– Monsieur Carnet a eu une vie plutôt… en dents de scie. Depuis quand êtes-vous amis ?

– Plusieurs années, au moins dix ans.

– Depuis la fin de votre convalescence.

– À peu près. Jean était un ami de Michèle.

– Lui aussi a eu des problèmes de toxicomanie. Héroïne principalement. C'est ce qui les rapprochait ?

– Qu'est-ce que vous voulez dire ?

– Ils se fréquentaient alors qu'ils prenaient tous les deux de la drogue.

– Je n'en sais pas plus que vous. Jean a été accro. Il ne l'est plus. Comme Michèle. Ils étaient amis, mais on doit pouvoir être junkie et ami avec quelqu'un sans que ça ait un rapport, non ?

– Je m'interroge seulement sur leur relation. Monsieur Carnet a réalisé les travaux de restauration de la boutique de mademoiselle Messenet, c'est exact ?

– Oui, il est auto-entrepreneur.

– Charpentier, menuisier, animateur nature, il a aussi voyagé, en Afrique, et il a passé deux ans au Canada, comme forestier.

– Je ne connais pas tout son CV. Je sais que j'étais avec lui le soir de l'incendie.

– Maintenant, vous êtes certain de cette nuit-là ?

– On vient de le dire.

– Il arrive souvent qu'il dorme chez vous ?

– Il travaille pour moi en ce moment. Il picole et oui, souvent il reste dormir au lieu de rentrer chez lui.

– C'est un ami fidèle. Est-ce vous qui lui avez demandé de faire des recherches au Val Vert ?

– Oui.

– Il a accepté pour vous rendre service ?

– Il connaissait aussi Philippe, ils étaient amis.

– Diriez-vous que monsieur Carnet est un écologiste ? Cela vous fait sourire ?

– Jean aime la nature. Il y a des choses qui le mettent en colère, mais si vous voulez dire qu'il est militant, ce n'est pas du tout ça. Pas du genre à adhérer à un mouvement. Il fait trop la fête. Pas son truc de palabrer dans des réunions.

– Vous voulez dire qu'il est plus un homme d'action que de paroles ?

– Je ne veux rien dire, c'est vous, commandant, qui essayez de me faire dire quelque chose. Jean est quelqu'un d'autonome, et un ami fidèle, oui. Le reste, c'est vous qui brodez.

– Il est aussi ami avec Tonio Valentine, et beaucoup des membres de cette famille.

– Ça en fait le suspect de quoi, d'être ami avec des manouches ?

– De rien. Je me demande seulement s'il est ami avec eux, un ami fidèle, comment il a pris l'affaire des abatteuses sabotées et la réaction des employés de la TechBois.

– Jean ne pense pas que les Valentine soient dans le coup. Mais il n'est pas non plus de la famille. Les gens du camp ne vont pas lui dire et il ne demandera pas.

– Qu'on s'en prenne à ses amis injustement, cela pourrait le mettre en colère, comme vous dites.

– Si je vous dis que j'étais avec lui, pourquoi est-ce que vous insistez là-dessus ?

– Je recoupe les témoignages, monsieur Parrot, rien d'autre. Monsieur Carnet m'a dit la même chose que vous, nous n'avons plus besoin d'en parler. Juste une dernière question : comment était-il ce soir-là ?

– Je ne sais plus trop. C'était peu de temps après qu'il a eu trouvé le cadavre. Il a bu comme un trou pendant au moins trois jours.

– C'est vrai, vous me l'avez déjà dit. Donc, il était saoul ce soir-là ?

– Ou en train de décuiter, je ne peux pas vous dire exactement. Je suis fatigué, commandant, est-ce qu'on pourrait passer à ce qui est arrivé la nuit dernière, que je puisse rentrer chez moi ?

– Nous n'en avons plus pour très longtemps. Accordez-moi encore un tout petit peu de temps et nous en aurons fini.

– Je peux avoir un café ? Je crois que j'en ai besoin finalement.

– Je vais appeler Marsault.

– Il ne va pas empoisonner ma tasse ?

– Pourquoi dites-vous ça ?

– À votre avis ?

– Monsieur Parrot, je vais vous poser une question qui n'aura aucune incidence sur cette ou ces enquêtes, mais seulement parce que votre avis m'intéresse. Lors de la destruction administrative, qui, d'après vous, a tiré sur votre poste ?

– Je n'en sais rien.

– Mais vous avez une idée.

– Courbier ou Messenet.

– Parce que vous avez eu des problèmes avec chacun d'eux dans les jours qui ont précédé la battue ?

– Oui.

– Avez-vous imaginé qu'ils aient pu tirer tous les deux ?

– Non, pourquoi ? Vous avez fait des recherches sur les armes et les munitions ?

– Je suis désolé, mais nous n'avons pas eu le temps, avec tout ce qui est arrivé ensuite. Si vous maintenez votre plainte, nous serons dans l'obligation de poursuivre l'enquête, évidemment, mais cela ne pourra pas se faire tout de suite.

– Je vais retirer ma plainte. Ça n'a plus aucun sens aujourd'hui.

– C'est aussi mon avis. Nous verrons ça demain, ou dans les jours suivants si vous préférez. Mais je vous pose encore la question : cela vous semble-t-il possible qu'ils aient tous les deux tiré ?

– C'est un peu absurde de le penser. Comme s'ils avaient eu la même idée au même moment ?

– Ou alors, si l'on ne tient pas compte des bagarres qui vous ont opposés, parce qu'ils auraient eu une autre raison de vous en vouloir, tous les deux en même temps.

– Le café ne va pas suffire, je ne vous suis plus.

– Parce qu'ils étaient associés dans l'affaire immobilière du Val Vert.

– Quoi ?

– Depuis quand savez-vous que messieurs Courbier et Messenet étaient associés ?

– Depuis que c'est sorti dans les journaux.

– Mais c'est vous qui avez découvert l'entrée de la mine.

– C'était des jours après la battue, je ne vois pas le rapport.

– Pourquoi vous êtes-vous acharné à découvrir cette entrée ? Étiez-vous au courant de quelque chose d'autre au moment de la battue ?

– Non. Je voulais juste aider. Je pensais qu'en trouvant le passage, on découvrirait peut-être des nouveaux indices.

– Pour trouver les responsables de la mort de monsieur Mazenas.

– Oui.

– Mais vous ne soupçonniez pas monsieur Courbier ou monsieur Messenet ?

– Non.

– Donc, vous avez continué vos recherches, malgré mon encouragement à ne pas le faire, dans ce seul but ?

– Oui.

– Je ne suis pas partisan de ces initiatives personnelles, comme la vôtre et celle de monsieur Carnet, mais si je puis me permettre, sachez que je vous en suis aussi reconnaissant. Finissons avec cela : lors de la battue, messieurs Courbier et Messenet n'avaient aucune raison de croire que vous les soupçonniez, de quoi que ce soit ?

– Non.

– Vous n'avez jamais eu accès ou même entendu parler des documents que monsieur Monneix, journaliste, a rendus publics cette semaine ? À aucun moment avant leur divulgation ?

– Non. Monneix a dit que c'était un courrier, c'est bien ça ?

– Oui. Un courrier qu'il aurait reçu de monsieur Mazenas, posté par un membre de Nature et Forêts. Nous pensons que c'est mademoiselle Brisson qui s'en est chargée, à la demande de monsieur Mazenas, s'il devait lui arriver quelque chose. Vous connaissez mademoiselle Brisson ?

– Je l'ai croisée. C'était la petite amie de Philippe. Je ne la connais pas vraiment.

– C'est surprenant.

– Pourquoi ?

– Parce qu'ici tout le monde se connaît.

– Elle n'est pas d'ici. Et les gens de Nature et Forêts ne sont pas très sociables.

– En effet, c'est l'impression que m'a donnée monsieur Rhomier. Le connaissez-vous ?

– Édouard ? Pareil, seulement de vue. La dernière fois que vous l'avez vu, vous tentiez de lui mettre l'incendie de la TechBois sur le dos, je n'aurais pas été très aimable non plus.

– Mais vous l'êtes, monsieur Parrot. Vous l'êtes. Et puisque nous sommes revenus à l'incendie, pouvez-vous me dire ce que vous avez fait le lendemain ?

– Le lendemain, c'était un week-end, non ? Samedi ou dimanche ?

– Le samedi 7 avril.

– Je suis resté chez moi. J'avais demandé à Roland, mon chef de district, si je pouvais avoir un peu de congés. Je n'étais pas très en forme.

– Monsieur Carnet était chez vous pendant la nuit, il est parti le matin ou plus tard ?

– Le matin. Je suis resté chez moi ensuite.

– Vous avez mal au crâne, monsieur Parrot ?

– Ça va aller.

– Ce ne sera plus très long. Seul chez vous, et vous avez eu des visites ?

– Le soir, oui. Michèle est venue à la Terre Noire.

– À quelle heure ?

– Encore une fois, je ne comprends pas pourquoi vous me demandez ça.

– Vous le savez très bien. Parce qu'il y a en ce moment quatre enquêtes en cours, cinq si vous ne retirez pas votre plainte, et vous êtes lié, de près ou de loin, à toutes. Ainsi que mademoiselle Messenet.

– Michèle est une victime dans presque toutes, je ne suis pas votre raisonnement.

– La fatigue, sans doute. À quelle heure est-elle arrivée chez vous ?

– Après la fermeture de son magasin. Je dirais vers 21 heures. »

16

Deuxième cadavre, troisième mort

« Cette fois, les cochons ont pas eu le temps.

– Plus facile à ramasser. »

Vanberten fusilla les brancardiers du regard. Les deux hommes baissèrent la tête et continuèrent leur chemin vers l'étang.

Marsault était pâle, ses doigts nerveux s'emmêlaient les uns aux autres.

« Elle arrive, le bureau l'a eue au téléphone.

– Reprenez-vous, Marsault. Si vous ne tenez pas le coup, comment voulez-vous qu'elle y parvienne ?

– Désolé, commandant.

– Si les photos sont terminées, dites à ces deux abrutis de se dépêcher avant qu'elle soit là. Vous avez appelé Parrot ?

– Parrot ? Commandant, une chance sur deux que ce soit...

– Faites ce que je vous dis ! Dites-lui que Michèle Messenet a besoin de lui. »

Marsault appela la caserne, demanda qu'on prévienne Parrot, puis retourna au bord de l'étang. Les deux pompiers avaient déplié le brancard et se penchaient sur le corps. Les jambes étendues dans l'herbe, les bras écartés et le buste appuyé sur le granit, bouche ouverte, yeux au ciel, Didier Messenet semblait avoir été frappé par la foudre au milieu du front, défoncé des sourcils à la racine des cheveux. Lorsqu'ils soulevèrent le cadavre, le sang coagulé sur l'arrière du crâne resta collé, avec une touffe de cheveux englués, sur la pierre.

« Magnez-vous !

– Le chemin est trop mouillé, on pouvait pas approcher le camion. »

Marsault appela un autre gendarme et les quatre hommes, glissant sur la terre trempée de la piste, se pressèrent jusqu'au véhicule des pompiers où ils enfournèrent le brancard.

Le soleil tirait de la terre humide des odeurs fertiles. Les oiseaux s'activaient autour des nids et tournaient au-dessus de l'étang du Val Vert.

« Les pompiers demandent s'ils doivent partir tout de suite à la morgue, mon commandant.

– Dites-leur d'attendre.

– D'attendre quoi ?

– Qu'ils arrivent. »

Marsault regarda vers la piste, mais ni Michèle ni Parrot n'arrivaient. Il vit seulement Christophe Monneix, appuyé à un arbre, un carnet de notes à la main, qui observait la scène.

« Qu'est-ce qu'il fout là, ce con ?

– Il fait son travail, comme vous le vôtre, Marsault. Ne le laissez pas s'approcher, mais laissez-le tranquille.

– Comment il est arrivé si vite ?

– Quelqu'un doit le renseigner à la caserne, je ne sais pas encore qui mais je finirai bien par le savoir. Il y en aura d'autres, ne vous préoccupez pas de ça. »

Marsault jeta un regard mauvais au journaliste, qui lui rendit un sourire et sortit un petit appareil photo numérique de sa poche.

« Qu'est-ce que vous avez dit à Parrot ?

– C'est pas moi qui ai appelé, mais j'ai dit qu'on avait besoin de lui au Val, rien d'autre.

– Et mademoiselle Messenet ?

– Je lui ai dit qu'il y avait eu un accident ici, qu'il fallait qu'elle vienne.

– Bien. Dites aux pompiers de laisser les portes du camion bien fermées et rejoignez-moi à l'étang. Quand mademoiselle Messenet arrivera, ne lui dites rien, je m'en chargerai. Dites-lui de me retrouver là-bas. »

Vanberten s'éloigna du brigadier et marcha vers l'eau. Tout à ses réflexions, il regardait autour de lui le paysage et parut en apprécier la beauté. Un cadavre ne pouvait rien y faire, l'endroit était somptueux.

Il ne se retourna pas quand le silence gagna tous les hommes présents sur le terrain ; il devinait Michèle, marchant vers lui, accompagnée par Marsault, au milieu des regards gênés. Il inspira longuement. La semaine dernière, il avait déjà annoncé une mauvaise nouvelle à une famille.

Michèle passa à côté de la langue de granit qui plongeait dans l'herbe. Elle vit la tache de sang brun, la silhouette à la peinture d'un demi-corps sur la pierre, les bandes de plastique fichées dans la terre qui dessinaient grossièrement le contour de deux jambes. Son visage fatigué, aux traits encore ronds de sommeil, devint blanc. La peur agit comme un lifting aux sales effets, tirant les paupières et les lèvres, creusant les joues. Elle dévia de sa trajectoire, faisant sans le vouloir un écart devant la silhouette tracée. Marsault la retint par le bras. Vanberten avança vers eux et ouvrit la bouche, sachant par expérience qu'une seule information, même brutale, valait mieux que tous les scénarios d'horreur qui se bousculaient dans l'imagination de Michèle Messenet. Il avait déjà vu ça, une mère soulagée d'apprendre que son mari était mort, prise d'un sourire quand on lui avait annoncé que ce n'était pas un de ses enfants.

Il attendit quelques secondes, finalement, hésitant, en scrutant le visage de Michèle. Elle le regardait intensément, plissant les yeux, repoussant des idées folles, concentrant toutes ses forces dans son regard, alors que ses jambes étaient en train de lâcher.

C'est elle qui précipita la réponse.

« Dites-moi ce qui se passe.

– C'est votre frère, mademoiselle Messenet. »

Un sourire. Ce sourire d'incompréhension, bravade devant l'absurde, le temps d'une dernière seconde sans souffrance, passa sur son visage, puis elle s'effondra. Vanberten et Marsault la rattrapèrent avant qu'elle ne heurte le sol et ils l'allongèrent sur l'herbe. Marsault appela les pompiers. Rémi Parrot les prit de vitesse et arriva en courant pour se pencher sur elle. Les paupières de Michèle se soulevèrent. Ses yeux roulèrent avant de trouver leur centre, puis elle serra la main du garde-chasse.

Rémi se tourna vers Vanberten. Le flic n'ouvrit pas la bouche, il fit un signe de tête vers le camion des pompiers.

Il resta quelques minutes avec Michèle, le temps qu'on prenne sa tension et qu'elle avale un sachet de Glucodose.

Rémi s'éloigna de quelques pas avec Vanberten.

« C'est son frère ? »

Le commandant leva un sourcil.

« Ça ne peut être que lui ?

– À quoi vous jouez ? Vous avez appelé Michèle, elle est tombée dans les pommes, qui ça peut être d'autre ? C'est quelqu'un d'autre ? C'est qui, vous allez me le dire ?

– C'est bien lui. Il y a de plus en plus de promeneurs et de curieux qui viennent ici depuis la découverte de la semaine dernière. Un couple a trouvé son corps tôt ce matin, vers 8 heures.

– Qu'est-ce qui s'est passé ?

– On ne sait pas encore. Il a reçu plusieurs coups à la tête, c'est tout ce que nous pouvons dire. Et qu'il est mort pendant la nuit. Il y a au moins cinq ou six heures. »

Rémi se retourna vers Michèle, toujours assise dans l'herbe, entourée par les pompiers.

Il n'entendit pas tout de suite Vanberten.

« Qu'est-ce que vous dites ?

– Que nous devons clarifier les choses. Où étiez-vous cette nuit ?

– Il faut que je voie Michèle.

– Non, monsieur Parrot, vous allez répondre tout de suite, sinon je vous mets en garde à vue.

– Qu'est-ce que vous racontez ?

– Monsieur Parrot, je vous rends service. Je vous conseille de ne pas jouer au plus malin.

– J'étais chez moi.

– Ça ne suffira pas. »

Rémi se retourna vers Michèle.

« J'étais avec elle. Elle a dormi chez moi. »

Vanberten suivit le regard de Parrot jusqu'à la jeune femme.

« Bien, nous allons prendre soin de mademoiselle Messenet. Vous passerez à la caserne tout à l'heure et nous enregistrerons votre déposition, ainsi que la sienne, dès qu'elle sera en état de parler. D'ici là, vous avez interdiction de la voir. Que cela vous choque ou pas, que cela me plaise ou non, vous êtes et serez un suspect de ce meurtre. Cette faveur que je vous fais, ne croyez pas que cela change quoi que ce soit. Vous restez à notre disposition, et s'il vous plaît, ne m'obligez pas à aller vous chercher pour vous écrouer. »

Le commandant s'éloigna vers Michèle. Il parla à Marsault qui jeta par-dessus l'épaule de son supérieur un regard à Rémi.

Le garde-chasse resta planté là pendant que les flics embarquaient Michèle.

Il était 14 heures quand la camionnette de gendarmerie se gara devant le 17 de la rue des Fusillés. Michèle en descendit et marcha jusqu'à la porte de son immeuble sans saluer les flics.

Rémi attendit quelques minutes, traversa la rue et ouvrit sans frapper. Il monta les marches jusqu'au premier et appela.

Michèle était assise à la table du salon, les yeux rouges et gonflés, un verre d'alcool doré à la main, une bouteille de Glenfiddich ouverte devant elle.

Ils restèrent une minute sans bouger, les yeux rivés l'un sur l'autre. Les mains de Rémi tremblaient. Michèle se leva, contourna la table et avança jusqu'à lui. Elle s'arrêta à quelques centimètres de sa poitrine et posa une main dessus pour calmer la respiration.

« J'ai dormi chez toi cette nuit. Nous avons fait l'amour. »

Michèle ôta son T-shirt et le laissa tomber à ses pieds. Elle dégrafa son soutien-gorge, déboutonna son jean et libéra la fermeture Éclair, fit glisser son pantalon et sa culotte sur ses jambes, les repoussa du pied. Elle prit une main de Rémi et la guida jusqu'à son sexe. Ses yeux se fermèrent à demi. Elle saisit l'autre main, en embrassa la paume et l'écrasa sur ses seins. Rémi la tira contre lui, la soulevant sur la pointe des pieds tandis que Michèle commençait à le masturber à travers son pantalon. Ils ne bougeaient pas, mettant toute leur énergie dans la pression de leurs mains, serrant les doigts sur la chair de l'autre, leurs têtes front contre front. Leur baiser fut d'abord le mélange de deux respirations. Michèle lutta contre l'étreinte et se dégagea de l'emprise de Rémi. Elle le déshabilla, vêtement après vêtement, exposa son corps large, dessiné par l'effort, éprouvé à la résistance, dominé par un regard violent au milieu d'un visage défiguré. Elle posa un premier baiser sur une épaule, traversa la poitrine, descendit le long d'un bras, embrassa ses côtes. Elle glissa une cuisse entre ses jambes et, frottant son sexe contre les muscles, se laissa descendre lentement jusqu'à son ventre, mains sur ses fesses. Elle engloutit le sexe de Rémi dans sa bouche en un seul, long et profond mouvement. Le sang battait. Elle montait et descendait le long de la jambe, tremblant sur ses pieds, écrasant son sexe sur les os et les muscles. Elle serra ses lèvres et poussa Rémi encore plus loin dans sa gorge. Une première décharge de plaisir, à la base de son sexe. Rémi glissa ses doigts dans les cheveux de Michèle. Sentant son orgasme monter, elle s'immobilisa et, soulageant le sexe de la pression de sa bouche, enroula ses doigts autour à mesure qu'elle le libérait. Elle serra jusqu'à la douleur et se releva. Ils reculèrent jusqu'à la table où elle s'allongea sur le dos en écartant les jambes. Elle le guida lentement, répliquant en elle l'aspiration ralentie de sa bouche. Quand le ventre de Rémi vint se coller à ses jambes dressées, que les cuisses rencontrèrent ses fesses, elle s'enroula autour de lui. Presque sans bouger, par la seule force de leurs muscles, arrimés l'un à l'autre et en sueur, la pénétration devint une prison dans laquelle les pulsations de Rémi tentaient de combattre le sexe contracté de Michèle. Elle écrasa sa joue contre sa poitrine. Rémi l'entourait de ses bras. Il serrait de toutes ses forces. Michèle ne respirait plus.

Rémi sentit le plaisir monter le long de sa colonne vertébrale.

La bouche et les yeux fermés, retenant le cri qui montait de son ventre, Michèle planta ses ongles dans le dos de Rémi. Quand il ouvrit la bouche pour ne pas étouffer, elle libéra sa voix et poussa un seul cri, une seule note tenue jusqu'à la fin de la jouissance, jusqu'aux derniers spasmes de l'orgasme.

Avec le reflux dépressif du désir, dans le petit pincement du vide et de l'étreinte terminée, Rémi caressa les cheveux de Michèle, cherchant une tendresse pour amortir la chute. Elle reprit son souffle et le repoussa.

« Ils ne peuvent plus rien contre toi, maintenant. »

Rémi ne comprit pas tout de suite.

Michèle descendit de la table, ramassa ses vêtements épars et en fit une boule dans ses bras.

« Je n'ai pas tué ton frère. »

Michèle se tourna à demi vers lui, sans le regarder.

« Mais maintenant, on peut le prouver. J'ai ton sperme en moi. »

Elle sortit de la pièce. Rémi entendit la plomberie cogner lorsqu'elle mit la douche en route. Il se rhabilla, jambes flageolantes, et n'attendit pas plus longtemps pour quitter l'appartement.

*

Jean trouva Rémi à la Terre Noire en train de fendre du bois, torse nu et ruisselant. Le soleil avait commencé à brûler ses épaules, et son visage qu'il n'avait pas protégé sous le chapeau de paille était écarlate. Les fenêtres et les portes de la fuste étaient ouvertes, battant dans les courants d'air, claquant et faisant fuir les mésanges charbonnières qui cherchaient des miettes sous le porche. Il était 11 heures du matin ce lundi. Jean supportait mal la lumière du ciel et il regarda le chantier de l'appentis, une main en visière.

« T'as pas une bière ?

Rémi ne répondit rien et leva le merlin au-dessus de sa tête avant de l'abattre sur une bûche.

– O.K., je vais me servir. Tu veux quelque chose ? »

Jean n'obtint pas plus de réponse et rentra dans la maison.

Une bière et un morceau de pain à la main, il s'assit sur le tas de bûches fendues qui s'accumulait derrière Rémi.

« Ça va pas ? »

Jean leva une jambe pour éviter un morceau de chêne projeté jusqu'à lui.

« Bigre, c'est la foire du rire. Tu veux pas mettre un truc sur ta tête avant de finir à l'hosto ? »

Rémi posa une autre bûche en équilibre sur le billot.

Jean continua sa discussion sans se soucier de l'absence de contradicteur.

« Pas envie de bosser, moi. La semaine devrait pas commencer avant le mardi. J'suis passé au Styx, ce matin. Tous les troquets sont pleins. Avec tout ce qui se passe en ce moment, y'a plus un homme qui bouffe chez lui. Les flics ont relâché tout le monde pour l'histoire de la baston et de l'incendie. Quand t'as d'un côté une asso de furieux et de l'autre une famille de manouches, va trouver quelqu'un qu'aurait pas un alibi... Mais ça intéresse presque personne, en fait. Tout le monde parle que de Messenet. Je voudrais pas être rabat-joie, mais personne s'est privé, alors que je suis ton pote et que j'étais là, de faire des sous-entendus à ton sujet. À l'hôtel du parc, y'a au moins trois équipes de journalistes qui se sont installées. Deux meurtres en deux semaines, ça commence à faire parler de la région. C'est vrai, cette histoire, que Michèle et toi vous étiez ensemble et qu'elle a...

– Fais pas chier.

– Parce qu'au milieu de tout ce merdier, c'est plutôt une bonne nouvelle, si tu veux mon avis. Tu vois, je voulais me tirer, et ben je vais peut-être rester encore un peu par ici. Ça devient dingue. »

Rémi posa le merlin contre le billot et s'approcha de Jean.

« T'es défoncé ? »

Il se pencha vers le charpentier. Ses pupilles, même en plein soleil, étaient dilatées au point d'éclipser toute la couleur de ses iris gris.

« On n'a même pas encore enterré Philippe, et toi tu te défonces. Tu racontes des conneries quand on m'accuse de meurtre et tu trouves qu'y a des bonnes nouvelles ? Putain, Jean, t'es vraiment con. On doit aller au Val, tu te souviens ?

– Lâche-moi, t'es pas psychologue et t'es pas médecin. Je fais ce que je veux et on n'ira pas au Val avant ce soir, c'est encore plein de flics là-bas. Les mecs de la PJ ont encore fait le déplacement. Courbier, père et fils, sont sur place. Deux morts sur leurs terres et l'usine qui part en fumée, c'est la guerre. Thierry a passé une partie de la soirée chez Vanberten, à se faire cuisiner par les bleus et les condés de la PJ. Et si ça peut te rassurer, dans les troquets on parle largement plus de lui que de toi.

– J'ai pas buté Didier. Tu m'entends ou t'es trop déchenillé ? »

Jean se leva pour échapper au regard du garde-chasse.

« Franchement, je sais même plus de quoi t'es capable. Cette histoire est en train de siphonner tout le monde. »

Rémi serra les poings.

« J'ai pas tué Didier.

– T'étais avec Michèle.

– Je...

– Laisse tomber, je te crois. Comment elle va ?

– J'en sais rien. »

Jean avait fini sa bière.

« Je crois que je vais pas monter sur une échelle. J'vais plutôt piquer un roupillon. »

Il partit vers la maison en trébuchant.

Rémi s'arrosa la tête avec le tuyau du jardin et suivit Jean qui avait disparu dans la fuste. Il s'arrêta sur le seuil, tendit la main vers le portemanteau et attrapa son chapeau de paille. Jean était déjà vautré sur le canapé, la bouche ouverte et les yeux fermés.

Rémi enfila un T-shirt et retourna travailler. À ce rythme, il aurait bientôt du bois pour se chauffer deux hivers entiers.

Le téléphone sonna en début d'après-midi. Rémi tranchait du pain et du fromage, un café passait en ronflant dans la machine. Soit l'odeur de l'arabica, soit le bruit du téléphone, Jean ouvrit un œil sans parvenir à décoller le second.

Rémi décrocha, raccrocha après quelques échanges brefs. Jean avait entendu « Roland », dans la discussion.

« Qu'est-ce qui se passe ?

– Roland me laisse en congé pour deux ou trois semaines. À cause de la bagarre avec Messenet et de l'enquête.

– Eh ben, on pourra finir tranquille ta cabane de jardin.

– Roger Messenet est décédé à l'hosto. Il était déjà en phase terminale, mais faut croire que la mort de Didier l'a achevé. »

Jean se redressa et passa la main sur son visage, celle à laquelle il manquait les deux premières phalanges de l'index et du majeur. Une machine à bois au Mali, où il avait bossé dans une fabrique de véritables meubles anciens, des trucs dorés qui allaient décorer des villas de ministres enrichis. Une histoire qu'il racontait souvent, passé une certaine heure, un peu avant de montrer ses tatouages aux dames.

« Putain, il est fort ton café…

– Comme tu l'aimes. Je vais partir vers 17 heures. J'ai réparé la fourche du Massey, ça devrait tenir le coup pour ce qu'on a à faire. Je m'arrêterai avant le Val, sur la ligne de parcelle avant les coupes de la TechBois. Tu me retrouves là-bas. J'en ai pour une heure. On ira voir si c'est bon à pied. Faudra qu'on s'y mette avant la nuit, le tracteur éclaire pas grand-chose. J'ai chargé les batteries des deux grosses lampes, elles sont à l'arrière du Toyota. Tu prends ta voiture, celle de l'Office est trop repérable et j'attire trop la curiosité en ce moment. »

Jean acquiesça, la tête au fond du bol de café noir.

« Tu vas pas appeler Michèle ?

– Occupe-toi de tes affaires. »

Rémi avala deux cachets de codéine. Le soleil lui avait mis la tête en feu. Il s'installa à l'ombre de la charpente de l'appentis et composa le numéro de téléphone de Michèle. Il n'y eut pas de sonnerie et il entendit tout de suite le message du répondeur.

« C'est moi. J'ai appris pour ton père. Je suis désolé. »

Il hésita. Le répondeur enregistra quelques secondes de silence, puis il raccrocha.

17

Vingt ans après, mine, autopsie

Le Val avait retrouvé son calme. L'étang offrait un miroir parfait au ciel et les branches ployaient sous le poids des nouvelles feuilles. Les rayons de soleil traversaient les jeunes limbes translucides, gavant la chlorophylle de lumière et d'énergie. Hêtres, trembles, chênes et noisetières chargés de fruits, tout était aussi dessiné que dans une encyclopédie. Au pied des arbres, pas une repousse, aucune régénération, mais un herbage uni et entretenu. La perfection artificielle de l'endroit s'accordait superbement avec la pose ensommeillée d'un cadavre de Rimbaud.

Rémi le fit remarquer à Jean, qui avoua ne pas se souvenir des poésies de l'école.

« *C'est un trou de verdure où chante une rivière*… ?

– C'est l'histoire du soldat crevé dans le cresson ?

– Ouais.

– Ça me dit quelque chose. Mais y'avait pas de sangliers dans ce poème, si ?

– Non. Les sangliers, c'est un truc d'ici. »

La rubalise jaune se torsadait dans le vent, délimitant un petit territoire de granit affleurant près de la digue.

« Au début il y aura un succès de curiosité, mais si ça continue les gens vont éviter de se balader par ici.

– C'est pas vraiment l'idée qu'on se fait d'un coupe-gorge.

– Quitte à crever, autant les pieds dans l'eau, non ?

– Je vais chercher le tracteur, personne ne viendra plus à cette heure-ci.

– Je t'attends là, je crois que j'ai un moment d'extase métaphysique. »

Rémi, un peu inquiet, regarda Jean allongé dans l'herbe.

« T'as retouché à l'héroïne ?

– Je me suis envoyé tout le Subutex que je pouvais trouver, rien d'autre.

– T'es avec moi ou faut qu'on revienne un autre jour ?

– Excuse les commentaires lyriques, mais je préfère autant être pas complètement clair pour descendre sous terre. Si tu vois ce que je veux dire. »

Jean posa son menton dans ses mains et, appuyé sur ses coudes, il fixa d'un air concentré les reflets sur l'eau. Sur ses pupilles encore dilatées, l'étang crépitait. Rémi repartit vers le tracteur, traversant les andins de souches et de branchages de la coupe rase. Les oiseaux commençaient à y nicher. Des trous de renards et de blaireaux étaient visibles par endroits. La vie reprenait sur les monticules dressés par les lames des bulldozers.

Jean marchait devant le Massey et Rémi conduisait entre les arbres, baissant la tête sous les branches. Ils commencèrent par les premiers tas du chantier d'élagage, sur le versant ouest. La fourche du tracteur n'était pas très large, mais elle suffit à soulever rapidement les tas. Rémi connaissait bien cette machine, c'était tout ce qui restait du matériel de la ferme Parrot. Et c'était sous la prise de force de cet engin-là qu'il avait attendu, incapable d'appeler à l'aide à cause des os brisés de sa mâchoire et de son visage. Il avait récupéré le tracteur quand la ferme avait été démantelée. Son père l'avait remisé dans une grange et laissé pourrir, après l'accident. Rémi l'avait exhumé, réparé et entretenu.

Il bloqua la pédale du différentiel, lança le tracteur en vitesse rapide et enfonça les dents de la fourche dans les branches de chêne. Sous le premier tas, rien. Ils passèrent au suivant, puis au troisième, remontant systématiquement vers l'amont de la Maulde. Le tas suivant était au-delà de l'étang, sur la pente plus raide de la colline. Trois cents mètres plus haut se trouvait l'entrée creusée par les sangliers. Ils passèrent au dernier tas.

Les branches étaient appuyées contre ce qui aurait pu être, après que le temps et la végétation furent passés dessus, le remblai d'un fossé. Les quatre vieux cylindres du Massey grondèrent à nouveau, libérant les soixante chevaux à peine suffisants de la machine. S'il fallait monter plus haut vers les rochers, la pente, de plus en plus forte, rendrait le travail impossible. Le crépuscule touchait à sa fin, les phares du tracteur seraient bientôt trop faibles pour y voir clair.

Jean était en nage, brassant le bois, se jetant dans les tas avec rage à mesure que la nuit avançait et que l'espoir de trouver quelque chose diminuait.

Rémi fut propulsé en avant d'un seul coup. Son ventre heurta le volant, et il retomba sur le vieux siège métallique du Massey, souffle coupé. Son pied avait glissé de la pédale d'embrayage et le moteur avait calé. L'élan stoppé net par un obstacle sous les branches. Au bruit que les dents en acier avaient produit, ce n'était pas de la roche ; il y avait eu le son plus creux et mat d'une hache se plantant dans le bois.

Jean regarda Rémi. Le garde-chasse descendit du tracteur et ils se mirent à dégager à la main ce qu'il restait de branchages entassés. Jean alluma les deux grosses lampes électriques Wonder, les posa au sol, braquées sur leur travail, et les ombres des branches et de leurs silhouettes se mirent à courir sur le remblai.

Deux dents de la fourche étaient plantées dans un linteau en chêne enduit de Blackson. L'appareillage avait été taillé dans des traverses de chemin de fer, linteaux et montants. Le traitement au goudron et les sections massives avaient permis au bois de résister. L'assemblage commençait à souffrir du poids de la terre, mais il tenait encore. Il avait été dégagé récemment à coups de pelle et de pioche, emprunté puis recouvert par les branchages. Ils décidèrent de ne pas bouger le tracteur, les dents de la fourche en ressortant du bois pouvaient tout faire tomber. Au mieux, le tracteur pouvait maintenir le linteau en place.

Ils prirent chacun une lampe.

Jean se racla la gorge.

« Tu crois que c'est une bonne idée d'y aller tous les deux ?

– C'est à toi de voir. Vaut mieux que tu sois dehors si y'a un problème, ou qu'on soit ensemble dedans, si ça arrive ?

– Tonio dit toujours : quand tu pars de chez tes vieux, y'a que deux choses qui t'attendent, tes propres gosses et des potes. Bon, lui il habite toujours chez sa mère, et moi j'ai pas d'enfant. Je te suis.

– T'as repris du Subutex ?

– Y m'en restait plus, j'ai tapé dans tes cachetons. »

Jean prit une grande bouffée d'air et pénétra dans la galerie en agitant la lampe du sol au plafond.

Le premier boyau ressemblait à celui qu'ils avaient visité quelques jours plus tôt. La terre du sol était encore humide et collait à leurs chaussures, mais l'eau ne ruisselait plus.

« On aurait dû prendre ton chien.

– Laisse tomber, depuis qu'il est entré dans cette galerie, il se barre en courant devant un trou de taupe. Putain, je le comprends, c'est flippant ce truc. Dis, tu crois qu'on va trouver d'autres cadavres ? »

Rémi braqua sa lampe sur Jean.

« Arrête de déconner.

– Je déconne pas. »

Ils arrivèrent à une première bifurcation. La galerie se séparait en deux. Sur leur gauche, le passage était dégagé. Ils éclairèrent le sol. Des traces de pas, sur une zone de terre sèche de quelques mètres, étaient parfaitement lisibles. Deux pointures et des modèles différents. Entre les deux, des traînées. Un bruit les fit sursauter. Ils balayèrent le couloir de mine avec les lampes. Deux chauves-souris passèrent au-dessus de leurs têtes en un vol désordonné. Le couloir de droite était plus étroit, rétréci par des chutes de terre et de cailloux.

« Qu'est-ce qu'on fait ? »

Rémi s'accroupit devant le passage le plus étroit pour éclairer le plus loin possible.

« On sait ce qu'il y a au bout de ces traces. On va retourner vers la sortie des cochons et passer là où on a trouvé Philippe. Mais ici, il y a autre chose. »

Jean s'accroupit à son tour, éclaira les plafonds et les poutres à moitié rongées par la terre et ses habitants.

« Cette odeur, c'est pas un truc habituel.

– Tu vas souvent dans des vieilles mines ?

– C'est pas une odeur de terre. Il pourrait y avoir des poches d'eau croupie, et même des charognes de bestioles, mais c'est pas ça non plus.

– Il faut qu'on aille voir. »

Ils s'engagèrent à quatre pattes dans le passage, poussant les Wonder devant eux. Il leur fallut creuser sous une poutre écroulée pour passer, puis ramper encore une dizaine de minutes avant que le sol s'écarte à nouveau du plafond et qu'ils puissent progresser tête baissée. À chaque mètre parcouru, l'odeur était plus forte, au point de commencer à les rendre nauséeux.

« Ça devient insupportable. Depuis combien de temps on est là-dedans ? Ça me prend à la gorge. »

Rémi consulta son téléphone GPS. L'appareil ne recevait plus aucune donnée satellite.

« Je sais pas où on est, mais ça fait vingt-cinq minutes qu'on se traîne sous terre.

– Merde, ça s'agrandit. »

La galerie s'ouvrait de chaque côté à 45°, la voûte du plafond, sans être beaucoup plus haute que les galeries, s'élevait elle aussi. Assez pour que les bidons de deux cents litres puissent être stockés les uns sur les autres, sur deux niveaux.

Rémi fit un pas vers la grande salle. Jean le rattrapa par la manche et éclaira le sol. Une boue ocre rouge, parsemée de flaques aux reflets jaunes, s'étalait devant eux, suintant des dizaines de bidons empilés.

Sur quelques-uns des fûts métalliques oxydés, des lettres peintes au pochoir étaient encore déchiffrables : « Danger. Bio-Hazard ». Sur d'autres, un symbole de mise en garde : trois arcs de cercle noirs sur un fond jaune délavé.

« Putain, on se barre d'ici !

– Attends ! Éclaire avec les deux lampes ! »

Jean concentra les faisceaux sur les bidons. Rémi leva son téléphone portable et prit des photos.

« Magne-toi, si ça se trouve on est déjà morts ! »

Ils crapahutèrent sans plus penser aux tonnes de terre en équilibre au-dessus de leurs têtes. Ils coururent quand ils le pouvaient et ne respirèrent que quand il le fallait vraiment. Le trajet pour ressortir ne leur prit que dix minutes. Jean courut encore sur cinquante mètres après avoir retrouvé l'air libre et avant de s'écrouler dans l'herbe. Il crachait ses clopes et jurait.

Rémi le rejoignit, cassé en deux, mains sur les genoux.

« Faut qu'on se lave.

– Quoi ?

– Si c'est radioactif ou chimique, il faut qu'on se foute dans l'eau. Viens, dépêche-toi. »

Sans avoir retrouvé leur souffle, ils dévalèrent la pente jusqu'à l'étang et se jetèrent à l'eau tout habillés.

Jean se frottait le visage, avalait de l'eau boueuse et se gargarisait. La lune encore volumineuse éclairait le vallon, se réfléchissait sur l'étang et les vaguelettes que les deux hommes poussaient autour d'eux, s'arrosant, plongeant, arrachant leurs vêtements et frottant leur peau.

« Qu'est-ce qu'y a ? Qu'est-ce qui t'arrive ? »

Rémi s'était immobilisé, de l'eau jusqu'à la taille, regardant dans ses mains jointes une petite flaque blanche comme la lune.

« Rémi ? Oh ! »

Il laissa l'eau glisser entre ses doigts, se tourna vers l'amont du Val et l'ancienne mine, juste au-dessus du plan d'eau.

Jean suivit son regard et sa mâchoire tomba lentement.

« Putain de merde. »

Ils ressortirent de l'eau aussi vite qu'ils y étaient entrés.

« J'ai des fringues dans le Lada. Je remets pas ces nippes !

– On peut pas partir comme ça.

– Quoi ?

– On peut pas laisser la mine ouverte, faut refermer.

– Merde, merde, merde ! »

Ils travaillèrent à poil et il ne leur fallut pas longtemps : quand Rémi recula le tracteur, la fourche plantée dans le linteau arracha la traverse et les deux premiers mètres de la galerie s'effondrèrent. Ils repoussèrent les branches le plus vite possible, jusqu'à ce qu'ils soient certains que l'entrée était bien obstruée, puis ils firent demi-tour. Jean galopa le cul à l'air dans les phares du Massey. Rémi, accroché au volant du tracteur sans amortisseurs, rebondissait sur le vieux siège à la moindre taupinière. Il sauta à terre une fois la voiture de Jean en vue, retira les clefs du contact et abandonna le vieux tacot pour finir à pied. Jean lui jeta un T-shirt troué et des cuissardes de pêche à bretelles, puis s'installa au volant dans une salopette de charpentier. Il démarra.

« On va à la Croix-Bleue.

– Non, on va chez Tixier, directement. Il nous amènera à la clinique, mais faut d'abord qu'on fasse le point avec lui. Faut pas que ça s'apprenne.

– Je m'en fous, je veux voir un toubib. »

Jean démarra et décida que si sa voiture devait mourir un jour, c'était le bon.

La maison de Tixier était la plus grosse du quartier de la Lune, posée sur une butte artificielle au-dessus de la ville, entourée d'un jardin qui tournait au parc. Du portail, on n'en voyait que les toitures en bac acier. Un architecte parisien avait dessiné cette villa contemporaine dont on se demandait comment Tixier avait obtenu le permis de construire, au milieu du quartier historique des tanneurs et les villas XIXe dont certaines étaient classées. Tixier avait donc pris soin de faire monter un mur et de planter des arbres autour, pour rester discret. Rémi laissa son doigt appuyé sur l'interphone jusqu'à ce que le toubib réponde.

« Qui est-ce ?

– Docteur Tixier ? Rémi Parrot. J'ai un problème, c'est urgent. Ouvrez, s'il vous plaît ! »

La vibration de la serrure électrique suivit aussitôt. Jean et Rémi se précipitèrent dans l'allée du jardin et coururent jusqu'à la maison. Debout en peignoir sur la terrasse en teck du patio, Tixier écarquilla les yeux en voyant les deux hommes.

« Qu'est-ce qui vous arrive ?

– Je crois qu'on a été irradiés.

– Quoi ?

– Des produits chimiques, ou des trucs radioactifs. »

Tixier ne posa pas d'autres questions et les fit entrer.

Ils se débarrassèrent de leurs vêtements pendant que Tixier s'éloignait, avant de revenir avec une sacoche noire. Sa femme fit une apparition dans le salon, sortie du lit elle aussi. Elle resserra sa robe de chambre sur ses hanches et repartit aussitôt, croisant son mari qui traversait la pièce au pas de charge. Il ouvrit sa mallette et commença par en sortir une paire de lunettes de vue.

« Est-ce que l'un de vous a été exposé plus longtemps ? »

Ils secouèrent la tête.

« O.K. Rémi, allonge-toi sur le canapé. »

Tixier commença à l'examiner.

« Racontez-moi ce qui s'est passé.

– On a trouvé une ancienne mine et un stock de bidons marqués de symboles radioactifs. Les bidons fuyaient, un liquide en sortait.

– Vous êtes restés combien de temps ?

– Deux minutes, à peu près, juste à côté. Ensuite, on est repartis en courant.

– À quelle distance ?

– Je sais pas. »

Jean avait les mains croisées sur son sexe, planté au milieu du salon plein d'œuvres d'art.

« Dix mètres, pas beaucoup moins, mais pas plus.

– C'était il y a combien de temps ?

– Le temps de revenir ici, une heure et demie, peut-être deux. On s'est aussi jetés à l'eau dans l'étang, pour se rincer.

– Bien. Est-ce que vous avez des nausées ? Douleurs abdominales ? »

Ils secouèrent tous les deux la tête.

« Il n'y a pas de brûlures. Ce qui veut simplement dire pour l'instant que l'irradiation n'était pas violente. Mais elle peut tout de même être forte. Des douleurs ou des échauffements au niveau des gonades ? »

Jean regarda ses mains croisées sur son entrejambe.

« Non.

– Rémi ?

– Non plus.

– Ton visage ? Est-ce que tu sens une brûlure sur les cicatrices ?

– Non. »

Le médecin ausculta Jean à son tour et conclut.

« Rien d'immédiat. Mais il faut aller à la clinique faire une prise de sang et une mesure des globules blancs. Le résultat nous donnera une idée du niveau d'irradiation. Vous êtes sûrs de ce que vous avez vu ?

– Certain.

– C'est cette mine où on a retrouvé le cadavre de l'agent de l'ONF ? »

Rémi acquiesça.

« Qu'est-ce que vous foutiez là-bas ? Il va falloir que je prévienne les autorités. S'il y a des déchets radioactifs enterrés, c'est un très gros problème. Il faudra savoir ce que c'est et obtenir un diagnostic précis. Vous êtes complètement inconscients ou quoi ? »

Tixier dit à l'équipe de nuit de la clinique d'aller voir ailleurs s'il y était. Il installa Jean et Rémi dans une salle de soins et leur tira chacun deux tubes de sang.

« Vous attendez ici. Je n'en ai pas pour longtemps. Si vous commencez à vomir ou avoir mal, vous gueulez jusqu'à ce que quelqu'un arrive. »

Il leur donna à chacun un comprimé d'iode alimentaire.

« On sait toujours pas si ça sert à quelque chose, mais c'est la procédure. L'iodure de potassium peut prévenir la fixation de l'iode 131 – celui-là est radioactif – sur la thyroïde. Pour les leucémies, désolé, je peux rien faire pour vous. Bande d'abrutis.

– Docteur, j'ai perdu ma codéine quand j'ai jeté mes vêtements.

– Je t'en apporte. Ne bougez pas. »

Le vieux chirurgien avait enfilé une blouse par-dessus son peignoir, il détala dans les couloirs de la clinique en glissant sur ses chaussons en cuir.

Jean et Rémi attendirent un quart d'heure en silence.

Tixier revint un peu calmé.

« Bon, vous avez été exposés. Vous avez tous les deux une chute de globules blancs, mais pas énorme. Vous êtes bien en dessous du seuil d'irréversibilité.

– Ça veut dire quoi ?

– Que vous allez sans doute être fatigués et avoir un peu de mal à digérer dans les prochains jours, et qu'il va falloir vous suivre de près. Vous n'avez pas la moindre idée de ce qu'il y avait dans ces bidons ? »

Jean était pâle, un peu rassuré, et avait sans doute besoin d'un verre. La redescente avait été violente.

« Ça puait et il y avait un jus orange, c'est tout ce qu'on peut dire. »

Tixier le regarda, un sourcil levé.

« Dites, jeune homme, je n'ai pas pris le temps de faire des analyses plus poussées, mais il semble qu'il y ait dans votre sang un paquet d'autres choses pour remplacer les globules manquants. Vous voulez qu'on en parle ?

– Pas spécialement.

– Ouais. Vous risquez de sentir un peu plus d'effets que Rémi, vu votre état de santé général. Vous restez tous les deux ici pour le reste de la nuit, et pas question d'aller boire un verre pour vous remettre, compris ? Je vais appeler une infirmière et vous faire préparer une chambre.

– Docteur ?

– Oui ? »

Rémi se leva.

« Est-ce que vous pouvez attendre demain, avant de prévenir quelqu'un ? »

Tixier regarda Rémi dans les yeux.

« C'est important ?

– Je ne sais pas encore.

– Monsieur Carnet, pourriez-vous sortir un moment, s'il vous plaît. Il faut que je parle avec Rémi. »

Jean s'exécuta, jetant un regard à Rémi avant de refermer la porte.

Le chirurgien tourna sur ses talons et fit face au garde-chasse.

« Il y a quelque chose dont il faut que je te parle. À propos de Michèle Messenet.

– Michèle ?

– Elle est venue à la clinique cet après-midi.

– Pour son père, oui.

– Pas seulement. Le commandant Vanberten lui a demandé des examens, dans le cadre de l'enquête sur la mort de son frère.

– Des examens ?

– Traces de spermatozoïdes. »

Rémi sentit le sang gaver son visage, se masser dans les cicatrices et faire naître la douleur.

« Vanberten a aussi demandé un échantillon de ton sang, pour des comparaisons ADN.

– Je comprends.

– Moi aussi. Ça signifie qu'il te soupçonne de quelque chose, et que Michèle est ton alibi.

– Et alors ?

– Alors je voulais te le dire, c'est tout. Je garde ton sang pour les analyses de Vanberten. Et le test de Michèle est positif. Je voudrais que tu me le dises, maintenant. Est-ce que c'est toi ?

– Moi quoi ?

– Pas qui as tué Didier ! Si c'est toi qui as couché avec Michèle.

– Ouais, c'est moi. De toute façon c'est la même question, non ?

– Non. Je te demande pas si tu as tué quelqu'un, je te demande si tu as couché avec quelqu'un. J'ai ton prélèvement, pour les analyses génétiques ça ne se fera pas ici. Tu as vingt-quatre heures devant toi avant les résultats.

– Pourquoi vous me dites ça ?

– Parce que même si tu avais tué quelqu'un, je te laisserais vingt-quatre heures pour choisir ce que tu veux faire.

– Pour l'instant, la seule chose dont j'ai besoin, c'est d'un peu de temps avant demain matin.

– Bien. Je ne préviens personne avant demain. Si tu as besoin, il y aura un téléphone dans la chambre. »

Le chirurgien s'arrêta, la main sur la poignée de la porte.

« Fais ce que tu as à faire, Rémi, je te fais confiance pour prendre la bonne décision. »

Une infirmière les conduisit jusqu'à une chambre du deuxième étage de la clinique. Deux lits, une télé au mur, une salle de bains et une odeur de linoléum récuré à la Javel. La grande fenêtre, impossible à ouvrir, donnait sur R. Il était minuit passé. Les deux hommes se plantèrent devant les vitres, debout dans leurs blouses pastel. Ils contemplèrent les veines de la petite agglomération chichement éclairée. La clinique était silencieuse. Seul un néon vibrait au plafond de la chambre. Derrière les vitres, la ville semblait couchée dans la vallée comme une bête malade, yeux mi-clos et résignée.

Rémi parla lentement, retenant sa voix.

« Cette fois, tout va s'effondrer. Il ne va plus rien rester de cette ville. Les Courbier sont finis. Chez les Messenet, il ne reste plus que Michèle. Quand ils vont se réveiller demain, tous, là en bas, plus rien ne tiendra debout.

– C'est ce que tu voulais.

– J'en sais rien. Le père Messenet est sous nos pieds, dans un frigo de la clinique. On n'est pas passés loin d'y finir aussi. »

Jean appuya son front à la vitre.

« Qu'est-ce que ça veut dire cette histoire de déchets ?

– Que l'argent des Courbier et de Messenet vient de là. Marquais a vendu les terres du Val aux Courbier, une partie. Les autres, dans tout le secteur, appartenaient aux Messenet. Ils se sont associés. En 83. UraFrance a dû les payer une fortune pour enterrer ces merdes sous terre. Ils ont rebouché les galeries et empoché l'argent. Les fortunes des deux familles et celle de Marquais ont commencé de cette façon. Et ils allaient remettre ça : construire sur les mêmes terrains, sur les fûts pourris enterrés il y a trente ans. »

Jean se redressa.

« Je regrette rien. On a fait d'abord ça pour Philippe. Après ce qu'on a trouvé cette nuit, on a eu plus que raison. La seule chose, maintenant, c'est de pas se faire coincer. Faut qu'on mette tout au clair entre nous, parce que demain ça va devenir l'histoire des flics. On va se retrouver dans le collimateur.

– Je veux pas que tu tombes à cause de moi. Si ça dérape, je prends tout sur moi.

– Dis pas de conneries, tu m'as obligé à rien.

– Alors il y a encore quelque chose que tu peux faire, le plus vite possible. Si demain on est assez en forme. Comment tu te sens ?

– Il me faudrait une clope, une bière et une bouteille de Vodka, sinon ça va. Qu'est-ce qu'il faut que je fasse ?

– Il faut qu'on coupe les fils. Faut retrouver la copine de Philippe.

– Aurélie ?

– Vanberten doit pas savoir que j'ai eu les documents, ni que je te les ai montrés. Je me suis arrangé avec Monneix, mais il faudra bien qu'il explique comment il s'est retrouvé avec les documents. Il faut qu'Aurélie raconte une autre histoire aux flics. Elle vient des Puys, tu pourrais la retrouver ?

– Doit bien y avoir quelqu'un chez Nature et Forêts qui sait où elle est.

– Tu peux leur demander ça ?

– Y'a un mec chez eux, Fred, qu'est un vieux pote. On tournait à l'héro ensemble. Il me dira.

– Faut que j'appelle Michèle. Il vaut mieux qu'elle soit prévenue, que ça lui retombe pas dessus. »

Jean se tourna vers Rémi.

« Tu crois que c'est ce qu'elle voulait, elle ? Voir cette ville foutue en l'air ?

– Son problème, c'est que sa vie va être bousillée en même temps.

– Pas la tienne ?

– Ça n'a pas la même importance. »

Michèle arriva à la clinique à 2 heures du matin.

Jean s'absenta en prétextant qu'il allait tailler une bavette avec les infirmières de garde, essayer de dégoter une cigarette, une armoire à pharmacie mal fermée.

Rémi, assis sur le bord de son lit, ne parvint pas à sourire lorsqu'elle entra.

« Qu'est-ce qui s'est passé ? Qu'est-ce que vous faites ici ?

– Assieds-toi.

– J'ai pas envie de rester ici, j'y ai déjà passé la moitié de la journée.

– Je sais. Tu as eu mon message ?

– T'en as rien à foutre de mon père. Et je peux pas dire que ça me fasse grand-chose non plus. Comme on dit, au moins il ne souffre plus.

– Je pensais surtout à ton frère. »

Michèle passa dans la salle de bains, fit couler de l'eau dans un verre à dents et alluma une Camel. Rémi l'observa sans trop insister, sachant qu'elle ne supportait pas ça. Quoi qu'elle en dise, elle avait une sale tête. Son élocution et son haleine disaient qu'elle n'avait pas beaucoup lâché sa bouteille de whisky. Il s'inquiéta de savoir si elle n'avait pas pris autre chose.

« Tixier m'a dit pour les examens et pour Vanberten.

– Tu me remercieras plus tard. »

Elle s'était plantée à son tour devant la fenêtre, la cigarette aux lèvres et le verre à la main.

« Merci d'être venue en tout cas.

– Laisse tomber. Qu'est-ce qui se passe ? Je suis fatiguée. »

Rémi lui raconta ce qu'ils avaient découvert. Elle s'assit finalement sur l'autre lit pour écouter. Elle resta silencieuse un moment lorsqu'il eut terminé son récit. Une infirmière frappa à la porte et entra. Elle prit la tension de Rémi, demanda s'il se sentait bien, vérifia qu'aucune brûlure n'était apparue et les laissa seuls, précisant que Jean allait bien lui aussi, et qu'il avait montré ses tatouages à l'équipe de nuit. Avant de refermer la porte, la jeune femme rappela gentiment qu'il était interdit de fumer dans la clinique.

Michèle ralluma aussitôt une cigarette.

« Vous auriez pu crever dans cette mine.

– Si on avait su, on y aurait pas mis les pieds.

– Qu'est-ce que vous cherchiez exactement ?

– Tu le sais. Des indices, quelque chose pour aider à trouver les...

– Arrête de te foutre de moi. Tu cherchais de quoi faire tomber ma famille et celle des Courbier.

– Si c'est ce que tu veux croire... C'est tout ce que ça te fait, de savoir que ton père et ton frère ont fait un truc pareil ?

– Il n'y a plus qu'une seule chose qui me lie à eux : l'héritage de cette putain de famille. Quand je l'aurai refusé, je prendrai peut-être le temps de pleurer, quand je saurai que je n'aurai plus rien à voir avec eux. Tu sais avec qui j'étais, ce soir ? »

Rémi ne prit pas la peine de répondre.

« Avec Thierry.

– Qu'est-ce qu'il voulait ?

– Tu penses que c'est lui qui est venu ? Que ce n'est pas moi qui l'ai appelé ?

– Il avait peut-être besoin d'un alibi, lui aussi. »

Michèle éclata de rire.

« Il faudra qu'il s'en trouve un autre. Même si c'est pas l'envie qui lui manque.

– Il a toujours été amoureux de toi, tu ne m'apprends rien. Qu'est-ce qu'il voulait ?

– La même chose qu'au Styx le soir où tu as débarqué. M'épouser.

– Quoi ?

– Il rêve d'un mariage royal. Les deux grandes familles enfin réunies. »

Rémi prit la boîte de codéine sur la table de nuit, se leva, fit couler l'eau du lavabo, avala un cachet et s'arrosa le visage. Il se sentait nauséeux, sans savoir ce qui lui tordait le bide, des radiations ou de la haine.

« Qu'est-ce que tu lui as dit ? »

Il avait posé la question depuis la salle d'eau, espérant que la distance maquillerait sa voix. Il y eut dans le ton de Michèle une note d'amusement.

« Ne t'inquiète pas, je lui ai dit de rentrer chez lui. Ce petit con ne sait même pas que j'ai vu les papiers et que son affaire immobilière va tomber à l'eau. Il est venu pour me sauver, figure-toi. »

Rémi sortit de la salle de bains, cachant son visage trempé derrière une serviette.

« Te sauver ?

– L'héritage de ma famille, malgré tout ce qu'on doit raconter dans les chaumières en ce moment, c'est une montagne de dettes. Mon frère était nul, question argent. C'était un bosseur, mais il savait pas faire une soustraction. L'élevage, les investissements, les employés, il avait quasiment coulé le Gaec. Il vivait aux crochets des emprunts et des subventions. Quand Courbier m'a dit ça, j'ai compris pourquoi ils avaient lancé le projet du Val. C'était pour se refaire. »

Rémi s'assit plus près d'elle, de l'autre côté du lit. Il prit le paquet de Camel et le briquet, alluma une blonde et tira dessus.

« La dernière fois que je t'ai vu fumer, c'était au bois de la Lune. On devait avoir quinze ans.

– Ouais. Ça m'arrive encore parfois.

– Pour les grandes occasions ?

– Quand je pense à toi. »

Michèle laissa tomber un petit morceau de sa carapace, le temps de rendre son sourire à Rémi. Puis elle baissa la tête, inspecta ses ongles déjà rongés et se mit à mordiller son index. Endeuillée, sous un néon et avec une gueule de bois, épuisée et inquiète, elle était toujours belle. Elle le laissa regarder. Rémi fut certain qu'ils pensaient à la même chose. Il chassa les souvenirs de leur étreinte et jeta le mégot au fond du verre.

« Ils ont fait leur premier coup au Val en 83. Ils voulaient recommencer trente ans plus tard. Comment il a pris ton refus ?

– Thierry n'entend même pas quand on lui dit non. Qu'est-ce que tu vas faire demain ?

– Pas demain, maintenant. Je vais appeler Monneix. Il vaut mieux pour tout le monde qu'il s'en charge.

– Comment tu vas te couvrir ?

– Me couvrir ?

– Les papiers de Philippe.

– Je m'en occupe. Mais je voulais te prévenir avant. Vanberten va pas lâcher facilement.

– Je n'ai rien à cacher.

– Moi non plus. »

Elle sourit à nouveau, se leva, remit cigarettes et briquet dans son sac à main et sortit.

18

Vanberten,
Rémi Parrot,
dernier interrogatoire

« Les examens de mademoiselle Messenet et l'analyse ADN ont prouvé que vous aviez eu des rapports sexuels. Il y a une marge d'erreur, cependant, qui laisse un doute. Il n'est pas possible de déterminer avec précision l'heure de ces rapports. Ils peuvent avoir eu lieu un peu après la mort de Didier Messenet, que nous pouvons dater avec plus de précision. Le frère de Michèle est mort entre minuit et 1 heure du matin, dans la nuit du samedi au dimanche. La marge d'erreur des examens est de cinq ou six heures.

– Nous avons passé la nuit ensemble.

– C'est entendu. Vos témoignages se tiennent. Passons à la suite.

– Vous avez l'air fatigué.

– C'est une habitude, ne vous inquiétez pas. Vingt-quatre heures après la découverte du corps de Didier Messenet ?

– Le lundi ? Le jour où nous avons trouvé les fûts ?

– Oui.

– Nous avons déjà parlé de ça, commandant, quand je suis sorti de la clinique avec Jean.

– Oui, vous êtes venus à la gendarmerie pour nous dire tout ça. Le docteur Tixier m'a confirmé depuis que vous n'aviez pas été gravement exposé. Vous avez eu de la chance. Les restes de monsieur Mazenas, exposés pendant beaucoup plus longtemps, et malgré une distance plus grande des fûts, présentent un taux d'irradiation important. Les spéléologues eux-mêmes, qui ont participé aux recherches, sont plus gravement contaminés que vous et monsieur Carnet.

– C'était une connerie, mais on ne savait pas ce qu'on allait trouver.

– Vous avez trouvé un scandale qui va bien au-delà de ce dont cette région a l'habitude. La liste de mises en examen s'allonge à chaque heure qui passe. À vrai dire, l'incendie de la TechBois n'intéresse plus grand monde, à part vous et moi.

– Vous croyez que ça m'intéresse ?

– Peut-être pas autant que moi, admettons. Donc, quand vous êtes venu me voir à propos de votre découverte, vous ne saviez rien d'autre au sujet du projet du Val, c'est bien ça ?

– C'est ça.

– Christophe Monneix, correspondant local, a révélé toute l'affaire à la suite de votre expédition nocturne au Val avec monsieur Carnet. Aucun lien entre ces deux événements ? Qui se sont suivis avec une rapidité étonnante…

– Monneix a expliqué qu'il était en possession de documents depuis un certain temps, qu'il faisait des recherches et que l'annonce de la découverte des fûts d'UraFrance l'avait obligé à tout révéler. Il a tout dit, je n'ai pas besoin de vous l'expliquer, si ?

– Non, je connais l'histoire. La petite amie de Mazenas, Aurélie Brisson, a posté les documents à Monneix après la disparition de son ami. Une précaution qu'il avait prise. Elle est venue déposer ici, confirmant les dires de monsieur Monneix. La question qui reste en suspens consiste à savoir comment monsieur Mazenas a eu accès à ces documents. Avez-vous votre idée là-dessus ?

– Pas du tout. Mais avec une association entre les Courbier et les Messenet, on peut s'attendre à tout. Peut-être que l'un des deux a voulu faire tomber l'autre ?

– En étant associés ?

– Il ne faut pas sous-estimer ces gens.

– Philippe Mazenas est mort, ainsi que Didier Messenet. Le fils Courbier est en fuite et son père refuse catégoriquement d'ouvrir la bouche.

– Il crèvera sans rien dire, vous pouvez en être certain. Vous devriez cuisiner Marquais. Si vous lui laissez une chance de s'en tirer à moindre coût, il enverra tout le monde à l'échafaud.

– Il ne reste pas grand monde.

– Il y a des morts qui méritent d'être condamnés.

– Il n'y aura sans doute pas beaucoup d'autres choix.

– Je vais pas verser de larmes.

– Tout comme mademoiselle Messenet. Auriez-vous la plus petite idée de l'endroit où Thierry Courbier pourrait se cacher ?

– Aucune.

– Hier après-midi, vous êtes rentré seul de l'enterrement, c'est bien ça ?

– Oui.

– Et mademoiselle Messenet vous a rejoint. Le premier coup de feu, d'après elle, s'est produit aux alentours de 23 heures. Quand avez-vous riposté ?

– Après trois ou quatre tirs, je crois.

– Avec votre Smith et Wesson .38, votre arme de service ?

– Oui.

– Pouvez-vous me dire ce qui s'est passé exactement ?

– Michèle venait d'arriver, j'ai été lui ouvrir et le premier coup de feu a fait exploser la vitre de la porte. Je l'ai tirée à l'intérieur, j'ai éteint les lumières et j'ai riposté. Il y avait de la lune, mais je n'ai vu personne dehors, alors j'ai appelé.

– Vous avez appelé qui ?

– Thierry.

– Vous étiez sûr que c'était lui ?

– Après les journaux qui ont tout balancé, oui. Je savais comme tout le monde qu'il avait pris la fuite. Donc oui, c'est ce que j'ai pensé.

– Mais vous ne l'avez pas vu ?

– Non, j'ai entendu une voiture démarrer, rien d'autre.

– Nous avons retrouvé plusieurs types de balles dans les murs de votre maison, sur les neuf tirs différents. Pensez-vous qu'il s'agissait de deux tireurs et deux armes différentes, ou bien un seul tireur qui aurait eu deux armes ?

– Vu la cadence des tirs, pas très rapprochés, les deux sont possibles. Deux tireurs qui ne voulaient pas qu'on sache qu'ils étaient deux, ou bien un seul. J'ai pas fait attention aux détonations, si elles étaient différentes, alternées ou à la suite.

– Mademoiselle Messenet pense qu'il y avait deux tireurs.

– Je n'en suis pas sûr.

– S'ils étaient deux, que l'un était bien Thierry Courbier, qui pourrait être le second à votre avis ?

– Aucune idée.

– Monsieur Parrot, je crois que je n'ai plus de questions à vous poser. Pour l'instant en tout cas. Mais il y a une ou deux remarques que j'aimerais faire, si vous n'y voyez pas d'inconvénient. Je vais arrêter l'enregistrement, cela ne regardera que nous.

– Allez-y.

– Vous et mademoiselle Messenet m'avez autant menti qu'ouvert les yeux sur ce qui se passait ici. Comme pour presque tous ceux qui ont été interrogés, vos réponses semblent éclairer des situations tout en les plongeant dans une nouvelle couche de brouillard où la vérité se perd plus sûrement. J'ai questionné des personnes soupçonnées de crimes qu'elles n'avaient pas commis, comme les membres de la famille Valentine ou les militants de Nature et Forêts, alors qu'ils sont sans aucun doute responsables d'autres choses dont nous n'entendrons jamais parler. Je n'ai jamais vu autant de mensonges et d'ennemis se serrer ainsi les coudes. À tel point qu'il devient absurde et impossible de faire la différence entre les bonnes et les mauvaises intentions. Aurélie Brisson a menti. Christophe Monneix aussi. Votre ami Jean, Édouard Rhomier. Parmi mes hommes, certains ne sont pas non plus hors de cause. Philippe Mazenas lui-même, l'ami pour lequel vous avez pris fait et cause, est sans doute mort d'avoir sacrifié son combat à des rancœurs plus personnelles. Je soupçonne même le docteur Tixier, qui ne cache pas son affection pour vous, de ne pas tout me dire. Dans ce pays, sous la coupe de deux familles corrompues, plutôt que de refuser leur jeu, la population s'en est fait un modèle. Je suis écœuré. Et avant que vous quittiez cette pièce, monsieur Parrot, je voudrais vous parler de mademoiselle Messenet, et de vous-même. Avec le peu de recul que j'ai, je crois tout de même qu'elle est la personne à qui ces événements profitent le plus. Je ne parle pas d'argent, les intérêts ici dépassent souvent cette simple question, et je sais qu'elle a l'intention de refuser son héritage. Mais son retour paisible n'est qu'une fraude, je sais que vous n'y croyez pas non plus. Quant à vous, votre neutralité ne résiste pas mieux à l'examen. L'accident dont vous avez été victime aurait pu, malgré tout, être une chance. Au lieu de travailler à la ferme familiale, il vous a permis de changer de vie et d'échapper à une autre que vous vouliez fuir, comme votre amie. Ensuite, vous auriez pu apprendre ce qu'il en coûte de jouer le même jeu que vos ennemis : le mensonge, la duplicité, et finalement l'isolement et la méfiance. Vos amitiés sont scellées par la complicité, vos sentiments tachés de doutes. À propos de ces sentiments, puisque Michèle et vous m'avez raconté cette belle histoire, je suis encore plus déçu. Il y a entre vous de l'amour, c'est un fait, mais mesurez-vous à quel point il est rongé par vos intérêts, à quel point vous vous servez l'un de l'autre ? Non, je crois que vous ne le voyez pas. C'est sans doute cette naïveté qui vous sauve. Vous n'êtes peut-être pas totalement perdu. Pourtant, si cela peut vous ouvrir les yeux, réfléchissez à ceci : vous méritez plus que d'autres l'alibi que vous a offert Michèle Messenet. Même si sans ce témoignage je ne vous crois pas coupable de la mort de Didier Messenet, posez-vous la question : en vous offrant cet alibi, n'est-ce pas plutôt Michèle qui s'en est offert un ? Vous l'avez dit, Rémi : il ne faut pas sous-estimer ces gens. »

Rémi se leva.

« Vous avez tort de ne pas croire à l'amour, commandant. Vous pourriez envisager les choses d'une autre façon.

– Laquelle, je vous prie ?

– Michèle est partie en espérant que je la suive, même si elle ne l'avoue pas. Mais si elle était revenue pour me sauver, moi, vous croyez que j'aurais dû l'en empêcher ? »

Vanberten baissa la tête sur ses papiers.

« Au revoir, monsieur Parrot. »

19

Vingt ans après, double enterrement, fusillade de la fuste

Le cimetière était coupé en deux par l'ombre de la colline de l'Horloge ; une ligne transversale qui descendait jusqu'à la vallée de la Maulde et l'ancienne ligne de chemin de fer. Le cortège, parti de la ferme Messenet, avait ralenti en entrant en ville, passé le pont Neuf et suivi le quai des Îles au pas, dépassé le dernier bistrot et la caserne des pompiers avant de se garer devant les grilles.

Deux corbillards, trois voitures de famille et de proches. Devant le cimetière, d'autres voitures attendaient, ainsi qu'un petit attroupement d'habitants de R. : beaucoup de vieux, quelques journalistes. Christophe Monneix se tenait à l'écart, de l'autre côté de la route, assis sur un banc, son carnet de notes à la main. Plus loin encore, garé sur le bas-côté, Rémi Parrot observait depuis l'intérieur de sa voiture l'arrivée du convoi silencieux.

Des employés du Gaec chargèrent sur leurs épaules les cercueils de leurs deux anciens patrons. Le curé ouvrit la marche, suivi de près par le maire et quelques conseillers municipaux. Michèle au bras d'un vieil oncle. Ralenti par la montée du cimetière, le cortège progressait à la vitesse du soleil gagnant sur les tombes.

Rémi descendit de voiture et marcha jusqu'aux grilles.

Monneix était resté assis, il passa devant lui sans saluer. Le journaliste fumait une cigarette, penché sur ses notes, un sourire aux lèvres.

Depuis ce matin, l'affaire du Val faisait la une. Le député Marquais n'avait pas fait le déplacement pour l'enterrement des deux plus gros éleveurs de la région, membres influents de la FNSEA dont il dirigeait l'antenne interrégionale. Marquais se planquait chez lui, tout comme Paul Courbier. Thierry Courbier était introuvable ; les flics avaient lancé un avis de recherche. Son vieux n'avait pas desserré les dents.

Les funérailles, qui auraient dû attirer la moitié de la ville et des campagnes alentour, ne réunissaient que quelques dizaines de personnes parmi les plus fidèles, les plus curieuses ou celles qui n'avaient rien à se reprocher. Rémi était même surpris qu'il subsistât huit employés des Messenet pour porter les cercueils. Personne ne savait ce que la nouvelle patronne, la fille Messenet, plus connue pour ses frasques dans les bistrots que pour son engouement pour les vaches, allait faire de l'exploitation.

Les maquignons et les autres éleveurs lorgnaient déjà le bétail et les centaines d'hectares. Une guerre de rachats sans précédent allait faire rage.

Rémi entra dans le cimetière et emprunta une allée perpendiculaire jusqu'à un petit caveau mal entretenu. Sa sœur passait de temps en temps, lui presque jamais. « Famille Parrot », en lettres gravées sur la stèle. Les deux grands-parents, les deux parents et, sur la concession, la place pour deux autres tombes. La dalle de granit perdait petit à petit de son lustre ; trois pieds de fleurs en pot s'étaient desséchés au soleil.

Son portable vibra dans sa poche. Il en tira l'appareil et lut le message de Jean : « Tout bon. Condoléances à Michèle. Retour ce soir. »

Il avait retrouvé la fille.

Rémi éteignit le téléphone et appuya sa hanche à la stèle familiale, les yeux sur la cérémonie à l'autre bout du cimetière. Le curé lisait un passage de la bible devant un parterre de têtes baissées et de mains jointes. Le maire, très digne, regardait au ciel en se récitant son discours. Soutien des Messenet, politiquement opposé à Marquais, il faisait peut-être aussi le compte de ses amis, soutiens et petites compromissions en espérant que l'addition ne l'entraînerait pas dans le torrent de boue qui commençait à se déverser sur la ville.

Rémi fut presque gêné de constater à quel point Didier Messenet n'avait pas d'amis ; à part quelques employés, sa sœur et lui-même, il n'y avait personne de son âge. Sa sœur qui ne pleurait pas.

Aux premiers coups de pelles, Rémi s'éloigna de la tombe de ses parents et quitta les lieux. Monneix avait disparu.

Les Courbier possédaient une maison en ville. C'était la mère qui l'avait voulu. La femme de Paul Courbier, avec l'argent, avait voulu être autre chose qu'une paysanne et elle avait demandé à son mari de lui construire une vraie maison. C'était là que Thierry vivait, préférant comme sa mère la ville à la ferme. Le vieux Paul n'avait jamais aimé cet endroit, une monstruosité de nouveaux riches, une sorte de mégapavillon aux enduits saumon. Rémi passa devant, mais sans y croire. Le vieux ne pouvait être que dans sa ferme. Il ralentit devant la villa aux décorations rococo, aux pelouses parsemées de fleurs et de petits moulins à vent. Tous les volets étaient fermés. Quand il était ado, les fêtes chez Thierry étaient les plus réputées, les plus difficiles d'accès et les plus bruyantes. Des tas de filles du lycée avaient fini nues, balancées dans la piscine ou à tailler des pipes à Thierry et ses potes au milieu des nains de jardin. Rémi, bien sûr, n'y avait jamais mis les pieds.

Lorsqu'il repéra la voiture banalisée et les deux flics en planque devant la maison, il appuya sur l'accélérateur et reprit sa route.

La ferme Courbier était à la sortie du bourg de Sainte-Feyre, sur un petit promontoire qui dominait le village. Les bâtiments anciens étaient restaurés à neuf et la propriété bien entretenue. Sous un hangar, une collection de vieux tracteurs repeints, toute la lignée des machines de la famille depuis les années 50. La ferme ressemblait plus à un musée qu'à un lieu de travail. La reconversion à l'exploitation forestière, dans les années 80, l'avait changée en lieu d'habitation. Les toitures en petites tuiles rouges, les façades jointées et un goût encore douteux pour les décorations florales. Dans des pneus de tracteurs poussaient des bouquets de géraniums, quelques pensées et des lys.

Deux gendarmes de Gentioux s'ennuyaient ferme dans une fourgonnette garée devant le portail de la grande cour.

Rémi arrêta le 4x4 de l'Office à leur hauteur et baissa sa vitre. Il reconnut le brigadier du Val, qui était également là le jour du sabotage des abatteuses. Sa babine de sagouin évoquait une plage oubliée, où sous des palmiers dormaient des bienheureux abrutis de soleil.

« Le vieux est là ?

– Qu'est-ce que vous voulez ?

– Le voir.

– À quel sujet ?

– Je crois pas que ça vous regarde.

– Il est en résidence surveillée, il faut une autorisation pour le voir. Sauf si vous êtes son avocat.

– L'ONCFS a aussi des questions à lui poser. Appelez Vanberten, il est au courant. »

Le flic hésita, consulta son collègue du regard et fit signe à Parrot de passer.

Rémi entra dans la cour et gara le Hilux devant la porte principale de la maison.

Il frappa et attendit. Personne ne vint ouvrir.

Il traversa la cour et contourna la maison, découvrant la vue sur le village de Sainte-Feyre. Grandir ici devait vous enfoncer dans le crâne que vous étiez différent des autres habitants du bled. Quand il passait avec son père devant cette maison, enfant, Rémi avait toujours l'impression de devoir se taire et de ne pas trop regarder. Il foula le gravillon de l'allée avec une certaine gêne. Le vieux Paul était en train de bêcher un coin de potager, au milieu de rangées de piquets bien alignés où commençaient à monter des plans de petits pois. Le vieux millionnaire continuait sans doute à ne bouffer que ses légumes et les pommes de son verger. Paysan à jamais.

Son usine avait brûlé, son fils héritier était en cavale, les combines pourries de sa jeunesse allaient l'envoyer en prison, où il pourrait recevoir des colis de son potager pour faire cantine.

Rémi se planta devant lui et le vieux s'appuya au manche de sa bêche.

« Qu'est-ce que tu veux, Parrot ? »

Le garde-chasse surveilla la bêche.

« Vous dire deux mots.

– Déguerpis, sors de chez moi. »

Rémi sourit en regardant autour de lui.

« Bientôt, ça ne sera plus à vous. Tout sera saisi et partira aux enchères. »

Les vieux doigts tordus s'agrippaient au manche de l'outil.

« Je suis pas un petit paysan qu'on chasse de chez lui, comme ton bon à rien de père.

– C'est vrai, vous êtes la plus coriace des vieilles ordures que je connaisse.

– Si mon fils était là, il te foutrait dehors, toi et ta lignée de fous !

– Si votre fils était là, je lui mettrais une balle dans le front, et ensuite les menottes. Et puisque vous parlez de lui, voilà ce que j'ai à vous dire. Vu que votre fils a jamais su où pisser sans que vous lui expliquiez comment, je sais bien que vous êtes en contact avec lui. Sorti de vos terres, il sait même pas quelle langue on parle entre gens civilisés. Alors vous allez lui dire que je l'attends, ce soir, demain ou quand il voudra. Que je serai à la Terre Noire et que je l'attends là-bas. S'il se dégonfle, je compte sur vous pour le motiver, monsieur Courbier, parce que vous avez un honneur, même si vous n'avez pas vraiment réussi à lui apprendre ça. »

Paul Courbier était blême et frêle. Il leva la bêche et se jeta sur Rémi qui arrêta le coup d'un mouvement de bras et envoya le vieux voler dans ses petits pois. Il bascula sur le ventre, s'appuya sur ses mains et avança à quatre pattes dans la terre, cherchant l'appui des piquets qui se brisaient sous son poids. Rémi se posta devant lui.

« Restez où vous êtes, et bouffez un peu de terre tant que vous y êtes. Dites à Thierry que je l'attends et je vous promets que quand vous le reverrez, vous ne le reconnaîtrez pas. Si ça se trouve, vous allez même nous confondre, lui et moi.

– T'es qu'un monstre, Parrot ! On aurait dû t'enterrer avec ton père et ta mère !

– Tu partiras avant moi, Courbier, et avec un peu de chance, t'auras vu ton fils crever avant. À la Terre Noire, là où vous avez fait mourir mon père et essayé de me descendre. T'as raison Courbier. Il y a vingt ans, il aurait mieux valu pour vous que j'y passe. »

Rémi abandonna le vieux dans son jardin et retourna à sa voiture. Il démarra avant que les flics appellent Vanberten et le virent d'ici.

Il prit une douche froide en arrivant chez lui. Vingt-quatre heures après la visite dans la mine, il était encore épuisé. Il digérait mal et ses maux de crâne avaient empiré. Tixier lui avait prescrit de la Prontalgine, mais l'ajout du paracétamol et de la caféine à la codéine suffisait à peine à endiguer la douleur. L'eau froide lui fit du bien. Il regarda son visage dans le miroir en repensant à la proposition du chirurgien : repasser sur la table d'opération.

Moins de douleur. Décrocher de la codéine.

Changer.

Il enfila ses treillis, un pull kaki de l'ONC, ses chaussures de marche.

La nuit commençait à tomber et le ciel embrasé était chargé. Le baromètre à la baisse, la température tombait aussi. Il posa sur la table sa veste de chasse imprimée de feuilles aux couleurs automnales, un petit sac à dos dans lequel il rangea une bouteille d'eau, une boîte de cachets et ses jumelles. Il vérifia le chargement du .38, tira de sous son lit la vieille Winchester 9422 de son père, chargea le magasin de six balles .30/30.

Il enfila la veste, un bonnet de laine, passa le sac à son épaule et sortit, carabine à la main. Il coupa à travers le jardin et s'enfonça dans les bois. Il bifurqua à droite, suivit le sentier de chèvre qui descendait jusqu'au ru en bas de la Terre Noire, longea le filet d'eau sur deux cents mètres, l'enjamba et partit en courant, droit devant lui pendant quelques minutes, avant de changer brutalement de direction, tournant deux fois à gauche avant de ralentir. Il s'accroupit dans la pénombre et écouta. Certain d'être seul, il remonta la pente vers la maison, bouclant un cercle d'un kilomètre avant de revenir à son point de départ.

Lorsqu'il aperçut à travers les bois les lumières de la maison laissées allumées, il se plia en deux et progressa lentement jusqu'à l'orée de la forêt, évitant de faire craquer les bois morts qui couvraient le sol. Il était à soixante mètres de la maison. Il s'allongea dans les herbes, posa la .22 devant lui, glissa le sac à dos sous sa poitrine et remonta sa veste pour dégager la crosse du Smith & Wesson. Il fit glisser la fermeture du sac, en sortit les jumelles infrarouges et laissa son cœur retrouver son rythme de repos.

Pas d'étoiles. Les nuages cachaient la lune. Les seules lumières provenaient de la maison et Rémi contempla son logement depuis son poste de tir. L'idée de faire un carton sur ses fenêtres lui traversa l'esprit. Il n'en voulait plus et il observait la fuste depuis les arbres comme un Indien un fort de l'armée US installé dans une plaine sauvage.

Y foutre le feu et la regarder brûler comme la TechBois.

Puis la colère reflua.

Ce n'était qu'un camp de base, une retraite s'il devait partir et que le monde n'était pas à la hauteur de ce qu'il avait imaginé dans des lits d'hôpitaux. Ce n'était pas la maison qui lui donnait envie de détruire quelque chose. C'était sa peur de partir.

Les phares de la voiture découpèrent des couloirs de lumière entre les troncs, balayant le sous-bois. Il rampa en arrière dans un réflexe de fuite, comme pour sortir du piège qu'il avait tendu à d'autres. Il reprit sa position de tir et aligna un point juste au-dessus du phare de droite. La portière s'ouvrit et la mire de la Winchester suivit la silhouette jusqu'au perron, puis il lâcha l'arme comme s'il s'était agi d'un serpent. Michèle collait son front à la porte vitrée pour voir à l'intérieur. Il se redressa pour l'appeler, mais sa voix fut écrasée par un coup de feu. La porte vitrée vola en éclats et il vit Michèle rouler à terre sous le porche. Il fonça jusqu'au chantier de l'appentis et passa entre les poteaux de la charpente au moment où une balle se ficha dans une section de Douglas. Ce n'était pas le même tireur, le coup était parti de l'autre côté de la fuste. Courbier n'était pas venu seul.

Il franchit les vingt mètres qui le séparaient encore de la maison et se jeta sur le plancher de la terrasse. Michèle était roulée en boule contre la façade, les mains sur les oreilles. Rémi la saisit par le bras et la traîna à l'intérieur, raclant les éclats de verre. Deux autres balles éclatèrent des lames de bardage au-dessus d'eux. Michèle criait, il la tira jusque dans la chambre et la poussa sous le lit. Il gueula plus fort qu'elle :

« Tu es touchée ? »

Michèle avait du sang sur le visage. Des coupures de verre. Elle fit non de la tête et cessa de crier. Rémi prit ses deux mains dans les siennes pour l'immobiliser.

« Appelle les flics ! »

La Winchester était restée dehors. Il dégaina le .38, avança à quatre pattes jusqu'aux interrupteurs du salon et éteignit les lumières avant de tirer trois fois au hasard à travers la porte pour faire reculer les tireurs sans doute en train de se rapprocher. La fenêtre de la cuisine explosa à son tour. Il se plaqua contre le meuble de l'évier, tira les deux dernières balles de son revolver avant de recharger le barillet. L'éclair de la détonation lui avait brûlé les yeux, et les balles lui glissaient des doigts. Il réussit à en pousser trois dans l'arme, tira à nouveau en éventail et à l'aveugle, la main passée par la fenêtre, les yeux fermés. Il se rassit, reprit une poignée de balles dans sa poche et rechargea cinq fois le barillet. Dehors, un sifflement lui signala que les tireurs tentaient une manœuvre.

Il roula jusqu'à la porte d'entrée, se propulsa sur le seuil avec ses coudes et prit cette fois deux secondes pour essayer de voir. Il tira deux fois à l'instinct quand une ombre passa entre les poteaux de l'appentis. La silhouette s'écroula, il entendit un cri. Le deuxième homme traversa le jardin en courant ; Rémi tira et le manqua. Il suivit des yeux les deux silhouettes appuyées l'une contre l'autre, qui prirent la fuite vers les bois. Il continua à les braquer un long moment, gardant une dernière balle à disposition.

Michèle appela depuis la chambre :

« Qu'est-ce qui se passe ? Rémi ! »

Il ne répondit pas, visant toujours l'obscurité.

« Rémi !

– Je crois qu'ils sont partis. Reste où tu es.

– C'était qui ?

– Tu as appelé les flics ?

– Ils arrivent. C'était qui, putain ?

– Bouge pas. »

Rémi recula sur le ventre jusqu'à la chambre, claqua la porte et se blottit contre Michèle dans un coin de la pièce.

« Courbier, ça peut être que lui. Et un autre gars, je sais pas qui.

– Pourquoi Thierry ?

– Parce qu'il doit penser que j'ai foutu sa vie en l'air, pardi. Qu'est-ce que t'es venue faire ici, nom de Dieu !

– Je voulais te voir, après l'enterrement, je voulais...

– Pas maintenant. Écoute-moi : cet après-midi, je suis allé voir le vieux Paul. »

Il s'interrompit et tendit l'oreille en rechargeant son arme.

« Je suis allé le voir et je l'ai provoqué. Je lui ai dit que Thierry pouvait venir régler ses comptes avec moi quand il voulait. Je voulais lui tendre un piège. T'es arrivée et c'est nous qui sommes tombés dedans. Tu dis rien aux flics. C'est entre lui et moi. T'entends ?

– Pourquoi tu...

– Tu diras rien aux flics ?

– Allume, j'ai du sang qui me coule dessus.

– C'est juste ton visage, les éclats de la porte. On peut pas allumer tout de suite, je sais pas où ils sont.

– Mais pourquoi ils m'ont tiré dessus aussi ? »

Rémi s'éloigna d'elle. Elle le rattrapa par une manche.

« Où tu vas ?

– J'ai laissé une arme dehors, faut que je la récupère avant que les hommes de Vanberten se pointent.

– Me laisse pas.

– Je reviens tout de suite. »

Il ouvrit, progressa lentement jusqu'à la porte, se redressa d'un coup et se jeta dehors. Couché dans l'herbe, il attendit un instant, puis se releva, se jeta à nouveau en avant, jusqu'à son sac et la carabine. Il fit basculer le levier de la 9422 et braqua les arbres. Aucun bruit.

Il retourna à la maison en zigzaguant, plié en deux.

Michèle n'avait pas bougé. Ils attendirent sans un mot l'arrivée des flics, serrés l'un contre l'autre.

Quand ils entendirent le bruit des moteurs, Rémi sortit de la chambre et alluma le plafonnier du salon. Il ne se souvenait pas d'avoir renversé la table et les chaises. La pièce sentait la poudre, des balles avaient percé les murs, décroché les photos, éventré le canapé. Du gros calibre.

Les flics entrèrent armes aux poings, sans en croire leurs yeux.

*

Lorsqu'il arriva le lendemain à la gendarmerie, Michèle avait terminé sa déposition et était repartie. La seule personne qu'il croisa sur le parking de la caserne était la petite amie de Philippe. Aurélie Brisson sortait du bureau de Vanberten, pâle, tendue et effrayée. Ils échangèrent un regard et Rémi baissa la tête. Il entra.

Marsault était à l'accueil. Rémi passa devant lui sans rien dire.

Il frappa à la porte de Vanberten et entra.
« Comment allez-vous, monsieur Parrot ?
– Comment va Michèle ? »

20

Vingt heures après la fusillade,
vingt ans,
trois morts,
chasse à l'homme

Jean était déjà au travail quand Rémi revint à la Terre Noire. Il sciait à la circulaire les panneaux de contre-plaqué posés sur deux tréteaux devant le porche. La fenêtre de la cuisine était déjà condamnée et le premier vantail de la porte vitré. Les meubles relevés et le ménage fait, les traces de la fusillade étaient moins impressionnantes qu'au petit matin.

Jean positionna le dernier panneau qu'il vissa directement au cadre de la porte.

« Ça sera un peu sombre, mais au moins tu seras au sec et ça fera pas de bruit comme des bâches plastiques. Ça ressemblait déjà à un fortin, mais le nom risque de rester maintenant. »

Rémi s'installa à l'ombre sous l'avancée du toit, avala un Prontalgine et ferma les yeux. Jean recula de quelques pas pour regarder son bricolage d'urgence.

« Ouais, ça tiendra le coup. Comment ça s'est passé chez Vanberten ?

– Il m'a cuisiné deux heures. Je crois que Michèle y a passé la matinée. Vanberten est revenu sur toute l'affaire, depuis le début. Il est pas con. Il sait qu'on s'est foutu de sa gueule. Il a même dit que la fille Brisson avait menti, toi et tous les autres, qu'on lui avait tous raconté des cracs.

– Il se fait des idées. Les gens d'ici sont pas comme ça, c'est de la parano. »

Jean se sourit à lui-même.

« Qu'est-ce que tu lui as dit pour Courbier ?

– Que j'avais vu un seul tireur et que je l'avais pas reconnu.

– Mais tu sais qui c'était.

– Courbier, c'est sûr, et c'est Marsault qui était avec lui. Je l'ai vu à la caserne, tout à l'heure. Il est pas blessé, mais il avait une sale gueule. Il a dû passer la nuit à soigner son pote et à le planquer. »

Le charpentier s'assit à côté de Rémi et tendit la main vers un pack de bières près de sa caisse à outils.

« T'as pris des risques, c'était carrément débile.

– Ça, je le sais. Ce que je savais pas, c'est que Michèle allait se pointer, et que ces deux cons allaient lui tirer dessus.

– Les deux, tu crois ?

– Cette fille, à force de pas pouvoir l'avoir, y'a des fous par ici qui lui mettraient bien une balle dans le dos. Marsault en a toujours pincé pour elle. Courbier l'a demandée en mariage, y'a pas trois jours de ça.

– Et elle se tape un mec comme toi. C'est ce qui a dû les mettre en boule.

– Merci.

– De rien. »

Jean passa la main sur son crâne, faisant crisser ses doigts calleux sur ses cheveux rasés.

« Tu veux aller au bout ? »

Rémi se leva. Il écarta les bras pour détendre ses épaules raidies par les courbatures.

« C'est un pays de chasseurs. Normal que ça se termine de cette façon.

– Les flics lui mettront la main dessus, un jour ou l'autre.

– Je vais pas attendre qu'il revienne.

– On a déjà failli crever à cause de cette mine, tu crois pas que tu devrais laisser tomber ? »

Rémi regarda Jean en face. Le charpentier, pour la première fois depuis longtemps, ne vit que les cicatrices, l'œil balafré, la difformité et la laideur. La partie intacte du visage était bouffée par l'autre. Il avait déjà remarqué comment Rémi parvenait d'un seul regard à ne montrer qu'une seule face de son visage. Jean ne voyait plus les blessures à force de le côtoyer. Peut-être avait-il cru, n'y faisant plus attention, que le garde-chasse les avait lui-même oubliées.

« Tu voulais leur peau depuis le début.

– Quel début ?

– J'en sais rien. C'est à toi de me dire. »

Rémi tourna le dos à Jean, enfonça les mains dans les poches de sa veste.

« Peut-être qu'il faudra que je parte. Peut-être que j'aurais dû partir il y a déjà longtemps. Mais je prendrai pas la fuite.

– Ce que je demande, c'est si tu attends depuis vingt ans une occasion de te venger ?

– Qu'est-ce que ça changerait ?

– Tout. Parce que ça voudrait dire que depuis tout ce temps, tout ce que tu fais, ce serait un calcul. Que je fais partie d'un plan. Et y'a autre chose. Philippe, tu le connaissais, mais c'était pas vraiment un ami. Je suis même sûr que vous vous êtes jamais compris tous les deux. Ta croisade, elle est bidon. Y'a autre chose derrière. »

Le garde-chasse fit quelques pas, le menton sur la poitrine, mains dans les poches.

« Les Courbier, les Messenet et moi, on a toujours été d'accord, en fin de compte. Sur le rôle que j'avais choisi. Le reclus, le type brisé qui ferait pas de vagues et qui avait trop honte de se montrer. Ça m'arrangeait, et au fond ça me ressemble. Avec l'habitude, j'ai failli croire que je valais pas mieux. Seulement, y'a Michèle. Quand elle me regarde, j'ai honte d'avoir honte. Je voulais pas me venger, mais depuis qu'elle est revenue, je peux plus faire autrement. Et on peut pas y arriver l'un sans l'autre, à se débarrasser de ce qu'ils ont fait de nous. »

Jean fit sauter une capsule de bière et la vida tranquillement.

« On s'est couverts pour le soir de l'incendie. Parce que tu disais que ça allait nous retomber dessus, mais faut que je sache, avant d'aller plus loin. C'est toi qui as foutu le feu à cette merde ? »

Rémi sourit.

« Tu remarqueras que j'ai été poli, j'ai pas demandé si c'était toi.

– C'était pas l'envie qui me manquait, mais comme je me souviens pas bien de ce que j'ai fait cette nuit-là, je dirais que j'étais en train de me saouler la gueule. T'as mis le feu à la TechBois ?

– Non.

– Alors Michèle ?

– Je crois pas.

– Didier ?

– Non plus.

– O.K., tu me diras quand t'en auras marre de jouer au plus malin. Qu'est-ce qu'on fait maintenant ? »

Rémi s'installa devant son assiette de pâtes et piocha dedans sans envie. Le téléphone portable était posé sur la table, à côté de la Winchester, il faisait face à la porte d'entrée ouverte. Une petite lampe était allumée au fond de la pièce.

Le téléphone vibra, résonnant sur le bois de la table.

Michèle avait une voix lente, épaissie par l'alcool ou le Subutex. Il se demanda si c'était elle qui fournissait Jean, ou l'inverse.

« Ça va ?

– Super. T'es chez toi ?

– Ouais. J'ai passé deux heures avec Vanberten. Il dit que tu te sers de moi pour mettre le pays à feu et à sang. »

Il l'entendit pouffer. La défonce rendait amusantes des choses qui ne l'étaient peut-être pas.

« Il est moins con qu'il en a l'air.

– Les journalistes te fichent la paix ?

– Y'en a une demi-douzaine en bas, dans la rue. Je passe par le jardin pour sortir. J'ai fermé la boutique.

– Tu voulais me dire quelque chose ?

– Non, rien.

– ...

– Si.

– ...

– C'est pour ça que j'étais venue chez toi, hier soir.

– Pourquoi ?

– À propos de chez moi.

– ...

– Après l'enterrement... Qu'est-ce que t'as fait après l'enterrement de ta mère ?

– Je suis rentré à la ferme.

– Tu t'es pas senti seul ?

– À quoi tu joues ?

– À rien.

– Tu devrais rappeler quand tu seras prête.

– Je suis prête.

– T'es défoncée.

– Toi aussi, toute la journée. Depuis dix ans.

– Rien à voir. J'essaie pas de m'abrutir.

– Tu veux pas entendre ce que j'ai à dire ? »

Rémi éloigna le téléphone de son oreille et se concentra sur le bruit qui venait de dehors.

« Pas maintenant. Je te rappellerai.

– Rémi ? Attends ! »

Il coupa la communication, attrapa la 9422, se planqua derrière le canapé perforé et éteignit la lampe de la bibliothèque. La carabine posée sur le dossier en cuir, il braqua la porte découpée dans la faible lumière de la lune. Les phares balayèrent l'herbe du jardin avant de s'éteindre. Une portière se referma. Il bascula le levier d'un coup sec et prolongea ce premier avertissement d'un second :

« Qui est là ? »

La voix était faible et cassée, il ne la reconnut pas.

« Aurélie Brisson. C'est vous Rémi ? »

Il quitta sa planque et longea le mur de la chambre jusqu'à l'entrée.

« Restez pas dehors, entrez, dépêchez-vous. »

La fille passa devant lui, regarda l'arme et recula jusque dans le coin-cuisine. Rémi referma la porte aveugle derrière elle et ralluma la lumière.

« Qu'est-ce que vous faites ici ?

– Je voulais vous parler.

– Vous pouvez pas rester ici, c'est dangereux.

– Une minute.

– Excusez-moi. Vous voulez boire quelque chose, un peu d'eau ? Vous avez pas l'air en grande forme.

– Cette fois je pars, je vais loin, je me tire d'ici. Votre ami, Jean, quand il m'a retrouvée chez mes parents, quand il est arrivé, j'ai cru qu'il venait me tuer.

– Vous tuer ? Pourquoi on voudrait vous tuer ?

– Ils ont tué Philippe. J'avais les documents.

– On a mis ça au clair, non ? Vous avez dit ce qu'il fallait à Vanberten.

– Oui, mais j'ai pas confiance. Le flic m'a posé plein de questions. Sur vous, sur la fille Messenet et sur votre ami Jean. Édouard m'a menacée avant que j'aille chez les flics, il m'a dit que j'aurais des problèmes si je disais quoi que ce soit à propos de Nature et Forêts.

– Calmez-vous. Monneix fermera sa gueule, sinon il tombe aussi. Vous n'avez rien à vous reprocher. »

Elle n'écoutait rien. Elle était terrifiée. Rémi se tut et l'observa.

« Pourquoi vous avez autant la trouille ?

– Je voulais juste vous remercier. Vous avez retrouvé Philippe, vous avez... Vous avez été au bout de ce qu'il voulait. Ces enfoirés sont finis, ils ont payé. Je voulais vous dire merci et je veux plus rien avoir à faire avec tout ça. Je m'en vais. »

Rémi posa la main sur la poignée de la porte et lui bloqua le passage en tournant son visage de façon à cacher ses cicatrices. Avec cet éclairage réduit, il allait la faire tourner de l'œil. Aurélie Brisson eut un réflexe de recul quand il la frôla.

« Attendez. Je vais vous laisser partir, et c'est sans doute ce que vous avez de mieux à faire. Mais vous allez me répondre avant. »

Les épaules contre le mur, incapable de s'éloigner plus de lui, elle fit oui de la tête.

« Vous avez voulu venger Philippe, c'est bien ça ?

– Qu'est-ce que vous dites ?

– Vous avez passé du temps avec Édouard et ses potes. Vous avez dû apprendre des choses utiles. C'est vous qui avez mis le feu à l'usine. »

La surprise chassa la peur de ses yeux.

« Pas du tout ! J'ai rien fait. J'étais chez mes parents... Je vous ai apporté l'enveloppe et je suis partie. Je suis revenue quand les flics ont appelé. »

Rémi la fixa quelques secondes. Avec des nerfs aussi fragiles, comment avait-elle pu mentir à Vanberten sans s'effondrer ? La réponse était sans doute très simple : Vanberten ne l'avait pas crue une seconde. Mais cette fois-ci, elle ne mentait pas. Elle n'en avait même plus la force.

« C'était juste une idée.

– Je pensais que c'était vous...

– Raté. »

Il ouvrit la porte et elle sortit en courant, rata une marche et se rattrapa à la rambarde avant de filer jusqu'à sa voiture. Rémi surveilla les alentours le temps qu'elle fasse sa marche arrière et se lance sur le chemin.

Il éteignit la lumière, replaça la chaise face à l'entrée, posa la carabine en travers de ses cuisses et sourit. Il se sentait bien. Il réalisa que la douleur avait disparu. Il était défoncé.

« Raté ».

À 1 heure du matin, au quatrième cachet de Prontalgine, son téléphone crépita à nouveau sur la table. Jean chuchotait. Le vent dans le haut-parleur fondait ses mots dans un bruit de ressac.

Rémi raccrocha et enfila sa veste de camouflage en faisant tinter les munitions dans ses poches.

*

« J'ai failli le perdre dix fois et me foutre en l'air une centaine. Putain ! Heureusement que je connais les routes, sinon je serais dans un fossé en train de bouffer mes dernières écrevisses. »

La moto de Jean était couchée dans l'herbe et le cylindre refroidissait en claquant. Une odeur de brûlé se dégageait du vieil enduro. Le silencieux d'échappement avait été enlevé, remplacé par un gros paquet de laine de roche maintenu par du fil de fer. Sur le dos, bras en croix, Jean était couvert de boue.

« En fait, j'ai dû tomber quelques fois. J'ai plus de cannes, je me suis bouffé un bout de langue et je crois que ça m'a pété une dent. Marsault est d'abord passé à la ferme des Courbier, à Sainte-Feyre. Il est resté un moment avec le vieux, et puis il est reparti avec un sac. Il a fallu que je coupe deux fois à travers bois pour le retrouver. Il a fait des détours à la con. Il s'est arrêté trois fois pour pisser, et à la première je me suis mis au tas dans un roncier pour pas faire de bruit en tombant. Je crache encore des épines. »

Rémi lui jeta une bouteille d'eau sur le ventre. Jean se redressa et protégea ses yeux du faisceau de la Maglite. Ses paupières restaient collées à ses sourcils, laissant nus des yeux effarés et mobiles. Cette fois, il avait pris des remontants.

« Après ça, il a fallu que je le laisse prendre le large. Il avait bien entendu quelque chose, il est devenu encore plus prudent, il accélérait, il mettait des grands coups de patins. J'ai fini par rester dans les bois au lieu de le suivre par la route. »

Il vida la moitié de la bouteille d'eau minérale.

« Ils sont où ?

– La vieille cabane de bûcheron, derrière les Jaumâtres, sur l'ancien chantier de réhabilitation.

– Ça va ?

– Faudrait pas que je redescende maintenant ! Quand est-ce qu'on appelle les condés ?

– Pas tout de suite.

– C'est pas ce qu'on avait dit.

– Tu peux rester là si tu veux.

– Putain, qu'est-ce qui te prend ? C'est quoi ces histoires de cow-boys ? On les a levés, alors appelle les keufs !

– Reste ici, appelle Vanberten. »

Rémi éteignit sa lampe, prit la carabine sur le siège du Toyota et partit en courant dans la prairie en pente, écrasant devant lui les herbes mûres. À mi-pente, étouffant sous sa veste de chasse, faisant passer la Winchester d'une main à l'autre, il se débarrassa du vêtement pour le jeter derrière lui sans ralentir. Il sauta par-dessus une clôture de barbelés, s'écorchant les mains, et reprit sa course entre les arbres. Le vent s'était levé, glissant entre les troncs, bruissant dans les feuilles, refroidissant la sueur qui brûlait son visage. La douleur montait des os de sa mâchoire à ses tempes et jusque dans son front, creusant comme un foret entre les deux hémisphères de son cerveau, ressortant en pointe à l'arrière de son crâne. Les larmes montèrent aux yeux déjà piqués par le vent. Il les chassa les unes après les autres en s'efforçant d'éviter les arbres déformés par le prisme de l'eau. Le terrain continuait à monter. Il laissait derrière lui les plaines à l'assaut des Pierres Jaumâtres. La douleur reflua un instant et, de l'arrière de son crâne, perça son front comme une corne de licorne qu'il lança devant lui, frottant les feuillages, accrochant ses épaules aux branches basses. Le bois s'éclaircissait. Il arrivait sur le chantier de Philippe. Il passa en grognant de douleur devant les premières Pierres.

Il arracha son pull. Son T-shirt trempé de sueur lui collait à la peau. Dos à la pierre du Dragon, il reprit son souffle quelques secondes. Le vent sifflait entre les blocs de granit comme l'eau d'une rivière, suivant le parcours sinueux de l'érosion. Entre deux trains de nuages, la lune apparut pour éclairer les rochers d'une lumière grise. Une chouette blanche piqua dans les rayons, rasant les pierres et le sol où les rats taupiers fuyaient vers leurs trous. Rémi ôta son T-shirt, serra la carabine entre ses mains et reprit sa course torse nu. Suivant la pente qui dévalait de l'autre côté des Jaumâtres, il se laissa emporter par la vitesse, fouetté par les branches, s'enfonçant jusqu'à la taille dans les fougères et les ronces. La cabane était là, quelques dizaines de mètres plus bas. Il tourna à gauche, continua sur son élan, se cramponnant aux troncs pour changer de direction sans ralentir et faisant sauter l'arme d'une main à l'autre.

Par la petite fenêtre de la maison de chantier, un tas de planches rafistolées et vermoulues, il aperçut la lumière jaune d'une lampe. Ses jambes le portaient sans qu'il puisse ralentir. Il bondissait de côté, déjouant la visée de tireurs potentiellement embusqués. Lorsqu'il fut à dix mètres de la porte, il baissa la tête et se lança de toutes ses forces en avant, gagnant de la vitesse à chaque enjambée. Il tourna son épaule, colla son menton à sa poitrine et lança la crosse de la Winchester devant lui. La gâche de la vieille huisserie ne céda pas, Rémi traversa le bois, fit voler en morceaux les lames de sapin et roula sur les lattes de parquet, écorchant ses bras et son dos sur les éclats de la porte. Son élan l'emporta jusqu'au mur contre lequel sa tête rebondit. Avant d'avoir pu rouvrir les yeux, la 9422 braquée vers le plafond, il tira une première fois, actionna le levier, éjecta une douille, tira une autre fois. Il fit la netteté, poussa sur ses pieds pour se redresser et appuyer son dos aux planches. Il baissait le canon de la carabine à l'horizontale quand il put enfin voir ce qui se passait autour : Marsault levait les deux canons juxtaposés d'un fusil de chasse vers lui. Rémi tira sans savoir ce qu'il visait, la crosse appuyée sur sa hanche, droit devant. Il ne vit que le nuage de sang, derrière la silhouette, projeté sur le mur. Il bascula le levier, engagea une nouvelle balle et se releva. Le fusil de chasse tomba sur le sol. Marsault avait plaqué ses deux mains sur la blessure avant de pousser un cri. Rémi avança vers lui, braqua le canon de la .22 Long Rifle sur sa tête. Il lui sembla entendre le souffle de la chevrotine, ou bien les impacts des plombs, avant d'avoir perçu l'explosion du tir. La rafale le fit tourner sur place ; une rotation complète avant qu'il perde l'équilibre et s'écroule sur un banc dont les pieds lâchèrent.

La douleur n'était pas encore là. Il sentit d'abord ses doigts, toujours serrés sur son arme ; ses yeux voyaient ; il entendait Marsault crier de douleur ; son cou était mobile, il pouvait regarder autour de lui ; il ramena ses jambes sous lui, vérifiant qu'elles étaient entières, innervées, en état de marche ; il roula sur le côté, ramassa le fusil de Marsault et, d'une main, visa la lampe électrique tombée sur le parquet qui éclairait en contre-plongée l'intérieur de la cabane. La lampe explosa, illuminant une fraction de seconde encore les quatre murs qui plongèrent dans le noir.

Un cri dehors. Un hurlement de colère.

« Parrot ! »

Rémi lâcha le fusil et rampa vers la porte en s'appuyant sur ses coudes.

« Parrot ! »

Courbier s'arrachait la gorge.

« Parrot ! »

Rémi tira vers la forêt en direction de la voix qui monta de plusieurs octaves.

« Parrot ! »

Rémi se redressa, la douleur était partout le long de son flanc, dans son bras et sur son visage. Il sauta à l'extérieur de la cabane et serra les dents en glissant sur les feuilles mortes. Un second tir siffla au-dessus de sa tête et du bois éclata derrière lui. Il avait vu la flamme du tir. Il ajusta le plus vite possible et tira. Courbier hurla comme un dément.

« Viens me chercher, Parrot ! T'auras rien, t'entends ! Ni la terre, ni elle ! Tout est à moi ! T'entends ? Elle est à moi ! Comme ta ferme, tes vieux, ta baraque ! Ce pays est à moi ! T'es un étranger, Parrot ! »

Rémi ne comprenait rien, ses oreilles vibraient après la détonation de la carabine. Derrière le sifflement de l'acouphène, résonnant comme un son sous l'eau, il entendit craquer une branche, une fois, deux fois, au rythme d'une course s'éloignant vers les Pierres Jaumâtres.

« J'arrive Courbier ! »

Il s'effondra trois fois avant de trouver son équilibre. Les arbres, les nuages et la lune dansaient autour de lui, et le sol basculait, montait au ciel à la rencontre de son visage qui s'enfonçait dans l'humus. Rémi était ivre. Il vomit quelques cachets et de la bile, saisit une branche de chêne et se releva.

« Courbier ! Ordure ! Cours, Courbier ! Cours ! »

Sa voix se perdait dans le sous-bois, trouvant parfois un passage où ricocher brièvement en échos mats.

Un éclair, des plombs sifflèrent dans les feuillages, vingt mètres sur sa droite. Courbier arrivait aux Pierres et tentait des tirs fichants depuis là-haut. Trois autres cartouches. Tirs hasardeux lacérant la végétation. Rémi avait perdu la Winchester en tombant. Il dégaina son .38 de service, ramassa un morceau de branche avec son autre main, s'en servit de canne et monta vers le sommet de la colline.

Les blocs de granit passaient dans la lumière de la lune. La vision de Rémi s'éclaircissait et il reconnut les silhouettes des Jaumâtres. Le dragon à l'échine dentelée ; la baleine ronde et souple qui plongeait dans la terre ; l'équilibriste, posé sur le bord d'une longue dalle retenue au bord de la chute par trois pierres rongées par les précipitations.

Il ne pouvait retenir son souffle bruyant. Ses poumons étaient dilatés, à la recherche d'oxygène, tandis qu'il pénétrait dans le dédale de roches, la branche dans une main, son .38 pointé devant lui, suivant les ombres, fouillant les renfoncements. Le sang coulait jusqu'à sa ceinture, gorgeait son pantalon et imbibait le tissu jusqu'à la peau, se propageait vers son genou, son tibia et sa chaussure. Il lâcha sa massue improvisée, fouilla la poche de jambe de son treillis et en tira la plaquette de Prontalgine. Il bascula la tête en arrière et poussa deux cachets au fond de sa bouche asséchée. Dans le couloir de pierre, découpé au-dessus de sa tête sur le ciel blanchi, il vit passer une ombre, sautant d'un rocher à l'autre, une boule humaine hérissée de membres, la ligne droite d'un canon. Rémi n'eut pas le temps de comprendre. Courbier ne sautait pas d'un rocher à l'autre, il lui sautait dessus depuis le dos du Dragon.

Un pied percuta son épaule, la crosse du fusil sur son front, il s'écroula sous la violence du choc. Lorsqu'il trouva le sol, amortissant la chute de Courbier, il entendit dans son épaule des os craquer, des claquements secs.

La douleur allait suivre les bruits dans une seconde. Il leva son bras armé et la crosse du fusil et la fit voler dans le noir, écrasant les doigts de sa main.

Il vit la figure congestionnée, le visage hystérique de Thierry, la joue collée contre le bois de la crosse, le mettre en joue. Les deux canons effleuraient ses cicatrices.

« Crève. »

Le premier coup atteignit les canons du fusil, relevant l'arme. Les deux cartouches de plombs se vidèrent dans le ciel. Le deuxième coup cueillit Courbier à la mâchoire. Il était désarçonné. Allongé sur le dos, incapable de bouger ses bras, Rémi plia ses jambes, posa ses chaussures sur le ventre de Courbier et le propulsa en arrière de toutes ses forces. Le crâne rebondit sur le flanc noir de la Baleine, un son à soulever les tripes, et le fils héritier en cavale se désarticula, tombant à ses propres pieds comme une marionnette dont un coup d'épée aurait tranché les fils.

Jean se tenait debout à côté de Rémi, une bûche de hêtre dans la main, soufflant, incrédule, éclairant avec la lampe torche le corps inanimé de Courbier. Puis il éclaira le garde-chasse.

« Qu'est-ce que c'est que ce bordel ? Qu'est-ce que vous avez foutu ? T'es à moitié à poil, putain, t'es couvert de sang Rémi ! Vous êtes cinglés ! Tu voulais bouffer son cœur ou quoi ? »

Rémi s'appuya au rocher et se releva péniblement.

« Il est vivant ? »

Jean éclaira le visage blanc de Courbier, posa deux doigts sur sa carotide.

« Il est pas mort.

– T'as appelé Vanberten ?

– Ils sont en route.

– Marsault est dans la cabane, je lui ai mis une balle dans la jambe.

– Quoi ? »

Rémi esquissa un sourire. Il fit un pas vers le charpentier et s'écroula, inconscient.

21

Vingt ans, aveux et convalescence

« Ton épaule était seulement démise, tu vas rester avec le bras en écharpe pendant quelques jours. On a pu ôter tous les plombs sans trop te charcuter. Du petit calibre, heureusement. Tu n'as pas perdu trop de sang. »

Tixier était en train de rédiger une ordonnance, penché sur son bureau. Rémi l'écoutait de loin.

« Pour quelqu'un qui ne voulait pas revenir à l'hôpital, tu as fait très fort. Il faudra que tu passes à la clinique pour qu'on change tes pansements, à moins que quelqu'un puisse le faire chez toi.

– Docteur ? »

Tixier stoppa son stylo plaqué or et leva les yeux sur Parrot.

« Oui ?

– À propos de ces opérations dont vous avez parlé… Pour enlever les broches et les vis.

– Oui ?

– Je crois que je voudrais le faire. »

Le chirurgien sourit à Rémi, puis termina de rédiger la prescription.

« Très bien. Tu viendras me voir quand tu seras remis de tes blessures. Je vais appeler un ami chirurgien, un spécialiste, et on fera le point. Pour tes cicatrices…

– Je m'en fous. Je veux seulement arrêter la douleur. »

Tixier plia l'ordonnance et la tendit à Rémi.

« C'est une bonne décision, mais ça va pas être facile. Il faudra que tu décroches de la codéine. Depuis le temps, tu as développé une sévère accoutumance.

– Je le ferai. »

Le toubib sourit de nouveau au jeune Parrot, se leva et l'accompagna jusqu'à la porte de son bureau.

« Alors ça y est, c'est terminé toute cette histoire ? Tu vas arrêter de traîner dans des mines radioactives et de te faire tirer dessus ?

– C'est terminé. Je dois aller voir Vanberten, pour faire une dernière déposition.

– Tu es dans le pétrin ?

– Non. L'Office est derrière moi. Avec Marsault impliqué, les flics vont vouloir amortir le coup. Je pense pas que ça fera de vagues. Courbier va passer aux aveux. Les flics l'ont mauvaise, mais ils se sentent minables. Vanberten va sans doute être envoyé ailleurs. »

Les deux hommes se serrèrent la main. Rémi sortit de la clinique et monta dans la voiture de Jean qui attendait au volant.

« T'es dans un bel état. Ils ont réussi à recoller tous les morceaux ?

– À peu près dans le bon ordre, ouais. »

Jean démarra et demanda où ils allaient.

« À la caserne. Vanberten m'a demandé de passer à ma sortie de l'hosto.

– Qu'est-ce qu'il veut ?

– Me voir une dernière fois, je crois, et être sûr que c'est la bonne. Jean ?

– Hmm ?

– Merci.

– Laisse tomber. T'aurais fait la même chose. Tu me dois dix ans d'apéros et on sera quitte. »

Barbaque vint s'installer sur les jambes de Rémi, qui lui gratta la tête de sa main valide.

*

L'arrivée de Parrot à la gendarmerie jeta un froid. Les militaires le regardaient de travers et certains lui tournèrent le dos. Un garde-chasse moitié de flic qui jouait les justiciers et tirait sur un des leurs. Mais le pire était sans doute qu'ils n'avaient rien vu passer, rien compris ni rien pu faire. L'indifférence de la population locale allait se changer en ricanements. Les demandes de mutation allaient pleuvoir. Leur pouvoir, sans autorité, les rendait fragiles et paranoïaques. L'affaire Marsault les avait méchamment ébranlés et, comme les paysans le savaient depuis longtemps, ils découvraient que les flics n'étaient que de passage ici. Le petit-fils Parrot avait fait ce qu'il avait à faire, un fusil à la main, et personne ne pouvait en juger autrement. Qui se souciait de ce que pensait la police ?

Rémi Parrot traversa la caserne sans se préoccuper des regards. Rémi Parrot, désormais et pour la fin des temps, était devenu un gars d'ici.

Rémi Parrot, troisième génération, n'était plus un étranger.

Le commandant Vanberten accusait aussi le coup. Lui qui avait cru triompher des traditions locales avec son intelligence vivait la débâcle de l'affaire du Val comme une blessure personnelle. Rémi s'assit face à lui et commença sa déposition, pendant qu'un adjudant tapait sur un clavier d'ordinateur.

Rémi demanda à Vanberten ce qui s'était passé avec Courbier. Le flic, de mauvaise grâce, fit un bref compte rendu des aveux de Thierry.

La déposition imprimée, l'adjudant la tendit à Rémi, qui relut attentivement. La lecture lui fit une impression étrange. La déposition était à la fois beaucoup plus détaillée que ses véritables souvenirs, et totalement vide de ce qu'il avait ressenti pendant ces quelques minutes de folie. Il signa la copie administrative et la laissa sur le bureau du commandant.

« Vous avez obtenu réparation, monsieur Parrot, c'est ce que vous vouliez, non ? Vous allez vivre en paix désormais ? »

Les sarcasmes du flic firent sourire Rémi.

« Réparation ? Drôle de mot. Réparer quoi ? Les ossements de Philippe ? Mon visage ? »

Vanberten se leva et rectifia sa veste d'uniforme.

« Pas plus que vos congénères ici vous ne connaissez la justice, monsieur Parrot, seulement la vengeance. Je suis surpris que vous n'ayez pas défiguré monsieur Courbier. Un geste que vos semblables auraient certainement apprécié à sa juste valeur. »

Rémi sourit encore, se redressa en s'appuyant au bureau et marcha jusqu'à la porte.

« Quand Marsault aura été jugé, on reparlera de votre justice, Vanberten. Si vous revenez par ici en vacances, un de ces jours, arrêtez-vous à la maison, je vous offrirai un verre.

– Il y a peu de chances, monsieur Parrot. Mais rassurez-vous, si vous n'avez plus de mes nouvelles, vous en aurez de mes collègues. Tous ces dossiers ouverts, sur vous, mademoiselle Messenet ou Jean Carnet, il serait dommage que personne n'en profite. »

Rémi tourna son visage humain vers le couloir, porta deux doigts à sa tempe, au-dessus des cicatrices barrées de bandages, et salua le commandant.

Jean attendait devant les grilles de la gendarmerie, les vitres du vieux Lada ouvertes sous le soleil, déversant des riffs de guitare électrique. Il coupa la musique quand Rémi monta à bord.

« On va chez toi ? »

Ils roulèrent en silence sur les départementales sinueuses au goudron rafistolé, écrasant des touffes d'herbe qui poussaient dans les fissures de l'asphalte, passant de l'ombre des arbres à la lumière de petites vallées où coulaient des ruisseaux. Dans les prairies, les faucheuses coupaient les premiers foins. La saison de la chasse était terminée. Les paysans de retour aux champs, la moisson du fourrage commençait. La parcelle cultivée de la Terre Noire serait bientôt mûre, les deux hectares de luzerne avaient bien monté.

Jean arrêta la voiture devant la maison.

« Je crois que je vais bosser un peu sur ta cabane, sinon je vais finir dans un troquet pour me changer les idées.

– T'es pas obligé, on aura bien le temps de finir.

– Dans ton état ? Laisse tomber, tu vas pas planter un clou avant un moment.

– Comme tu veux. Je vais préparer un truc à manger, je peux au moins faire ça. »

Rémi sortit la table pliante et deux chaises de jardin du garage, les installa à l'ombre de l'auvent, mit le couvert et prépara une salade avec ce qui traînait dans son frigo, découpa des tranches de pain et décapsula deux bières. Il faisait chaud. Jean finissait de clouer les liteaux pour poser les tuiles sur le toit de l'appentis. Rémi monta trois marches de l'escabeau et lui tendit une Heineken. Jean glissa son marteau de charpentier dans la boucle en cuir de sa sacoche, s'assit sur la charpente et but une gorgée.

« Je vais finir la couverture et tu pourras commencer à entreposer des trucs dessous si t'as besoin. Je reviendrai plus tard pour le bardage.

– O.K., ça me va.

– T'as des nouvelles ?

– Je viens de l'appeler. Elle vient ce soir. »

Jean termina sa bière, jeta la canette vide dans l'herbe et reprit son marteau, trois pointes de soixante entre les lèvres.

« Faudra que ça marche cette fois, parce que sinon j'ai l'impression que t'auras fait tout ça pour rien.

– Fais quoi ?

– C'était pas pour Philippe. Tu le sais comme moi.

– J'en sais rien.

– Je finis les liteaux et j'arrive, j'ai les crocs. »

Ils mangèrent au milieu des insectes excités par la chaleur.

« Bon, tu vas me dire ou pas ? »

Rémi poussa son assiette, de sa main gauche souleva son bras droit en écharpe et le posa sur la table.

« Courbier a tout balancé. Les tractations pour le Val, l'achat des terrains par son père, le vieux Messenet et Marquais en 83. Les Messenet étaient fauchés depuis quelque temps déjà, Didier a jamais su gérer ses affaires. C'est lui qui a lancé l'idée du centre de vacances. Avec l'appui des Courbier et de Marquais, ils pouvaient lever assez de fonds et tenter de se refaire. Le soir de ma crémaillère, il a reçu un appel de Philippe qui disait qu'il voulait lui parler du Val et de ce qu'ils fabriquaient là-bas. Apparemment, Philippe voulait le faire chanter. Pas pour son compte, mais pour que les Courbier abandonnent le projet. Les permis de construire étaient démentiels, ça pouvait passer que si Marquais jouait des coudes au conseil général et à la région. Philippe, sans savoir qui était dans le coup, se doutait que le projet était pourri. Il avait donné rendez-vous à Thierry au Val. Un peu théâtral, mais surtout une connerie, un rencard dans un endroit aussi paumé. Et puis Philippe avait pas trouvé les mêmes informations que Monneix, il savait pas que Didier et les Messenet étaient associés au projet, ni que Thierry allait se pointer avec lui. Tu imagines les deux, en train de se faire agresser par un écolo hystérique.

– Ouais, ils ont pas dû mettre longtemps avant de lui tomber dessus.

– Courbier dit que c'était un accident, qu'ils ont bousculé Philippe et qu'il y a eu un mauvais coup, qu'ils voulaient pas le tuer.

– Et mon cul, c'est du poulet ?

– Peu importe, il va essayer de faire passer ça pour un accident. Le résultat est le même. Philippe a essayé de sortir son fusil, il a tiré un coup et après c'était fini. Les deux autres ont dû devenir dingues. Ils ont traîné son corps jusqu'à l'entrée de la mine, bougé le tas de branches, tiré le corps dedans, le plus loin possible, et ils ont refermé.

– Et la battue ?

– Il a chargé Didier.

– Quand deux crevures bossent ensemble, on peut pas espérer mieux. Mais on sait pas pourquoi ils t'ont canardé. Ils pouvaient pas savoir que t'avais les documents de Philippe.

– Je crois que c'est une autre histoire.

– Michèle ?

– Je vois pas autre chose. Marsault aussi a tout balancé. Il avait piqué des fusils à la caserne, dans le lot qui avait été réquisitionné à la battue, et c'était bien lui qui était avec Thierry quand ils ont canardé la maison.

– En fait, même si on enlevait le Val Vert, tous ces mecs voulaient quand même te trouer la peau à cause de Michèle. Marsault et Courbier essayaient de se la faire depuis qu'ils étaient mômes. Son frangin voulait te clouer à une porte de grange depuis qu'elle t'avait pris la main à la communale. »

Rémi sourit en regardant Jean.

« Possible. Mais y'a aussi des choses qu'on peut pas expliquer à cause d'elle. Courbier a nié le meurtre de Didier. Apparemment, il aurait même un alibi. Vu qu'il a tout balancé et qu'il est déjà bon pour des peines maximales, Vanberten a tendance à le croire. C'est pas lui qui a dessoudé son associé. L'enquête est ouverte, et elle va le rester un moment. Tout ça nous dit pas non plus qui a foutu le feu à la TechBois.

– Pourquoi tu me regardes comme ça ?

– Pour rien.

– Oh ! J'étais avec toi le soir de l'incendie !

– Je sais. Mais t'es peut-être au courant de quelque chose ? »

Jean rota à pleins poumons et se leva de table.

« Que dalle, et si je savais quelque chose, j'irais pas risquer de faire des ennuis au mec qui a craqué cette allumette. Je vais pas le comparer à une usine, mais Didier Messenet, c'est pas non plus quelqu'un que je vais pleurer longtemps. Tiens, quand j'y repense, je crois bien que j'ai même pas pleuré du tout. Y'a encore du gazole dans le Massey ? Je vais foutre les tuiles sur la fourche, ça m'évitera de suer toute cette bonne bière. »

Rémi s'allongea sur son lit, avala deux comprimés de Prontalgine et essaya de dormir. La douleur n'était pas plus insupportable que d'habitude, mais suffisante pour que son organisme ne se laisse pas aller au repos. Plutôt que de tourner en rond à ne rien faire, il décida de rester là et de prendre au sérieux sa convalescence, du moins quelques heures. Par la fenêtre ouverte de la chambre, il suivit à l'oreille la progression du chantier. Le moteur du tracteur et les grincements de la vieille fourche, le frottement des tuiles que Jean posait les unes après les autres, le bruit strident du disque diamant découpant la terre cuite quand il fallait tailler les rives.

Dans les instants de silence, peu à peu, le chant des grillons devint plus fort, accueillant la fin de la journée. Au lieu d'un souffle chaud, ce fut bientôt un air frais qui entra par la fenêtre. Il se leva, passa dans la salle de bains et s'aspergea le visage en essayant de ne pas tremper les pansements. Trois plombs avaient touché sa tête, restant à la surface des tissus cicatriciels plus durs que la peau vivante. Les pansements cachaient en partie les séquelles de son accident, laissant la part belle à son profil intact.

Jean chargeait les outils dans sa voiture. Le beau temps n'arrivait pas à tenir. Du Plateau montaient un front de nuages noirs et les premiers échos de coups de tonnerre. L'air était moite, la chaleur pesante. Rémi s'appuya à la Lada pendant que Jean, avec son T-shirt, essuyait la sueur sur son visage et sa poitrine tatouée. Il sourit à Rémi.

« Ça va aller ?

– Pourquoi ça irait pas ? »

Jean ouvrit sa portière et mit un pied dans la voiture.

« Parce qu'on a pas fini de comprendre tout ce qui s'est passé, ni de recoller les morceaux. Tu peux faire le malin et jouer au dur, mais toute cette violence va nous rattraper. Le paysage va changer. Il a déjà changé, et c'est pas un pays qui digère facilement le changement. C'était pas joli, ça va devenir moche. La foire d'empoigne. Et cette fois, tu seras au milieu. Ta cabane sera jamais assez loin pour qu'on te foute la paix.

– Je suis chez moi, je les emmerde.

– Ouais, c'est ce que tu crois.

– C'est ce que je vais faire. »

Jean lui serra la main et démarra. Rémi le regarda s'éloigner sur le chemin.

Il attendit une petite heure à l'intérieur, suivant du regard la progression de l'orage qui semblait vouloir tourner à l'ouest en évitant la Terre Noire. Une frange de pluie vint balayer la fuste, de grosses gouttes sonores et tièdes, sans que l'averse n'éclate vraiment.

Michèle monta les marches du perron et s'arrêta sur le seuil de la porte ouverte. La répétition de cette arrivée sous la pluie, devoir recommencer encore, maîtriser son souffle et choisir les mots justes plongèrent Rémi dans une transe anxieuse. Michèle n'en finissait plus d'arriver et les incertitudes se répétaient. Le cap de la fragilité lui parut insurmontable, l'état naturel dans lequel cette femme maintenait toute relation. C'était sans doute ce que sa sœur appelait une fille à problèmes, une adulte toujours fidèle aux écorchures de sa jeunesse. Mais il y avait sur le visage de Michèle une nouvelle tristesse. Une tristesse de mue, la peur d'une peau nouvelle. Peut-être l'amorce de ce changement dont avait parlé Jean. Le début d'autre chose. Rémi avança vers elle, mais elle le cloua sur place.

« Je reste pas longtemps. Je voulais juste voir comment tu allais. »

Il sourit.

« Tu peux rester le temps que tu veux.

– Je sais.

– Assieds-toi.

– Je reste pas.

– J'ai compris. »

Elle tira une chaise. Il résista au besoin de proposer un verre pour repousser les premiers mots.

« Qu'est-ce que tu vas faire ? »

Michèle sortit ses Camel de sa poche et posa son briquet sur le paquet sans allumer de cigarette.

« Je vais tout bazarder. Je brade les terres et les fermes. Ce sera suffisant pour payer les dettes et les primes des ouvriers.

– Et ensuite ?

– Ensuite, soit j'attends dix ans que tu te décides, soit j'amène tout de suite mon sac ici. »

Rémi ne comprit pas tout de suite ce qui lui arrivait. Au lieu d'un sourire, sa bouche se tordait ; sous les cicatrices et les pansements, des muscles se tendaient pour retenir une grimace. Des larmes montaient à ses yeux. Il voulait respirer, mais son souffle se coinçait dans sa poitrine qui refusait de s'ouvrir.

« Pourquoi tu ferais ça ?

– Attendre dix ans ?

– Arrête.

– À toi de me le dire.

– Tu viendrais ici parce que tu peux plus aller ailleurs ?

– Il y a peut-être une autre façon de voir les choses.

– Mais ça changerait rien. Ça serait toujours la même raison.

– Non. Les choses ont changé.

– Pas nous. »

Michèle eut un geste d'agacement, elle détourna le regard.

« On est libres maintenant. Que ça te foute la trouille ne fait pas de différence. Continue à être malheureux si tu veux, mais tu pourras le mettre sur le dos de personne. C'est terminé.

– Et toi ?

– J'ai mérité cette liberté. Je veux la prendre.

– Tu l'as méritée ? Tu crois que c'est aussi simple que ça ? Qu'avec ce qu'elle t'a coûté tu vas pouvoir en profiter ? Tu l'as pas méritée, tu l'as prise.

– Qu'est-ce que ça veut dire ?

– C'est toi qui as donné les documents à Philippe. Quand il a disparu, que je suis venu te voir avec l'enveloppe, tu n'as rien dit. Tu t'es servie de moi comme de lui avant, pour en arriver là. Que je l'aie compris trop tard ne change rien, je l'ai fait aussi pour moi. Mais comment tu peux dire que tu vas en profiter après ce qui est arrivé à ton frère ?

– Je t'ai pas demandé de mettre le feu à la TechBois.

– Personne n'est mort là-bas. Et ce n'est pas moi.

– Tu as failli tuer Courbier, et Marsault. Ça ne m'empêche pas de…

– De mentir à Vanberten ? S'il croit un jour qu'on est un couple, ce sera un couple de complices, rien d'autre. Qui a tué ton frère ?

– Tu le sais.

– Il faudra que tu le dises.

– Aux flics ?

– À moi. »

Michèle repoussa ses cigarettes d'un geste de colère, parce qu'il n'y avait rien d'autre sur la table d'assez inutile. Elle tenta de le regarder dans les yeux, mais la colère monta encore un peu plus. Elle se leva en bousculant sa chaise.

« Pauvre con ! T'as jamais rien compris, rien vu ou rien voulu savoir ! Pourquoi tu crois que je suis partie d'ici, hein ? Que j'ai passé huit ans à me foutre en l'air ? Que je vends des godemichés aux bonnes femmes de R. pour leur donner le goût du voyage ? Que je suis amoureuse d'un type défiguré qui a peur d'approcher les femmes ? Il te faut un dessin ? »

Michèle traversa la pièce et se jeta sur Rémi. La chaise bascula, ils roulèrent sur le sol et elle commença à bombarder sa poitrine de coups sans force. Elle agrippa sa chemise et le secoua sans parvenir à décoller son corps du parquet.

« Pourquoi tu crois que j'ai fracassé la tête de mon frère à coups de pierre ? Hein ? Pourquoi ? Qu'est-ce que tu crois, Parrot ? Qu'on devient une fille comme moi parce que tout va bien ? »

Elle s'écroula sur lui, martela le sol à coups de poings en continuant à crier. Rémi libéra son bras en écharpe, essaya de la serrer contre lui. Elle se redressa comme une furie.

« Lâche-moi ! »

Avant qu'il n'ait le temps de se relever, elle se rua dehors. Quand il atteignit le porche, elle avait passé la marche arrière de sa voiture et, sans avoir allumé ses phares, recula dans un poteau du nouvel appentis. Le pare-chocs arrière se décrocha et traîna derrière la voiture quand elle repartit en avant. Des tuiles dégringolèrent du toit en éclatant sur la dalle de béton.

D'abord, il but.

Puis il réduisit en miettes le salon. De tout ce qui tenait encore debout après la fusillade, il ne resta rien.

Quand la douleur monta de son bras et de ses blessures, il jeta les comprimés de codéine dans le jardin, et il but encore, vida tout l'alcool qui restait dans la maison et partit sur les pistes avec le Toyota, massacrant la boîte de vitesses, dérapant dans les virages en défonçant la carrosserie sur les troncs et les rochers. Quand il arriva au bord de la Thaurille, dévalant une prairie tout juste fauchée, il tira le frein à main ; la voiture glissa sur l'herbe couchée, s'arrêta en travers, deux roues basculées par-dessus la berge et plongées dans l'eau. La portière endommagée par les chocs ne s'ouvrait plus. Il balança des coups de pied sur la vitre qui vola en éclats et se laissa glisser à l'extérieur, roulant dans l'eau froide. Il traversa la rivière en trébuchant sur le fond rocailleux, atteignit l'autre rive et sortit de l'eau en rampant. Ruisselant, abruti par l'alcool et la douleur, il suivit la berge sans savoir où il allait, puis il reconnut dans un miroitement de lune la retenue de la pisciculture. Il se laissa tomber au sol le long d'un tronc mort qui était peut-être celui derrière lequel, quelques semaines plus tôt, il s'était caché pour observer la harde. Tout le bruit dans sa tête ne changeait rien au silence, ni les vertiges à l'immobilité de la forêt.

Au bout de quelques minutes, il regretta d'avoir balancé ses médicaments et commença à délirer. Il était assis à côté de Michèle dans le buisson du bois de la Lune ; la jolie adolescente pleine de haine regardait la ville en jurant qu'elle partirait, et lui, pauvre con, n'osait pas prendre sa main.

Elle s'enfuyait de sa maison, là où il y avait son grand frère, pour retrouver le garçon timide et costaud qui rougissait et n'avait pas le courage de l'approcher. Pas encore la force de la protéger.

Comme elle regrettait, l'adolescente, de ne pas grandir plus vite, et comme il regrettait lui aussi de ne pas être plus grand, plus fort, et de ne pas comprendre.

Rémi roula sur les mousses et poussa un cri. Il tapait des pieds sur le sol et hurlait.

Michèle avait attendu qu'il sorte de l'hôpital.

Mais tu étais devenu un monstre, Rémi. Tu ne pouvais plus t'occuper d'elle.

Elle est partie parce qu'elle ne pouvait plus compter sur toi.

Il te fallait toutes tes forces pour tenir ; pas assez pour vous deux.

Elle a attendu que tu grandisses et elle est revenue.

Ses mains tremblaient. Les effets de l'alcool s'estompaient et la douleur prit toute la place. Ça le rendait fou. Peut-être qu'il tomba dans les pommes, ou bien son esprit refusa d'en entendre plus et se ferma. Il bascula dans le noir, les bras croisés sur son ventre convulsé. Il rêva qu'il fouillait la terre avec son visage, qu'il l'enfouissait sous la mousse et qu'il attendait les vers, la vermine, les scarabées et les larves, les fourmis et les taupes dans leurs galeries, qui viendraient manger ses traits, creuser ses cicatrices, bouffer la laideur jusqu'à ses os blanchis, les nettoyer de toute trace de sang et de tissus, puis les ronger, les mordiller, les entamer à coups de mandibules et de dents pour ne laisser au bout de son corps qu'une empreinte creusée dans la terre et quelques morceaux de métal luisant sous la lune.

Il rouvrit les yeux et porta ses mains à son visage pour l'ausculter et inventorier du bout des doigts. Peau et cicatrices, tout était là.

Un bruit d'eau. Le ciel s'était dégagé et, à l'opposé de la lune, encore sous l'horizon, c'était le soleil qui éclaircissait son autre moitié. L'aube était arrivée et des bruits plus forts de baignade provenaient de la retenue ; des bruits de grognements, les gargarismes baptismaux de bêtes sauvages. Rémi rampa comme un serpent, il traîna son corps grelottant de fièvre sur les herbes et les cailloux, il tira la langue comme un varan à la salive empoisonnée. Il approcha de la berge et se dressa à quatre pattes, à l'arrêt comme un chien, et huma l'air. Le vent était dans son dos. Les sangliers se roulaient dans la boue et l'eau. Les marcassins avaient grandi, des mâles étaient partis, les femelles reniflaient le sol, creusaient la terre de leur groin et se plongeaient dans l'eau. Déparasitage, nuit chaude, excités par la lune.

Rémi tira le poignard Buck de son étui, se leva et bondit dans l'eau.

Les bêtes ne comprirent pas tout de suite. Elles sursautèrent, se figèrent et regardèrent dans la rivière cette forme voûtée. Rémi avança. Les sangliers détalèrent sur quelques mètres, s'arrêtèrent à nouveau et observèrent. Rémi continua à approcher. La meneuse ne comprit pas, elle le fixa. Au lieu de fuir, elle faisait face. Rémi fit encore un pas et elle baissa la tête.

Il parla entre ses dents :

« Tu veux me bouffer, c'est ça ? Comme t'as bouffé Philippe et sucé ses os. Tu crois que tu vas me bouffer ? »

Il serra la main sur la poignée du couteau, écarta les jambes et chercha sous l'eau des appuis entre les cailloux. Le courant de la rivière enlaça doucement ses hanches comme le bras d'une danseuse. Il trouva du sable, ses pieds s'y enfoncèrent. La meneuse frappa la terre de ses antérieurs, puis elle se lança en avant et s'arrêta. L'intimidation ne servit à rien, l'homme n'avait pas reculé. Elle frappa le sol et chargea. L'eau ralentissait sa course ; Rémi leva son poignard et hurla. Il frappa et ressentit le choc dans sa jambe en même temps ; il tomba dans l'eau et, au lieu de se redresser, nagea sous la surface pour s'éloigner de la bête. Il sentit le fond, se leva dans cinquante centimètres d'eau et se jeta sur la berge, roula sur lui-même et se tourna vers la rivière. La femelle en était déjà sortie et reprit son élan. Rémi essaya de se lever. Sa jambe gauche ne pouvait pas supporter son poids et son bras blessé craqua quand il voulut s'appuyer dessus. Elle fonça tête baissée ; son front alla percuter sa tête et la fracasser ; ses défenses allèrent s'enfoncer dans le ventre du garde-chasse. Rémi leva le couteau devant lui.

La lumière, le bruit de la détonation et le cri de la femelle furent simultanés. Rémi roula sur le côté et la bête bascula cul par-dessus tête, le crâne ouvert par un tir en pleine oreille.

Les deux hommes approchèrent en silence. Leurs démarches et leurs silhouettes désinvoltes avaient quelque chose de moqueur, un calme étrange devant cet homme atteint de folie. Ils s'arrêtèrent et restèrent là, debout au-dessus de Rémi qui retrouvait peu à peu son souffle.

« Salut, Garde. Tu chasses la bête ? »

Tonio s'accroupit à côté de la femelle, un coude sur un genou, une main sur le canon de son fusil, et regarda le cadavre avec respect.

« T'es fou, le garde. Peut-être aussi courageux. Mais t'es fou. »

Nino Valentine, chef de tribu, patron des manouches de la Plaine aux Puys, continuait à le fixer, mains dans les poches, la tête inclinée.

« Tu chasses les lions du paradis, gadjo ? »

Rémi parvint à se redresser, ramena ses jambes sous lui, souleva son bras déboîté et le posa sur ses cuisses.

« Qu'est-ce que tu dis ? »

Nino s'assit en tailleur à côté de Tonio. Ils faisaient à eux trois un petit cercle autour du cadavre de la meneuse.

« Tu chasses le démon, garde. »

Rémi sourit.

« J'ai picolé, je sais pas ce que je fais ici.

– L'alcool te fait seulement tomber là où tu regardes. »

Il secoua la tête.

« Et vous, qu'est-ce que vous faites ici ?

– Y'a plusieurs explications.

– Lesquelles ?

– Le folklore. On était là pour te sauver, garde. Et comme on a tué ton démon, on doit être tes anges gardiens. »

Tonio et Nino Valentine sourirent.

« Ou alors, on était là pour ça et t'as eu de la chance. »

Tonio leva une poignée de collets en fils de cuivre à hauteur des yeux de Rémi. Les deux manouches éclatèrent de rire. Ils passèrent chacun un bras sous une aisselle de Rémi et l'aidèrent à se relever.

« Comment t'es venu ici ?

– Ma voiture est un peu plus loin, en amont.

– On va te ramener chez toi. Faudra que tu fasses quelque chose pour le cochon, on n'a pas le temps de s'en occuper.

– Vous n'aurez pas de problème. Tonio, mon couteau, s'il te plaît. »

Tonio ramassa le poignard dans l'herbe et glissa l'arme dans le fourreau attaché à la ceinture de Rémi.

« Si t'avais tenu le coup encore une minute, t'aurais pas eu besoin de nous. Tu l'avais bien saigné dans la rivière, la gorge à moitié ouverte. »

Tonio tapota le poignard en souriant.

Ils marchèrent le long de la Thaurille, progressant lentement à mesure que le soleil grimpait au-dessus des arbres, encore boursouflé et jaune. Rémi pouvait à peine poser le pied par terre, son genou refusait de se plier. Vidé, appuyé aux deux hommes, la douleur avait disparu. Et les morceaux enfin commencèrent à s'assembler.

Chaque étape.

Les vieilles raisons.

Ce qui restait encore inexpliqué.

Ce qu'il faudrait faire ensuite.

Comment s'en sortir.

Ne pas perdre Michèle.

Rémi demanda aux manouches de faire une pause. Ils s'assirent sur un rocher au bord de l'eau et le garde-chasse les regarda l'un après l'autre.

« C'est Didier Messenet qui vous a payés pour mettre le feu à la TechBois ? »

Nino regardait devant lui.

« On n'a pas accepté pour l'argent. Ni pour les terres qu'il voulait nous donner. Il n'a pas compris ça, le Messenet.

– Pourquoi vous l'avez fait, alors ?

– Tu veux du folklore de manouches ?

– Je crois que j'en ai eu assez pour cette nuit. Le collet, c'est vous qui l'avez laissé à côté des abatteuses ?

– Bien sûr que c'est nous. »

Tonio eut un petit rire, Nino Valentine se leva et ils se remirent en route.

« Le collet, c'était pour être sûr d'être en prison quand l'usine allait brûler. Et puis c'était comme un petit coup de pouce pour les gens intelligents. Ceux qui savent qu'on n'est pas cons, même si ça se voit pas toujours. Comme le flic

Vanberten. Qu'est-ce qu'il a pensé, Vanberten ? Il a pensé : c'est trop facile le collet, quelqu'un l'a jeté là pour que ça retombe sur le camp. Résultat, on était en prison et quelqu'un essayait de nous faire tirer la charrue. Les bûcherons ont fait comme on voulait, et Vanberten qui croit qu'il est moins endormi du cerveau, il nous a même pas posé de questions. Toi, tu dois savoir pourquoi Messenet est venu nous voir, j'ai pas besoin de te dire. Mais crois pas qu'on a fait ça pour l'argent.

– Ouais. Chacun son folklore. Messenet et Courbier travaillaient ensemble, mais l'un était ruiné et l'autre plein d'argent. Une différence trop dangereuse.

– Vos raisons, on veut pas les connaître. »

Ils arrivaient à la voiture. Tonio marcha dans l'eau et passa par la vitre cassée de la portière conducteur. Il démarra et sortit le 4x4 de l'eau. Ils aidèrent Rémi à monter dans la cabine et se mirent en route. Rémi indiqua le chemin à la sortie du champ, sur une piste forestière. Tonio, au volant, sourit à nouveau.

« Je connais les chemins qui vont chez toi. On chasse ici depuis plus longtemps que ta famille, le garde. »

Rémi laissa tomber sa tête en arrière contre le siège.

« Vous allez faire quoi ? »

Nino, un coude passé par la vitre baissée, regardait défiler la forêt.

« On pourrait rester, personne va venir nous chercher maintenant que Messenet est mort. Mais on va s'en aller. On va prendre la route pour un temps. On reviendra quand la mémoire des gens sera reposée. »

Rémi souffla, tourna la tête vers Tonio.

« Tonio, je crois bien que Jean va avoir besoin de partir aussi. »

Tonio regarda Nino Valentine. Il y eut un silence folklorique au terme duquel, sans prononcer un mot, Nino le chef de clan fit de la tête un signe d'acquiescement.

Quand ils arrivèrent à la fuste de la Terre Noire, une Mercedes 300 aux amortisseurs arrière avachis attendait devant la maison. Un Valentine était au volant, un autre sur la banquette arrière. Rémi sourit.

« Vous avez le sens de la mise en scène, c'est certain.

– Tu t'es endormi et on a des téléphones, faut pas croire.

– J'en doute pas. »

Ils descendirent du Hilux et Rémi les salua.

« Je vais me débrouiller. Merci.

– On te devait un service, garde-chasse. La prochaine fois, ça sera pour toi. On part cette nuit. »

La Mercedes s'éloigna, son pot d'échappement frottant sur les bosses du chemin. Rémi se traîna à cloche-pied jusqu'à son lit. Il décrocha le combiné sur la table de nuit pour appeler Jean.

Jean débarqua deux heures plus tard, poussa la porte de la chambre et appuya contre le mur une paire de béquilles.

« La vache, qu'est-ce que t'as encore foutu ?

– Demande pas.

– Je viens de le faire, ducon.

– Je te dirai rien. Passe-moi les béquilles. T'as trouvé les médicaments ? »

Jean jeta sur le lit une boîte de codéine.

« Cadeau de Tixier. Il est sympa, ton dealer. »

Rémi avala deux comprimés et sortit de la chambre. Il traversa le salon aux meubles renversés, se fraya un passage au milieu des livres répandus sur le sol en les poussant avec les patins caoutchoutés des béquilles. Jean releva la table, les chaises et la bibliothèque.

« Je vois que vous avez bien discuté, avec Michèle. Ça s'arrange votre histoire.

– Laisse tomber le ménage, faut qu'on parle. »

Jean le suivit dehors. Rémi traversa le jardin jusqu'à l'appentis au poteau descellé par la voiture de Michèle. Les bras tremblants, il se plia pour s'asseoir sur une pile de lames de bardage. Jean s'installa à côté de lui.

« T'as décidé de détruire tout ce que j'ai fait, ou quoi ? »

Rémi croisa ses mains sur une béquille et posa son menton dessus.

« Qu'est-ce que tu as fait de ta hachette, Jeannot ?

– Hein ?

– Quand t'as rangé tes outils, quand t'as posé les tuiles, t'avais pas ta hachette. Qu'est-ce que t'en as fait ? »

Jean tira son paquet d'Ajja 17 de sa poche et se roula une cigarette. Il tira une bouffée, cracha un brin de tabac collé à ses lèvres.

« Elle est au fond de l'étang du Val, dans la vase avec les carpes. »

Rémi ferma les yeux.

« Tu étais avec elle ? »

Jean recracha de la fumée, regarda la cigarette coincée entre son index et son majeur aux phalanges coupées, jeta la clope loin de lui.

« Pas vraiment. Je la suivais. Quand elle est venue chez toi, j'attendais sur la route, au bout du chemin. Quand elle est repartie, je l'ai suivie.

– Qu'est-ce que tu faisais là ?

– Qu'est-ce que tu crois ? »

Rémi garda les yeux fermés, appuya son front sur ses mains croisées.

« Ça dure depuis combien de temps ?

– Ça dure pas. C'est terminé depuis longtemps. Depuis que t'es sorti de l'hôpital. Ça a commencé après ton accident. Quand t'es parti pour ton école de garde-chasse, on se voyait encore de temps en temps. Quand t'es revenu bosser ici, on a arrêté. Ensuite, elle est partie.

– Vous avez arrêté ?

– Michèle voulait plus que ça continue.

– Mais pas toi.

– Non. J'ai pas eu le choix de toute façon.

– Pourquoi tu m'en as jamais parlé ?

– Ça me regarde.

– Qu'est-ce qui s'est passé ?

– C'était de la mauvaise curiosité. J'attendais de voir si elle allait rester chez toi. Quand j'ai vu sa bagnole revenir sur le chemin et reprendre la route, je l'ai suivie. Je sais même pas si je voulais lui parler, mais je voulais la suivre. Elle a pris la direction du Plateau. Quand elle a pris la route du PNR, j'ai compris qu'elle allait là-bas, forcément. J'ai coupé à travers bois, j'ai garé la voiture et j'ai fini à pied. Avant d'arriver à l'étang, je suis tombé sur le Chevrolet de Didier. Il était là, en train d'attendre dans le noir. Je me suis planqué et j'ai attendu qu'elle arrive. Elle est descendue de sa tire, elle a marché dans les phares et elle lui est rentrée dedans aussitôt. Elle s'est mise à brailler à propos du projet immobilier, de l'association avec Courbier et toute cette histoire. Elle s'est mise à hurler, en demandant si c'était lui qui avait buté Mazenas. »

Rémi interrompit Jean, d'une voix lasse et creuse.

« C'est Michèle qui a filé les documents à Philippe, pour qu'il foute la merde et arrête le projet. Elle voulait faire tomber les Courbier. Ce soir-là, je lui avais dit que Didier était impliqué. Avant, elle le savait pas. »

Jean resta silencieux quelques secondes, cracha entre ses pieds et effaça les traces du talon de sa chaussure.

« Après, ça a dégénéré. Au lieu de répondre aux questions de Michèle, Didier lui a collé une beigne et lui a dit de la fermer.

Michèle a continué à gueuler, son frère l'a empoignée et il l'a jetée au sol. D'abord, j'ai cru qu'ils se battaient, qu'elle était hystérique et qu'il essayait de la maîtriser. Mais il a commencé à lui arracher ses fringues. Je me suis levé, j'ai commencé à aller vers eux et j'ai vu Michèle ramasser un caillou. Un truc de deux ou trois kilos. J'ai entendu le bruit de là où j'étais. Putain, comme si tu cassais un œuf d'autruche sur du parquet. Didier est tombé sur le côté. Elle s'est ruée sur lui et elle s'est mise à déblatérer. Des saloperies, Rémi, des trucs que t'aurais pas voulu entendre. Elle s'est mise à crier qu'il la toucherait plus jamais. Et en même temps, elle lui défonçait les côtes à coups de caillou. Quand elle s'est arrêtée, Didier bougeait plus. Je me suis caché, je comprenais plus rien, je savais plus quoi faire. Elle est restée un moment assise sur lui. Elle a balancé le caillou, elle s'est relevée et elle est partie vers sa bagnole. Elle a gerbé en continuant à l'insulter. Elle est partie et elle l'a laissé là. Quand je me suis approché, il a bougé un peu. Cet enfoiré avait pas clamsé. J'ai attendu. Je l'ai regardé faire des bulles avec son sang, sans rien faire. Je crois pas qu'il m'ait reconnu, mais il savait qu'il y avait quelqu'un et il a dit… je crois qu'il a demandé de l'aide. J'ai marché jusqu'à ma tire, j'ai pris la hachette dans le coffre et j'y suis retourné. J'ai pas réfléchi, Rémi. J'entendais toujours les cris de Michèle et ce que cette merde de frangin lui avait fait. J'ai même pas ralenti. Je sais pas combien de coups je lui ai mis dans le front avec le marteau de la hachette. J'ai ramassé le caillou, j'ai été au bord de l'étang et j'ai balancé les deux au fond de l'eau. J'ai cassé une branche de sapin, j'ai effacé les traces de la voiture de Michèle. J'ai même nettoyé son vomi. Et je suis rentré chez moi. »

Rémi rouvrit les yeux et releva la tête. Jean était pâle, la bouche serrée et son regard se perdait à des kilomètres de là.

« Tu aurais dû me dire, pour Michèle. »

Jean ouvrit la bouche sans que son regard revienne à la réalité.

« Michèle est pas amoureuse de moi. Elle l'a jamais été. Qu'est-ce qu'y avait à dire ? C'est pas toi qui étais là-bas ce soir-là. C'est pas toi qui as fait ce que j'ai fait.

– J'aurais fait la même chose que toi.

– T'en sais rien. Et on s'en fout. Ce que je veux savoir, c'est ce que tu vas dire à Michèle. Le reste, c'est mon affaire. Qu'est-ce que tu vas lui dire ? »

Rémi s'appuya sur les béquilles et se leva, pris de vertige quand le sang bascula de sa tête vers ses jambes.

« Je crois pas que la décision me revienne. Il faut qu'on décide ensemble.

– Je veux pas qu'elle aille en taule pour ce que j'ai fait.

– Bien sûr que non. Mais je vois pas de raison pour que tu t'y retrouves non plus.

– Vrai. Après tout, c'est juste un meurtre. »

Rémi se tourna vers Jean.

« Personne ira en taule. La question, c'est de savoir si tu supporteras ça sans te foutre un peu plus en l'air. Michèle aussi. C'est une sorte de contrat.

– Qu'est-ce que tu racontes ?

– Si Michèle débloque, faudra que tu lui dises. En attendant, et tant que ça tiendra, elle pourra vivre en se disant qu'elle a fait ce qu'elle devait. Pareil pour toi.

– Pour moi ?

– Si tu vas voir les flics un jour, ou s'ils te tombent dessus, on y passera tous les trois. Au moins comme complices. »

Jean fit quelques pas dans l'herbe, mains dans les poches.

« Pour avoir buté un mec, même cette ordure, j'imagine que c'est un prix à payer qu'est pas excessif. »

Rémi s'approcha du charpentier et regarda dans la même direction que lui, vers les bois et l'horizon du Plateau. Jean sourit.

« Je vais vous laisser tous les deux. T'auras au moins gagné ça.

– C'est pas la question.

– Je te charrie. Je suis même pas sûr que tu gagnes au change. Pour aimer Michèle, vaut mieux qu'elle soit pas au courant, ou bien qu'elle soit loin. T'es pas sorti de l'auberge.

– Faudra qu'on reste en contact.

– Ouais, sûr.

– Jean ?

– Quoi ?

– Hier soir, Michèle m'a raconté, ou presque. J'ai compris pour son frère. Je suis devenu dingue. C'est pour ça que je me suis mis dans cet état. Je vais pas te dire ce que j'ai fait, je m'en souviens pas très bien, mais disons que c'est Tonio et Nino Valentine qui m'ont tiré d'affaire. J'ai parlé avec eux.

– De quoi ?

– Je crois que j'avais compris. Me demande pas comment, mais j'ai recollé les morceaux cette nuit. Ils sont d'accord pour t'embarquer avec eux, si ça te convient.

– Les manouches se barrent ?

– Cette fois, j'en sais plus que toi. C'est eux qui ont cramé la TechBois, et c'est Messenet qui les a payés pour le faire. Ils partent ce soir et ils t'attendent. »

Le sourire de Jean coupa en deux son visage crispé. Rémi s'excusa de ne pas pouvoir offrir un verre, qu'il avait tout vidé hier soir. Jean marcha vers sa voiture.

« J'ai un pack dans la tire. »

Il s'arrêta en chemin et se retourna.

« Rémi ?

– Quoi ?
– Tu te débarrasses de moi ou tu me rends service ?
– On fait ce qu'il y a de mieux pour tout le monde. »
Jean haussa les épaules.
« Le mieux, par ici, c'est à peine différent du pire. »

22

Départs

Le lendemain matin, sans que personne ne s'en soit aperçu, la famille Valentine et ses affiliés, les mômes, les voitures et les caravanes avaient quitté le camp. Les manouches disparus laissèrent derrière eux un terrain vague à l'herbe râpée, des traces de feux, une pile de sacs-poubelle et un sentiment de malaise. Leur présence dérangeante se transforma en une absence inquiétante, empreinte de jalousie. Dans ce pays où rien ne bougeait, ce déménagement silencieux ressemblait à un bras d'honneur. Les grosses berlines s'étaient éparpillées dans la nuit, prenant des directions différentes, suivant un plan et des itinéraires qui échappaient à la compréhension, avant de se retrouver plus loin, au bord de la mer ou dans un autre pays ; avant de reformer l'essaim là où on ne l'attendait pas ; sans qu'on sache d'où arrivaient ces familles, ce qu'elles avaient fait auparavant et combien de temps elles allaient rester.

Rémi contempla un moment le terrain vide, sur le site de l'ancienne décharge de R. Quand la décharge était encore utilisée, les gamins de la ville et des fermes, le soir dans la lumière des mobylettes, venaient ici avec des carabines pour faire des cartons sur les rats. Quand ils avaient grandi et obtenu leur permis de chasse, on savait depuis longtemps déjà qui étaient les meilleurs tireurs.

Une petite brise d'ouest faisait battre les portes en plastique des W.-C. de chantier installés là par la mairie. Rémi marcha jusqu'à un bidon d'huile de deux cents litres noirci et déformé par les flammes, et se pencha à l'intérieur. Au fond, une épaisse couche de plastique fondu, un petit magma de lave synthétique multicolore. Ce qui restait des gaines de fils électriques passés au feu pour récupérer le cuivre, revendu aux ferrailleurs, récupéré pour fabriquer quelques collets.

Il remonta dans le vieux Lada de Jean et prit la direction de la ville. Le petit immeuble du quartier de l'Horloge, coincé entre deux autres aux vitres cassées et aux portes condamnées, était vide. La toiture était neuve ainsi que les fenêtres du premier étage. La maison donnait l'impression d'avoir été en partie restaurée, pour parer à l'essentiel. Sur la porte d'entrée, un rectangle de bois était plus clair que le reste de la vieille menuiserie. Jean avait décroché sa boîte aux lettres. Rémi marcha jusqu'à la façade, sortit de son logement une pierre descellée de la maçonnerie et chercha des doigts la clef que Jean y planquait habituellement. Elle n'était pas là. Il remit la pierre en place et s'éloigna.

Il imagina son ami, cette nuit, en train de fermer l'eau, de purger la plomberie, de faire son sac, chargeant avec ses vêtements quelques outils de première nécessité, glissant dans la poche de sa veste un passeport et tout le liquide sur lequel il avait pu mettre la main. Rémi lui avait payé tout son travail, plus une petite rallonge pour le vieux 4x4…

Jean avait tourné la clef dans la serrure et peut-être l'avait-il ensuite balancée dans une bouche d'égout.

Tonio devait attendre le long du trottoir dans sa Mercedes tournant au ralenti, un pack de bières sur la banquette arrière. La voiture avait démarré sans feux, glissant doucement dans les rues, sortant de la ville par la route du cimetière, la plus directe pour rejoindre les petites départementales.

Rémi jeta les béquilles sur le siège passager et braqua vers le centre-ville. La grand-rue était vide ce lundi, tous les magasins et les commerces fermés. En face du cinéma, les stores de la boutique étaient descendus et un écriteau accroché sur la porte vitrée. « Les dessous de la ville » étaient en vente. Il ralentit à peine et continua son chemin, jusqu'au 17 de la rue des Fusillés.

L'immeuble était aussi déserté que celui de Jean, les volets clos.

La maison des Courbier, à la Lune, était condamnée, il ne s'arrêta pas non plus devant.

Il sortit de la ville par le sud et prit la direction des Puys sur la nouvelle route. Les piles de grumes montaient toujours le long des bas-côtés, mais aucun chargeur, aucun poids lourd ne sortait des pistes pour rejoindre l'usine.

Il ne ralentit pas devant les restes carbonisés de la TechBois. Des grilles de sécurité entouraient le site. Deux bulldozers écroulaient les derniers morceaux de charpente tenant encore debout, une griffe triait les matériaux en gros tas séparés, un nuage de poussière noire montait du chantier de nettoyage.

Rémi tourna vers le Plateau en suivant l'itinéraire du parc, prit la piste avant l'entrée et se gara au bout du chemin du Val.

Là aussi, un périmètre de sécurité avait été dressé et, près de la digue, deux cabanes Algeco étaient installées, portant le logo d'une société d'expertise de pollution chimique. Concentré sur un téléphone portable, un grand type en treillis noir et T-shirt « Sécurité » gardait l'entrée du site à côté d'une camionnette. Un rottweiler de soixante kilos somnolait à ses pieds. Le chien leva la tête en voyant arriver le visiteur. L'agent de sécurité rangea son téléphone.

« Vous ne pouvez pas approcher, monsieur, c'est interdit. »

Rémi avança jusqu'au garde.

« Je sais, je veux pas entrer. Je peux faire le tour ?

– Uniquement en bas de l'étang. Pas le droit de monter là-haut, dit-il en montrant du pouce, dans son dos, les collines au-dessus de l'étang. »

Rémi longea les barrières qui tournaient autour du plan d'eau, jusqu'à se retrouver en face de la digue et de découvrir le Val dans toute sa perspective. Devant l'entrée de la mine, des palissades hautes de trois mètres empêchaient de voir ce qui s'y passait. Des véhicules et des engins de terrassement étaient garés. Le chantier semblait à l'arrêt et Rémi ne devina aucune silhouette en mouvement. Il était midi, le soleil à la verticale de la petite vallée et les hommes à la pause déjeuner.

Le Val était paisible. Des carpes crevaient la surface de l'eau avant de replonger vers le fond, des ragondins glissaient dans les joncs. Rémi appuya les béquilles au tronc d'un mélèze et s'assit là. Il observa dans le ciel un corbeau et un busard des roseaux en train de se battre. Le rapace volait entre les arbres, le corbeau à ses trousses, qui finit par lui envoyer un méchant coup de bec sur la tête. Le corbeau se posa en haut d'un Douglas en regardant s'éloigner son adversaire, dominant le Val dont il devenait le maître pour un temps.

Le garde-chasse ferma les yeux.

Les bruits des machines et les voix des hommes revenus au travail le tirèrent de sa sieste. L'activité reprenait derrière les palissades de la mine. Rémi se leva, enfonçant les béquilles dans l'herbe. Il retourna à sa voiture et prit la direction de la Terre Noire.

Michèle attendait sous le porche, assise sur une chaise, un sac de voyage à ses pieds, une cigarette aux lèvres.

Rémi monta les marches et s'installa à côté d'elle.

Il commençait à s'habituer à la vue depuis sa maison. D'abord, il avait cru qu'il s'en lasserait, puis qu'il l'oublierait, et enfin qu'il voudrait en changer.

Assis près de Michèle, il lui sembla que regarder la même vue à deux pouvait peut-être la faire durer plus longtemps ; que de parler des petits changements du paysage, chaque jour, chaque semaine, de saison en saison, pouvait le rendre inépuisable. Il regarda le sac posé sur les lattes de la terrasse, puis releva la tête vers le tas de bûches qu'il avait empilées pour l'hiver à venir. Était-ce cette nuit de sommeil, la première depuis si longtemps, ces dix heures de repos ininterrompu qui avaient vidé la réalité de ses doubles sens ? Les objets se suffisaient à eux-mêmes. De laisser son regard courir de l'un à l'autre n'avait plus rien à voir avec cette liste de noms dressée par son cerveau, ce catalogue irréel qu'il établissait habituellement en regardant autour de lui.

Michèle attendait, le sac de voyage posé entre eux. Sa cigarette terminait de se consumer, elle jeta le mégot et son filtre inutile dans l'herbe.

« Où tu étais ? »

Rémi sourit.

« J'ai fait un tour. En ville, puis jusqu'au Val Vert.

– Jean est parti.

– Ouais, ça faisait un moment qu'il voulait prendre l'air.

– Il a pas fini ton chantier.

– Il a dit qu'il reviendrait avant l'hiver prochain pour terminer.

– Avec un visage comme le tien, c'est marrant que tu arrives pas mieux à mentir. Qu'est-ce qu'il a dit ? Qu'il partait pour nous laisser tranquilles ? Ça te pose un problème que j'aie couché avec lui ?

– Aucun.

– Tu sais vraiment pas mentir.

– T'auras pas d'autre réponse. »

Michèle alluma une autre cigarette.

« Qu'est-ce que tu vas faire, maintenant ?

– J'en sais rien. Me reposer.

– Et après ?

– J'ai envie de voir des animaux sauvages.

– Y'en a plein les forêts.

– Pas des comme ça. Ceux qu'on voit seulement en cage dans les zoos.

– Tu retombes en enfance, Parrot.

– C'est un problème ?

– Non. »

Elle regarda sa cigarette à moitié fumée, tira une dernière latte avant de la balancer par-dessus la balustrade.

« C'est vrai ce que tu as dit à Vanberten ?

– Quoi ?

– Que je suis une fille trop belle pour ici.

– C'est vrai.

– Peut-être que je suis seulement trop belle pour toi.

– Vrai aussi. »

Rémi tourna son visage vers elle. Il prit sa main dans la sienne. Elle inspira profondément.

« Tu veux que je reste ici ?

– Oui.

– Et pour tes bêtes sauvages, comment on va faire ?

– Il y aura toujours toi. »

Michèle sourit. Rémi regarda le sac de voyage.

« Cette maison reste ici, elle sera à nous.

– Un palace pour une princesse.

– On pourra partir quand on voudra. »

Dans la même collection

Clouer l'ouest, Séverine Chevalier
Crocs, Patrick K. Dewdney

Du même auteur

Le fruit de vos entrailles, éditions Toute Latitude, 2006
Le Gâteau mexicain, éditions Toute Latitude, 2008
Fakirs, éditions Viviane Hamy, 2009
Le mur, le Kabyle et le marin, éditions Viviane Hamy, 2011
Trois mille chevaux vapeur, éditions Albin Michel, 2014

Ce roman a bénéficié du soutien du Conseil régional du Limousin
avec l'aide du Centre régional du livre, CRL.

Maquette : Aurélie Camarasa
Relecture et correction : Virginie Ducay

Impression : Corlet à Condé-sur-Noireau (14)
N° d'imprimeur : 173485
Dépôt légal : deuxième trimestre 2015
Imprimé en France